令和《れいわ》忍法帖《にんぽうちょう》

青柳碧人
Aoyagi Aito

文藝春秋

目次

天高くアルパカ肥ゆる …… 5
毒を食らわばドルチェまで …… 47
アイリよ銃をとれ …… 103
水もしたたるパーティーナイト …… 155
三億円は悠遠のかなた …… 215

装画　平戸三平
装丁　永井翔

令和忍法帖

天高くアルパカ肥ゆる

一

高輪《たかなわ》ゲートウェイ駅が開業してから、通勤はだいぶ楽になった。だができれば、もっとリモートワークを増やしてほしいものだ。

「【Aスモール16】が三百四十六個、【Aスモール17】が二百二十四個……」

パソコンのディスプレイには、無数に数字が並んでいる。木陰良則《こかげよしのり》は、手元の資料とその数字が合致しているか、一つずつ確認していく。最近では自動的に整合をチェックするソフトも導入されているが、「最終的には人が確認しなきゃダメだろう」と、尾花《おばな》課長が言うのだった。

勤め先の《株式会社チェルバード》は、港区港南にあるリース・レンタル専門の会社だ。もともとはパソコンやコピー機などオフィス用品が中心だったが、最近ではイベント会場やモデルハウス、撮影スタジオなどで使用される家具の分野に進出している。良則はその部署の係長である。四十二歳で係長。昇進はけっして早いほうではない。

「早くしてもらえないすか、係長?」

部下の加藤《かとう》がデスクについたまま文句を言ってくる。午後五時二十分。良則が書類にハンコを捺《お》せば、今日の彼の勤務は終わりだ。

「どうせ合ってますよ。俺、確認しましたから」

「わかっているが、一応、ね」

「チェックソフト、使わないんすか」

そうしたいのはやまやまだが……と、尾花課長からの言い付けを口にはしない。課長なんて何もわかってないっすよ。平成どころか昭和に採用された人でしょ？　加藤が愚痴るのは目に見えていた。

文句を言い続ける加藤をなだめすかしながら、チェックを終えたのは、それから十分後のことだった。

「あーあ、約束、遅れちまうよ」

舌打ちでもしそうな顔で加藤は立ち上がった。

「まったく、うちの会社はいつ、脱ハンコするんすかね。おつかれした」

ありがとうございますの一言もなく、出ていった。

良則は一息つき、壁の時計を見る。五時三十分。こちらもそろそろ退社しないと、保育園のお迎えに間に合わない。報告書を在宅勤務中の課長にメールで送り、パソコンをシャットダウンする。業務終了。明日は木曜、週に一度の在宅勤務なのでいくぶん気が楽だ。

立ち上がり、大きく伸びをした。

体中の筋肉がうずいている。最近サボり気味の深夜のトレーニングに、今日は出られるだろう。

さて、とロッカーへ向かいはじめたそのとき、

「木陰係長、２番にお電話です」

すぐ近くのデスクで田中久子《たなかひさこ》が言った。弱った。保育園の降園時刻は六時三十分までと決まっており、それをすぎれば延長保育料がかかる。長引く電話だろうか。嫌な気持ちを押し込め、受話器を取る。

「お電話代わりました、木陰です」

〈もみじ〉

背筋が伸びる思いになった。

「……三室山《みむろやま》」

《ロベルタ》の前、６８４４〉

通話は切れた。田中がこちらを見ている。受話器を置いた。

「間違い電話だったよ、嫌になっちゃうな」

「でも、『木陰係長は』ってはっきり言いましたよ。ずいぶん傲慢《ごうまん》に聞こえる言い方だなと思いましたけど」

「そうか。おかしいな……おつかれさま」

ロッカーへ逃げた。荷物と上着を取り、エレベーターへ。一階へ降り、エントランスを出て、駅とは逆方向へ歩くと、ビルとビルの間に挟まれたレトロな喫茶店《ロベルタ》の前に、黒いワンボックスカーが停まっていた。ナンバープレートは６８４４。近づいていくと、後部座席のドアがスライドして開いた。

「乗れ」

乗っている和服の男が、前方を見据えたまま言った。灰色の髪が肩まで伸び、同じ色の口ひげを生やした男だ。六十代前半に見えるが……そもそもこの男にかかれば容姿など自由自在だ。

「今日ですか」

「乗れと言っている」

従うしかなかった。

ドアが閉まり、車は音もなく走り出す。

フロントガラス以外にはスモークが張られているため外からは見えないが、車内は和を基調とした変わったデザインだ。シートは畳張りで座布団が敷いてある。板張りの天井からは提灯がさがり、車内には琴の音色が響いていた。

「子どもを保育園に迎えに行かなきゃいけないんですが」

麻の葉柄のシートベルトを伸ばしながら言うと、相手――警視庁・警備企画課諸犯罪対策係（通称マルニン）の白神蝶三郎《しらかみちょうざぶろう》は「心得ている、今から向かう」と答えた。

「任務は夜中だ。子どもを寝かしつけてから来い」

和服の袖から、亀甲《きっこう》柄のタブレットが取り出された。

二

忍《しの》び――いわゆる、忍者という存在がこの国に現れたのは飛鳥時代ともいわれている。戦国時代には各大名家に抱えられて諜報《ちょうほう》に従事し、日本各地に流派が乱立した。中でももっとも有名になった二派が、甲賀《こうが》流（滋賀県）と伊賀《いが》流（三重県）である。

それぞれの隠れ里を持った両派は時に争い、時に協力し、戦国の世を渡った。常人離れした身体能力を持ち、独特の忍具《にんぐ》を操り、時に幻術とも見まごうばかりの技を駆使する――諜報のみならず実戦でも大いにその力を発揮する彼らは、やがて戦国の覇者となる一人の男の目に留《と》まることとなる。

徳川家康である。

伊賀流・甲賀流の忍びを共に手なずけた家康は、彼らに武士の身分を与え、江戸にその住まいを提供し、自らの治世に協力させた。

江戸時代は二百六十年の太平の時代だった。寛永十四年に起きた島原の乱を最後に、実戦での活躍はほぼなくなったものの、忍びの諜報活動は脈々と続けられ、幕府転覆の計画をいくつも暴いてきた。徳川幕府の安泰は忍びの活躍によって保たれたと言っても過言ではない。

その幕府も戊辰《ぼしん》戦争によって瓦解《がかい》し、徳川の威光は薩長閥《さっちょうばつ》の新政府にとってかわられた。旧来の武士が身分を失い、軍隊も警察も西洋風のものに改められた。徳川によって武士の身分と禄《ろく》を与えられてきた忍びも、このときひっそりと姿を消した――表向きは、そうなっている。

実は新政府の中に、かねて忍びの持つ特殊な能力に着目していた男が二人いた。一人は長州出身の山縣有朋《やまがたありとも》、もう一人は薩摩出身の西郷隆盛《さいごうたかもり》であった。山縣は日本に近代的な軍隊を設立するにあたり、伊賀流忍者を登用し、西郷は警察組織の設立にあたって甲賀流を登用することに決定した。

以降、「軍は伊賀流・警察は甲賀流」と住み分けをしていた両派だが、太平洋戦争終結をきっかけに、また変化が訪れる。連合国の方策により日本の軍隊はすべて解体され、伊賀流もまたお払い箱となる。朝鮮戦争をきっかけに設立された警察予備隊、ならびに後継組織たる自衛隊にも伊賀流が召し抱えられることはなかった。

一方、引き続き警察に協力を要請されることになった甲賀流もけして以前のように安定はしていなかった。予算の大幅削減により、警視庁内にポストを与えられるのはたった一人の代表のみ。その他の一族は「配下の者」という位置づけになり、定期的な報酬を得られるわけではなくなった。それぞれの持つ特殊な忍法を代々継承しながら普段の生活を送り、有事の際には極秘で任務にあたることを義務付けられている。

木陰良則はその、甲賀流の末裔《まつえい》である。

＊

「【死せるアルパカ】のことは知っているな？」

タブレットの画面を良則のほうに差し出しながら白神は言った。老人の顔をしているが、今現在甲賀流を束ねているこの男の本当の年齢を良則は知らない。甲賀流身体妖術……外見の年齢だけでなく、一部をへこませたりタコのようにぐにゃぐにゃになったりと、体を思うがままに操ることができるのだ。

タブレットに映し出されているのは、天使の輪を頭上に輝かせたアルパカの絵だった。

「ええ、まあ……、テレビで報道されているくらいのことですが」

【死せるアルパカ】。それは、ここ五年ほどで世間に名を知られるようになった新興宗教である。

もともとはピエール・Q・ネシャベルという牧師がフランスの片田舎で創始した、「アルパカこそ、神が苦しむ民を救うために、太陽からこの世に遣《つか》わした聖獣である」という教えを基とする宗教である。こういった宗教によくあるように、ネシャベル牧師は病気の治癒や重大事件の予言など様々な奇跡を見せることにより、信者を獲得していった。

教団は拠点《きょてん》としてロワール川沿いに広大な土地を購入し、間仕切りを設けた奇妙な長方形の柵を作ってアルパカを飼育した。太陽を崇拝《すうはい》し、毎日正午には太陽の方向を向いて祈り、賛美歌を唄うのだそうだ。

ネシャベル牧師は貧しい家の出身であり、富裕層《ふゆうそう》への反発心があった。教団の聖典『アルパカ福音書』の一節で「富を独占する者を集団で叩きのめすことによってのみ、真の平和が訪れる」と説き、若者を中心とした過激な貧困層を取り込むことに成功した。

日本にもその支部ができ、感染症の緊急事態宣言のあおりを受けて失職した者たちを多く取り込んで伸張した。過激な行動が表に出たのは二年前の八月。信者の一人が議員宿舎にバイクで乗り入れ、化学薬品をまき散らしたのだ。犯人の青年はすぐに取り押さえられたものの、それから二か月おきぐらいに、金融庁、東京地裁、首相官邸などで同様の事件が相次ぎ、三名の幹部が逮捕された。今や【死せるアルパカ】は宗教団体というよりテロ組織として世間に認識されている。

「三日前、信者と思《おぼ》しき者より電話がかかってきた」

白神はタブレットを操作する。車内の琴の音楽が止み、音声再生アプリが作動した。

〈我々は、【死せるアルパカ】。このほど、我らが仲間の解放を求めることにした〉

機械音声だった。ボーカロイドを使っているのだろう。

〈日本政府は、囚《とら》われの身になっている三名の同志を即刻解放せしめよ。さもなくば、東京都民はウィルスの洗礼にさらされることになるであろう。驚くなかれ、我らが聖典『アルパカ福音書』には、導きのための場所がすでに予言されていたのだ。我らが同志を貴様らが解放する期限は、聖アルパカ復活のまさにその日時とする〉

音声はここまでのようだった。

「聖アルパカ復活というのは、『アルパカ福音書』によれば五月二十日の午前三時だそうだ」

「五月二十日って、明日じゃないですか」

その午前三時といえば、もう九時間ほど後のことだ。白神は無言でうなずき、タブレットを操作する。議員宿舎の事件などで有罪が確定し、収監されている三人の顔写真が現れた。

「三名の同志というのは、彼らのことだ。警視庁としては当然、このような危険人物を解放するわけにはいかん」

「ウィルスの洗礼というのはどういうことです?」

胸には黒い不安が渦巻いている。かのパンデミックにより、世界中の人々がウィルスへの恐怖心を持つようになっている。

「先日、栃木県にある国立ウィルス培養《ばいよう》センターから、『リトル・ロザリィ』の検体の入った試験管が二本、盗まれた」

「なんですかそれは」

「もともとは旧日本軍の細菌部隊が研究・開発した強烈な結核の変異ウィルスだ。兵器として使用されることはなく、戦後、司法取引によりGHQに引き渡された」

「旧日本軍というと、伊賀流が関わっているんですか?」

伊賀流にはかつて、櫃地慄山《ひつぎじりつざん》という忍具開発の第一人者がおり、日本軍のさまざまな兵器開発に携わったと聞いている。

「いや、枢地の専門分野は化学兵器だ。しかもリトル・ロザリィはＧＨＱが持ち帰った検体の十八世代後のもので、戦中のものとは別物と見ていいだろう」

動物実験の結果を見る限り、感染力・致死力はこれまで地球で流行したどのウイルスよりも強いものである、と白神は告げた。ワクチンは今のところ存在せず、盗難の件はマスコミに漏れないように対応してあるらしい。

「盗難直後、センターの職員が一人忽然（こつぜん）と姿を消している。デスクには聖アルパカをたたえる文言がペン書きで残されていた。【死せるアルパカ】がリトル・ロザリィの試験管を手にしているのはほぼ確実だ」

「なんて危険な」

「うろたえるな」白神はまったく顔を動かさずに言う。「こんなこともあろうかと、教団には二年も前から、坊野（ぼうの）を潜入させてあった」

坊野というのは同じ甲賀流の仲間で、変装術の使い手だった。そういえば、最近会っていないし、その噂も聞いていない。

「忠実な信者になりおおせた坊野は、教団内で出世し、今や中枢にかなり近いところにいる。残念ながらどこからリトル・ロザリィを放とうとしているのか、はっきりとした場所はわからなかったが、幹部から格下の者へ指示を与えるメッセージの傍受（ぼうじゅ）には成功した。それがこの音声だ」

タブレットの音声ファイルをタップする白神。中年男性の声が流れはじめる。

〈福音書、第七章十三節。聖アルパカ牧場、北方より三列目。今夜中に仕掛けよ〉

14

まったく意味不明の文言だった。

「警視庁に例の電話がかけられた直後のことだそうだ。メッセージを受け取った信者を坊野はマークしていたが、実行犯はさらに別の者だったようだ。つまり、試験管は今すでに、この東京のどこかに設置されているということだ」

「そんな！」

良則の背中に戦慄《せんりつ》が走った。この東京のどこかに死の試験管が設置され、今夜、ウィルスが散布されようとしている……。

「うろたえるなと言っただろう。場所はすでに判明している」

白神はあくまで落ち着きはらい、タブレットをスワイプする。詩のような文章が現れた。

『民は東回り、逃るる郊外。
都に恐怖の手、迫る。
天使、枯山に拓く若木道。
聖獣来りて、門頂く。
尊き光輪、頭の上なお高き也。』

よくわからないが、終末迫る世の中に聖獣（アルパカ）が現れて人びとを導く、くらいの意味だろうと良則は解釈した。

「坊野が送ってきた。『アルパカ福音書』の第七章十二節だ。我々が受けた電話で教団側は、『導きのための場所がすでに予言されていた』と言っていた」

「つまり、この文言の中に、ウィルスの試験管を仕掛けた場所が示されているというのですか」

「そうだ。だがこれだけではその場所がどこかわからない。解読には『聖アルパカ牧場』の図を必要とする」

タブレットに、オセロの盤に似た格子状の枠が現れる。マス目は横6、縦8の48マスだ。

「ロワール川の近くにネシャベル牧師が作った牧場のことだそうだ。彼らは柵と間仕切りを作り、この中に一頭ずつアルパカを放して飼育している。それにちなみ、6×8のマスは教団のシンボル的意匠となっている。福音書の文言は句読点を抜くとちょうど四十八文字。6×8のマスにぴったりあてはまるのだ。そして北から三列目、すなわち上から三段目の文字だけを右から順に拾っていく」

画面をタップすると、白神が今言った通りの図が現れた。（図1）

『東都天木頂上』

「これは？」

「『都』という字は『みやこ』と読める。となると、『京』という字に変換してもいいだろう。続いて、『天』と『木』を英語に直す。『天』はheavenではなく、sky。『木』はtreeだ」

『東京　sky　tree　頂上』

「東京スカイツリーのてっぺんということですか」

良則はようやく理解した。試験管のありかのこと

図1

頭	て	く	迫	郊	民
の	門	若	る	外	は
上	頂	木	天	都	東
な	く	道	使	に	回
お	尊	聖	枯	恐	り
高	き	獣	山	怖	逃
き	光	来	に	の	る
也	輪	り	拓	手	る

だけではない。なぜ白神が、自分のもとへやってきたのか──。

「スカイツリーのてっぺんは、テレビ電波を発生させるアンテナが円柱状に取り付けられた『ゲイン塔』と呼ばれる構造になっている。定期的に点検をする業者がいるが、その担当者が軒並み、食中毒で倒れている。おそらく試験管を回収できぬよう、手を回したのだろう。ウィルスを広く散布するには高所が都合がいいという発想ではないかと思われる」

ゲイン塔にリトル・ロザリィの試験管が設置されているのはほぼ確実といってよさそうだった。

東京スカイツリーといえば誰の目にも付く建物だ。捜査をしているのがおおっぴらにわかってしまえばパニックを引き起こすかもしれない。深夜、闇に紛れてひっそりと試験管を回収してくる──まさに忍びにしかできない任務というわけだ。

「木陰良則」

乗車して初めて、白神は良則のほうに顔を向けた。

「警視庁と甲賀流忍法伝承責任者の名において、お前に命令する。今夜、東京スカイツリーに上り、試験管を回収してこい」

車はいつの間にか、保育園の前に到着していた。

三

東京都墨田区押上、深夜二時。

良則は、東京スカイツリーのメインエントランスの屋根の上にいる。靴と靴下を脱ぎ、裸足だ。

目の前には、東京スカイツリーの脚点のひとつがある。

一般人は立ち入り禁止になっているが、窓から眺めることができる場所なのでしっかりと手入れされた植え込みがあり、タワーを下から照らす照明がずらりと並んでいる。

良則は、頭上を見た。

遠くから見れば美しいタワーの全景も、真下から見ればただの鉄骨の化け物のようだった。遥か頭上にある展望台「天望デッキ」は、巨大ながんもどきのように見えた。

結婚前、真由美《まゆみ》と上ったことがあったっけな……。つい数時間前の妻の顔を思い出す。

白神に送ってもらったため、保育園の迎えは余裕をもって間に合った。花梨《かりん》を連れて帰宅し、夕食のカレーを作って花梨に食べさせ、入浴させたところで妻の真由美が帰ってきた。

「ああ、疲れた。でもまだ仕事、残ってるのよ」

テーブルの上にノートパソコンを広げると、右手に持ったスプーンでカレーを口に運びながら左手でカタカタとやりだした。

真由美はもともと、テレビの制作会社で働いていたが、連日の激務で体を壊して退社。再就職活動をしているときに知り合った良則と結婚し、そのまま家庭に入ったのが五年前だ。ところが花梨が生まれ、子育てに追われているうち、再び仕事への意欲が高まってきた。

花梨が三歳になり、かつての制作会社の同期が独立したのをきっかけにそれを手伝うことになった。人気YouTubeチャンネルのマネージメント業というが、映像の編集・加工などもしているらしく、最近どんどん忙しくなっている。帰宅しない日はないが、自室で明け方まで作業をしていることもざらだ。

「今夜、マルニンの仕事が入ったよ」

そう告げると、真由美はノートパソコンから目を上げ、「あそう」と言った。

「何時？」

「一時半に家を出る。朝までには帰れるよ」

「それなら明日の送りもお願いできる？」

「ああ」

妻の興味は、花梨の保育園への送り迎えにしかないようだった。

任務の内容については配偶者にも一切口外してはならない。忍びにおける鉄の掟《おきて》は、真由美も了解していて、執拗《しつよう》に問いただすようなことはしない。ある意味、忍びの妻としては優秀だ。だが……、ときに忍びは命を懸けてその任にあたるのだ。少しくらいは心配してくれてもよさそうなものだが。

結局真由美はそれ以降、パソコンから離れることなく、良則は花梨を寝かしつけるのに苦労した。良則が家を出るそのとき、真由美は風呂に入っていた。

がんもどきのような天望デッキ。いつか家族三人で上りたいが、そんなことができる日が来るだろうか。

最近では土日もどちらかは必ず仕事をしている（主に真由美のほうだ）。どこかに連れて行ってほしいと駄々をこねていた花梨もついにあきらめ、休日はサブスクリプションの配信サービスでアニメをずっと見ている。

「木陰。木陰良則」

不意に名を呼ばれたので慌てて周囲を見回した。誰もいない。当たり前だ。深夜二時をすぎた東京スカイツリーの下に、誰もいるはずがない。いるとしたら、それは――

ひひ、ひひひひと奇妙な笑い声が聞こえる。それも、すぐ近くでだ。

「どこ見てる？　それでも甲賀忍者の末裔か」

植え込みの一部ががさがさと動いた。かと思うと、むっくりと茂みが起き上がった。葉の間に、水泳ゴーグルのようなレンズが見えた。

「鶴松《つるまつ》か？」

「おうよ」

「なんだその姿は」

「新しく開発したハイパーブッシュスーツさ。イカすだろ。こうして亀みたいな姿勢になるだけで、茂みに早変わりだ」

鶴松はばさっ、と身を伏せる。たしかに傍目《はため》には植え込みの一部にしか見えない。

判田《はんだ》鶴松は、戦国時代の甲賀では名の知られた鍛冶《かじ》職人、つまり忍具製作の第一人者だった。家康が幕府を開いたあとも甲賀に留まって代々忍具を作り続け、江戸の仲間に送り続けていた。手裏《しゅり》剣《けん》、鉤縄《かぎなわ》、撒《ま》き菱《びし》などがその得意とするところであったが、幕末にはいち早く西洋武器の技術を取り入れて徳川を助けた。主君が明治政府に変わり、大正、昭和と時代が進むにつれても、その都度いち早く新技術を取り入れた忍具を作り続けている。

ちなみに、判田家では「鶴松」という名が当主に継承され続けており、今、良則の前にいる男は正確には「十七代目・判田鶴松」である。普段はさいたま市の公立中学校で理科を教えている。

「おまえさんが、東京スカイツリーに上るって白神御大《おんたい》に聞いたもんでな。応援に来たのさ」

「応援なんていらない。身ひとつで上るまでだ」

「身ひとつってな、お前。上空はかなり寒いぞ。ほれ」

鶴松が放り投げてきたそれを受け取る。薄手のウィンドブレーカーだった。腰と両肩の部分に細い竹筒のようなものが二本ずつ縫い付けてある。

「俺が開発したものさ。着てみろよ、あったかいぜ」

腕を通すと、たちまち快適な温度に包まれた。

「なかなかいい。この肩の竹はなんだ？」

「攻撃用さ。狙いを定めて襟《えり》のボタンを押せば、直径七ミリのくないが発射される。七ミリって言っても馬鹿にできないぜ。特殊なナトリウム合金でできているからな、外れても空中で潮解《ちょうかい》して、欠片《かけら》がどこかに落ちることはない」

「試験管を取りに行くだけだ。こんなたいそうなものはいらないよ」

やれやれ、と鶴松は肩をすくめた。

「【死せるアルパカ】をなめるなよ。やつらはなかなか用意周到だ。お前が上るのを事前に察知して見張っているかもしれないって白神御大が」

初耳だった。鶴松はまた、ひひと笑った。

「そんな顔をするな。念のため、ってことさ。腰のそれはベイジル・パラシュート。まあ、お前の場合、スカイツリーを駆け下りてきたほうが速いかもしれんがな」

「そうか。ありがとう」

腰に手をやり、パラシュートを開く紐を確認する。

「向こうに大層なマンションが見えるだろ」

鶴松は錦糸町方面を指さした。地上五十階はあろうかというタワーマンションが屹立《きつりつ》している。

「御大、今夜はあそこのペントハウスを借り切っているらしい」

「なんのために？」

「おまえさんの行動を双眼鏡で見学するためさ。マダム・スワロウも一緒だとよ」

「優雅なもんだな」

「まあ、せいぜいいいとこ見せてやんな」

ぽんと良則の背中を叩くと、鶴松は再び茂みの姿に戻った。

腕時計を見る。二時十五分。そろそろ頃あいだと、再び東京スカイツリーを見上げる。この時間なら人の目につく恐れも少ない。

不思議なものだ。白神の指令を受けたときにはあまり乗り気ではなかったのに、心は静かに燃えていた。仲間に会うと、そういう気分になってくるのかもしれない。

世界一高い自立式電波塔。相手にとって不足はない。

良則は両手のひらを自分のほうに向け、ぐっと力を入れた。とたんに、手のひら中に波のような模様が浮き上がる。コンクリートに接している足の裏にも、ぞわりとした感触が生まれる。

「よし」

一言つぶやき、乾いたコンクリートを蹴って一気に鉄骨の表面に飛びつく。手足がぴたりと吸着する。

いい感触だ。

良則はぺたぺたと、スカイツリーの表面を上りはじめた。

四

自然界でもっとも壁を上るのに適した生き物は、やもりであると言われる。やもりの足の裏にはマイクロメートル単位の太さの毛が無数に生えており、さらにその一本一本が、ナノメートル単位の微細な毛の集合である。金属や石などの壁の表面は、どんなに滑らかに見えても、触っただけではわからないほどの凹凸が必ずあり、この凹凸にやもりの足の毛がかみ合うとファンデルワールス力と呼ばれる力が生じて、吸盤などよりもずっと強く壁に吸着するのだ。

かつて甲賀に生きた忍者、木陰十郎太《じゅうろうた》の手足には、生まれつきこのやもりのような毛が備わっていた。いや、あまりに細かくて目では確認できぬため、本人は毛とは知らなかったかもしれない。とにかく幼いころより十郎太はどんなに勾配《こうばい》のきつい石垣でもぺたぺたと上っていくことができた。その力が最も発揮されたのは、慶長《けいちょう》十九年に起きた大坂冬の陣であった。大坂城の石垣を十郎太は簡単に上り、城内の屋根裏にへばりついて軍議をすべて盗み聞いた。豊臣側の作戦は幕府方に筒抜けとなり、家康はこの戦いを終始有利に進めることができたのである。

木陰家に生まれる者の手足には代々、この微細な毛が備わっている。誇るべき甲賀流忍法の血――その末裔たる良則も、有事のときにはこうして人が見ていない時間に、高い建造物に上る仕事を任されるのだった。

しかし、いくら手足に人並み外れた吸着力があるとはいえ、壁を上るには相応の筋力がいる。夜な夜なマンションの窓から抜け出し、寝静まった亀戸《かめいど》の街の壁という壁をハイスピードで這《は》いまわるトレーニングを欠かさないのはそのためであった。

日頃の鍛錬《たんれん》の甲斐もあって、良則は、あっというまに東京スカイツリーの二百メートルの高さまで上ってきた。景色を見る余裕などもちろんない。ただ、頂上の「ゲイン塔」を目指して進むのみである。

風はたしかに強い。鶴松の開発したウィンドブレーカーのおかげで上半身は寒くない。だが、下半身はいつも着ているトレーニングウェアのままだった。

東京スカイツリーには上下二つの展望台がある。下に位置するほうの「天望デッキ」の姿が眼前に大きくなるにつれ、太もものあたりが寒さでしびれてきた。

五月だからと見くびっていた。もっと防寒に気を使うべきだったと後悔した。同時に鶴松が憎らしくなる。なぜ、同じようなズボンを用意してくれなかったのか。

天望デッキにたどり着く。窓ガラスの表面はしっかりと磨かれたようにつるつるだったが、ファンデルワールス力でひっついている良則には関係なかった。当たり前だが、デッキの中は照明が落とされ、人っ子ひとりいない。上空の誰もいない展望台を外から覗《のぞ》くというのは何とも奇妙で不気味なものだった。

天望デッキを越え、さらに上の「天望回廊」を目指しはじめる。気温はますます低くなり、手がしびれてきそうだった。

上りながら、不意に花梨の顔が浮かんだ。

木陰家は代々、その身体的特徴を備えた男子が忍びの系譜をつないできた。

良則に子どもは花梨しかいない。もう一人作りたいと真由美に言ったが、これ以上子育てに時間を割かれるのは嫌だと拒否されてしまった。私は仕事が好きで、あなたの稼ぎが今の十倍以上になったとしても辞めるつもりはない――。

花梨が生まれたとき、良則はまずその手足をチェックした。一般人にはわからない微細な毛が生えているのは間違いなかった。むずかったりすると、わずかながらに手に波の模様が出た。

彼女が木陰家の身体的特徴を備えているのはたしかだ。花梨が結婚し、生まれた子が男であれば、木陰家の忍びの命を引き継がせることができる。むろん、花梨自身がこの任を引き継ぐことも可能だ。戦国時代の甲賀にも「くの一」は存在したし、現在も女性の忍びは大勢いる。

だが――。いつの間にか到達していた天望回廊にぺたりと手をつきながら、良則は思う。花梨にこんな激務を強いていいのだろうか。

女性の忍びが活躍するのを、良則は当然のように思ってきた。しかし、わが子となれば違った感情も湧く。寒風吹き付ける深夜の東京スカイツリーに身一つで上るような運命を、あの子に背負わせていいものだろうか。

自分が甲賀の忍びの家系であることは、遅くとも七歳の誕生日には教え、理解させるのが掟である。花梨もいずれ運命を知ることになろう。

何時間か前に保育園でピックアップして、食事をさせ、共に入浴し、寝かしつけてきた花梨の顔が、天望回廊の暗い窓に映った気がした。やはり、男の子の孫が生まれるのを待つべきだ。その孫が成人し、任を果たせるようになるまで、自分が任にあたる。たとえ、年金をもらうほどの高齢になろうとも。

こんなことを考えながら上っていたため、良則は気づかなかったのだ。

天望回廊内部でじっと息をひそめ、やもりのように窓ガラスを這い上がっていく良則を見つめる、狂信的な二つの目に――。

五

天望回廊から数十メートル上がると「ゲイン塔」と呼ばれる構造物の最下部にたどり着いた。白神からの事前情報によれば、ここからさらに頂点までは百四十メートルほどある。

遠景ではかなり細く見える円柱部分だが、それは遠景で脚部と比べるからであって、実際には直径六メートルある。そのあちこちに設置された照明がゆっくりと明滅しているのが見える。

ばたばたと、強風がウィンドブレーカーを騒がせる。裸足に感じる寒さはもう、痛さに変わりつつあった。

さらに十分ほど上り、ついに、アンテナ部分へ到達した。鏡のようにギラギラした板型のアンテナが百枚以上、円柱の表面に取り付けられている。関東一円の受信機に向けてテレビ電波を飛ばす、東京二十三区で最も天に近い場所だ。

試験管など影すら見えない。本当に、真のてっぺんまでいかなければ見つからないのだろう。

ヴィーンという怪しい音が聞こえてきたのはそのときだった。

「ん?」

音はすぐに増幅してくる。瞬間、良則の頬を、邪悪な風圧が襲った。

激痛。続いて、血液が頬を伝う感覚。

周囲を見てはっとした。白くふわふわしたものが四つ、アンテナにへばりつく良則を囲んでいる。
雲？　一瞬よぎったそんな考えはすぐに払拭《ふっしょく》される。
にょきりと伸びる二つの耳と、邪悪な黄色い目のようなライト。突き出た二本の前歯が何より
も特徴的だ。
アルパカだった。もちろん、本物ではない。ヴィーンというのは、羽が回転する音。アルパカ
のように装飾されたドローンが、良則を狙っているのだった。
アルパカの顔のすぐ横には、鋭利な刃物が取り付けられている。
「ま、ま、待ってくれ……」
体中を駆け上がってくる恐怖と焦燥を振り払おうとそうつぶやいたとき——ぺっ、ぺっ、ぺ
っ！　良則を囲む四体のアルパカドローンの、汚い前歯の間から、何かが飛んできた。
「痛っ！」
思わず右手をタワーから離し、ウィンドブレーカーの袖で顔をぬぐう。
敵意を持つ相手に対して唾液《だえき》を吐きかける。本物のアルパカのそんな習性を、良則もどこかで
聞いたことがあった。だが今、良則に向かって吐きかけられたこれは、唾液ではない。かかった
部分が焼けるように熱い。あわてて取り出したハンカチで顔をぬぐうと、皮膚《ひふ》にぬるりとした感
覚があった。
酸だ。
二台のアルパカドローンが勢いよく迫ってくる。とっさに左手で反動をつけて躱《かわ》す。両足の裏
で、タワーに対し垂直にへばりついた状態だ。

アルパカドローンは勢い余って一度離れていったが、再びそろって良則のほうを向いた。

アルパカの目の部分がカメラになっている。誰かが操作しているのだろう。だが、ドローンの電波の受信範囲は広くはない。地上からではないだろう。となると……と、良則ははっとした。

天望回廊。わずか三十メートルほど下方のあそこからなら、十分ドローンは操作できる。それならと、天を向く。ヴィーンと、さっきとは違う二体が、良則に迫っていた。

ぺっ、ぺっ。酸の唾液を避けつつ、四つん這い状態でゲイン塔の高みを目指す。ドローンの電波受信範囲から抜けてしまうほど高く上っていけばいいのだ。

だが、一台のアルパカが、目の前をふさぐ位置に先回りしてきた。汚い前歯の口がぱかりと開く。

ぺっ！

「ぐわっ！」

すんでのところで顔を右に避《よ》けたが、頬にくらってしまった。痛みをこらえ、肩の竹筒をそのドローンに向けた。左手を襟元に持っていき、ボタンを押す。

黄色い閃光《せんこう》とともに蛍光色のくないが発射された。アルパカはあざ笑うようにすいとそれを避けた。くないは地上六百メートルの闇に溶けていった。痛み。寒さ。焦《あせ》り。何発撃っても、アルパカには避けられてしまう。

迫りくる、悪魔のプロペラ音。

絶体絶命。目をつぶった良則の前に、花梨の笑顔が浮かんだ。

と、そのとき――

キョキョキョキョッ！

何かの叫び声と衝撃音がした。

目を開くと、アルパカドローンが揺れていた。白い綿が黒い濁流の中でもまれているようだった。

濁流の正体は、小鳥の群れだった。ヨタカ。夜の闇の中で飛ぶ習性をもつが、東京に野生種がこんなに多く生息しているとは思えない。

そうこうしているうち、ヨタカたちの攻撃によって回転翼が一つはずされたアルパカドローンが、無残に落下していった。

キョキョキョキョッ！

残る三台に、ヨタカたちは向かっていく。激しい羽音の渦《うず》の前に、アルパカたちは空中で立ち往生しているように見えた。

良則は体勢を立て直し、一気にゲイン塔を上っていく。手足に汗はかいていたが、吸着に支障はない。

――向こうに大層なマンションが見えるだろ。

下で会った鶴松が言っていたのを、良則は思い出していた。

――マダム・スワロウも一緒だとよ。

ただ優雅に双眼鏡を覗いて、スカイツリーに上る良則を眺めているだけではなかったのだ。

「サンキュー、マダム」

小声でつぶやきながら、スピードを上げる。ヨタカたちの攻撃的な鳴き声とアルパカドローンが破壊される悲痛な音が遠ざかっていく。ついにテレビ電波を送信するアンテナ部分へやってきた。まるでソーラーパネルのようにギラギラした板が並んでいる。こっち方向のテレビには少しノイズが出るかもなと思いながら、ぺたぺたとアンテナを上り、頂点の高みに達する。

ごうごうと強い風が吹いており、足を踏ん張っていないと飛ばされそうだ。

きょろきょろと見回し、明滅する赤色灯の近くに違和感のある影を発見した。

近づいていって、確信した。

フランクフルトソーセージほどの太さの試験管が二本、ビニールテープで貼り付けてあった。

六

「――パパ、パパ、起きて」

花梨の呼ぶ声がして、目を開けた。頭はまだぼんやりしていた。

「ママが怒ってるよ」

んー、と伸びをしてベッドの上に身を起こす。壁の時計を見ると、八時二十分だった。

「あれ？」花梨が目をぱちっとさせた。「パパ、そのほっぺた、どうしたの？」

左の頰に手をやる。アルパカドローンにやられた傷がかさぶたになっていた。

「ああ、昨日の夜、切っちゃって」

「そっちは？　赤くなってる」

右の頰もひりひりした。酸の唾液の恐怖が、さっと頭をかすめた。

「大人になると、いろいろあるんだよ」

笑いながらベッドを下り、寝室を出た。

「今日、保育園に送っていってくれるって言ったわよね。もう八時半になっちゃうよ」

リビングのデスクでノートパソコンを叩きながら真由美が言った。そばの皿の上に食べかけのトーストが載っている。

「ああ、大丈夫大丈夫。すぐに支度するから」

バスルームへ行き、改めて顔を確認する。傷のほうはそこまで目立たないが、酸にやられたほうはかなり赤かった。家を出る前に、もう一度もらった軟膏《なんこう》を塗っておこう――歯磨きをはじめつつ、つい数時間前のことを良則は思い出す。

ゲイン塔のてっぺんで、ビニールテープをはがし、ウレタンケースに試験管を収めた。割れないようにしっかりとバンドをしてジャケットの内側に入れると、鶴松から預かったパラシュートを取り出し、両肩に装着する。ハーネスがしっかり留まっていることを確認し、六百三十四メートルの高みから一気に飛び降りた。

ようやく、東京の夜景を眺めることができた。一千万以上の人口を擁する大都市・東京。夜通し消えることのない光。首都高を走っていくトラック。安息を提供する暗がり。遊ぶ者にも働く者にも休む者にもそれぞれの、かけがえのない日常がある。

狂気の宗教団体から人々の安穏を守り抜いたという意識はなかった。ただ、早く彼らの中に戻って、体を休めたいと思うだけだった。

アルパカドローンもヨタカの大群も、本当にそこにいたのかと思うほど静かな夜が広がっていた。五分ばかりの空の旅を終え、良則が降り立ったのは蔵前橋《くらまえばし》に近い神社の境内であった。

急いでパラシュートをたたんでいると、静かなエンジン音を立てながら、バイクが鳥居をくぐってきた。良則の近くで停まると、バイクの男はフルフェイスのヘルメットを脱いだ。彫りの深い三十代の男――仲間の溝畑《みぞばた》であったが、変装者でないことを一応確認しなければならない。

「萩《はぎ》」

「白露《しらつゆ》」

甲賀流では戦国の世より、奈良時代や平安時代の歌を基にした合言葉を用いている。百組ほどの合言葉は年ごとに違っていて、令和の世になっても忍びたちの年始の数日間は、合言葉を必死に覚えることに費やされるのだ。今年の「萩」に対応する言葉は、古今和歌集の詠み人知らずの歌からとった「白露」で間違いなかった。

良則は試験管を彼に手渡した。

「ご苦労さん」

溝畑は微笑み、「これ、白神御大が」と靴クリームくらいのケースを手渡してきた。

「傷に効くんだそうだ」

人目を忍び、亀戸のマンションに帰宅したのは午前五時七分。リビングからはまだ明かりが漏れ、真由美がノートパソコンを叩く音がしていた。邪魔しないようにと静かにバスルームで手を洗い、着替えてすぐにベッドにもぐりこんだ。

睡眠時間、わずか三時間。本当はもう少し眠っていたいと恨めしく思いつつ、口をゆすいだ水を吐き出す。

まあいい。今日は週に一度の在宅勤務。九時までにログインすれば少しはサボりながら仕事ができる。出社するよりだいぶ気分は楽だ。

「パパ。ねえ、パパ」

廊下から飛び込んできた花梨が、良則のスマートフォンを差し出してきた。

「電話だよ」

「あ、うん」

受け取って、画面に『尾花課長』という文字が見え、嫌な予感がした。

「……おはようございます」

〈おい、木陰！〉

思わず耳からスマートフォンを離してしまうほどの怒号だった。

〈マーベリックス商事から、カフェ用資材がまだ届いてないって、今朝早く、連絡があったぞ〉

飲食関係のイベントを多く手がける有名な会社だ。今月、お台場にて、関東近郊の有名なエスニック料理店を集めたフェアを開催することになり、そのオープンスペースのダイニングセットをチェルバードがレンタルすることになった。課長自ら受注した仕事で、「勉強になるから加藤に任せてみたらどうだ」と言われたので従った。先方の担当者が古い友人だから、トラブルになっても対応がしやすいと冗談めかしていたが――現実にトラブルが起こったようだった。

〈オープンは明日に前倒しで、昨日の夜に届くはずだったと先方は言っているが、聞いているだろうな?〉

「いや……加藤に任せてありますんで」

〈任せてありますんでじゃないだろっ！　今すぐ確認して五分以内に折り返せ！〉

電話は切れた。すぐに加藤に電話する。

〈はい？　係長すか？〉

やけにのんびりした声で、加藤は出た。

〈なんすか？　俺、今日リモートのはずですけど〉

「それはいいんだ。マーベリックス商事のカフェ資材がまだ届いていないらしい」

〈はあ？　十九日の夜に届くように手配しましたけど〉

「じゃあなぜ届いていない？　送付先欄には住所を正確に入力したんだろ？」

〈あ……〉

嫌な予感が増幅してくる。

〈すみません。送付先の住所、デフォルトのまんまかもしれないです〉

「なんだって？」

〈いやでも、先方がソファーの素材とか数とかすぐ変更してくるんですよ。それごちゃごちゃ入力しなおしてたら、住所のほうまで気が回らなくて〉

「言い訳はいい！　資材はどこに届いているんだ？」

〈だから、港南の倉庫ですよ。会社のすぐ近くの〉

「今すぐ行って配送の手配をし直すんだ。電話の手配だけだと間違える可能性があるから、必ず現地に行くように」

〈はあ？　無理っすよ。俺、今、八丈島《はちじょうじま》ですから〉

一瞬、何を言われているのかわからなかった。

〈昨日の夜の最終便でこっちに来て、夜釣りしたんです。大丈夫っすよ。Wi-Fi環境ばっちしの民宿で仕事してますから。今夜の最終便で帰るんで、明日は普通に出社します〉

こいつはリモートワークを何だと思っているんだ。怒りが込み上げてきたが、もとより怒鳴るのは性に合わない。

〈つか、これ結構ヤバイ系じゃないすか？　今日中に先方に届かなきゃ、イベントに間に合わないすよ。係長、俺の代わりに行ったほうがいいかも〉

何も答えず通話を切った。怖い顔をしていたのだろうか、そばで花梨が心配そうに見上げている。

「花梨、ごめん。パパも会社に行かなきゃいけなくなった。着替えるから待っててくれ」

七

花梨を保育園に送り届け、ＪＲ亀戸駅で総武線に乗ったのは午前九時三十分のことだった。秋葉原で山手線外回りに乗り換える。高輪ゲートウェイに着くのは十時ぴったりになるだろう。満員ではないが、少し揺れれば隣に立つ人と肩が触れるほどの混み具合だ。感染症の時代を経て働き方は大きく変わり、出勤時間がこの時間帯になった人も多いのだろう。

マーベリックス商事の担当者にはすでに連絡を入れ、再配送の手続きをすぐに取る旨を伝えてある。運送のトラックの手配もついており、九時五十分には倉庫に到着できるとのことだった。

つり革をつかみ、息をつく。

最悪の事態は回避できそうだが、責任は免れまい。経験の浅い加藤に任せきりにして経過を報告させなかったのは自分のミスだ。加藤の八丈島行きを止められなかったのも部下の監督不行き届きと見られたって仕方がない……。それにしても、リモートワークを八丈島でやるなんてどういうつもりだ？　今の若い世代にとっては当たり前の感覚なのか……？

怒りと不可解で心の整理がつかない良則を乗せた電車は、神田《かんだ》駅に着いた。ドアが開き、数人の乗客が降りたあとで、一人の女子小学生が入ってきた。白いブラウスに紺のスカート、茶色のランドセルに黒い通学帽。合わせるように黒いマスクをつけている。

こんな時間に小学生が？　という疑問は、先日新聞で読んだ記事を思い出し、すぐに払拭《ふっしょく》された。感染症による緊急事態宣言のとき、いくつかの私立の小学校では時差登校が推奨され、授業開始時間が遅くなった。それによって余裕が生まれ、以前より学習効率が上がったとの報告が見られるようになった。その結果、感染症が抑えられたあとでも午前九時や十時から授業を開始する学校が増えているらしい。

きっとこの小学生の通う学校もそうなのだろう。……と思っていたら、彼女は良則に近づいてきた。不自然なほど近い距離まで近づいてくると、良則の顔を見上げる。マスクと通学帽のあいだの目を見て、あっ、と思った。

左目の瞳《ひとみ》が赤い。まるで高級なワインのような、綺麗な赤なのだ。

「……大きくなったな」

思わずそう言うと、彼女は人差し指を立てた右手をマスクの前にやった。静かにして、というしぐさだった。そのままその人差し指で良則の上着の右ポケットを指さすと、くるりと向きを変え、乗客たちのあいだを縫い、車両の連結部のドアを開けて姿を消した。周囲の乗客は誰も、良則たちのことを気にしていなかった。

山手線は再び動き出す。それとなく周囲を気にしながらポケットに手を入れると、見覚えのない折りたたまれたメモ帳と、ハンズフリー通話に使うワイヤレスイヤホンが入っていた。

少女の名は雲川《くもかわ》セイラ。父親の雲川武夫《たけお》はかつて良則と共に修行をした甲賀流の同志だが、五年前、任務中に命を落とした。

雲川家に代々伝わる忍術は懐中殺《かいちゆうさつ》――相手の懐《ふところ》の中から気づかぬうちに物を抜き取る、いわばスリである。ただ、雲川家の術はそれだけにとどまらず、気づかぬうちに懐中にものを忍び込ませることもできる。武夫はむしろそちらのほうが得意で、彼と会い帰宅したあとで、服のポケットというポケットから見覚えのない小石やバッジや消しゴムが出てきたことなど、一度や二度ではなかった。

次は東京、というアナウンスを聞きながら、セイラが知らぬうちにポケットに入れたイヤホンを右耳に装着する。開いたメモ帳には、昨夕、白神に見せられた『アルパカ福音書』の一節が6×8の枠に収められたものが書かれている。

〈木陰。表情を変えずそのまま聞け〉

イヤホンから白神の声が聞こえた。

〈明け方、お前がスカイツリーから持ち帰った試験管はダミーだった〉

なんだって？　手に力がこもる。

〈科捜研がいくら詳細に調べても、リトル・ロザリィどころか何のウィルスも検出されなかった。そして今朝八時すぎ、前と同じ男から電話があった。今からその音声を流す〉

機械音声に切り替わる。

〈おろかなことだ。われらが『アルパカ福音書』は、貴様らが見誤ることまでを見越していたのだ。貴様らはまんまと嵌まり、東京スカイツリーの上の偽物を取った〉

嬉しそうに機械音声は笑った。

〈本物の試験管は別のところにある。聖アルパカの復活は五月二十日の午前三時。だがこれは、フランスの時刻を基準としているのだ〉

フランスの時刻？

〈手遅れだ。東京にウィルスが解放される。救いを与えるは聖アルパカのみ〉

音声は途切れ、白神の声に戻る。

〈見落としていたが、【死せるアルパカ】は創設の地であるフランスの時刻を標準使用している。現在フランスはサマータイム中、日本との時差は七時間だ。つまり、予告声明にあった『五月二十日の午前三時』という時刻は、日本における午前十時と考えられる〉

良則は思わず叫びそうになる。もうあと十数分しかないはずだった。

〈木陰、昨日の暗号で何か気づいたことはないか。東京スカイツリーではない、別の場所を示す手がかりに〉

急に言われても、何も思いつかない。電車はいつしか東京駅に着いていた。

〈思いついたら、すぐにホームに降り、誰にも聞かれないように俺に報告するんだ〉

再び考えるべく、メモ帳を開く。

車両の扉が開く。人の出入りはさすがに多く、落ち着いて再考をはじめられたのは、電車が有

38

楽町へ向けて動きはじめてからだった。

『民は東回り、逃るる郊外。
都に恐怖の手、迫る。
天使、枯山に拓く若木道。
聖獣来りて、門頂く。
尊き光輪、頭の上なお高き也。』

『アルパカ福音書』の中にある奇妙な文章。句読点を抜いて〝聖アルパカ牧場〟の6×8マスにあてはめ、北から三列目、すなわち上から三段目だけを拾って読む。

『東都天木頂上』——やはりそうだ。東京スカイツリーの頂点を示しているとしか思えない。それとも、「天木」で表される場所が他にあるとでもいうのだろうか。

有楽町を過ぎ、新橋を過ぎ、浜松町を過ぎるころになっても何も思いつかなかった。時刻は九時五十五分。東京が再びウィルスの脅威にさらされるまであと五分しかない。これは、仕事などしている場合ではないのではないか。

〈——おじさん〉

イヤホンに少女の声が聞こえてきたのは、浜松町を出て一分ほど過ぎたときだった。車内アナウンスはすでに、次が田町であることを告げはじめている。

〈良則おじさん。私、セイラ。今、隣の車両にいる〉

「ああ」

周囲に聞かれないよう小声で答える。

ふと、五年前の雲川武夫の葬式のことが良則の頭をよぎった。あのとき泣いていた、片方の瞳の赤い少女は、今やこうして立派に事件の捜査に当たっている。

〈おじさん。私も白神御大からいろいろ聞いて、ちょっと気づいたことがあるんだけど。今、グーグルアースで【死せるアルパカ】の聖アルパカ牧場を見てみたの〉

スマホで衛星地図を参照することなど、令和の小学生にはお手の物だ。

〈6×8の柵っていうのはいいんだけど、方向がおかしいよ。南北を上下にとると、みじかいほうの辺が縦になってる。だから、長方形は縦置きじゃなくて横置きで考えなきゃいけないんじゃない？〉

白神の解釈は間違っていたということだ。良則は頭の中で長方形を倒す。

〈そしてね、教団の日本語のサイトを見てみると、こんなことが書いてある。『信ずる者よ、太陽を崇めよ。太陽を貴《たっと》しとすべし』……太陽を崇める人たちなら南を上にするんじゃないかな〉

はっとした。

「つまり、『北から三列目』というのは、下から三段目ということか」

〈うん。それを、左から右に読んでみて〉

良則は電車の振動に揺られながら、紙の上にボールペンを走らせる。横倒しの〝聖アルパカ牧場〟の長方形の中に文字列を記し、下から三段目の文字をピックアップした。（図2）

『高輪門道山手外回』

「『高輪』はわかるが、そのあとの意味がわからない」

セイラはすぐに返答した。

〈『門』と『道』を英語に直すの〉

門はgate、道は……とその意味が明らかになり、鳥肌が立った。

「高輪ゲートウェイ、山手、外回り」

〈そう。たぶん、電車に仕掛けられてるんじゃないかな〉

「ちょっと待て」

図2

	上	尊	来	く	天	恐	る	民
	な	き	り	若	使	怖	る	は
	お	光	て	木	枯	の	郊	東
→	高	輪	門	道	山	手	外	回
	き	頭	頂	聖	に	迫	都	り
	也	の	く	獣	拓	る	に	逃

脳内にアラームが鳴り響いた感覚になる。

午前十時ぴったりに高輪ゲートウェイに到着する、山手線の外回り――

「この電車じゃないか」

〈うん。そして、電車が高輪ゲートウェイ駅構内に入っていくときにウィルスをまき散らすんだったら、一号車の前に試験管を貼り付けとくのがいちばんいい。きっとそこだよ〉

「よし、今から運転室に飛び込んで運転を止めてもらおう」

〈もう田町を出てだいぶ経つからそんな時間はないと思う。さっき車両を移動するとき、連結部にカッターで切れ込みを入れてきた。おじさん、回収してきて〉

なんて小学生だ……。迷っている暇はない。

良則は乗客たちのあいだを抜け、ドアを開いて連結部に入った。双方の車両の乗客の誰も良則のほうを見ていないのを確認しつつ、手探りで蛇腹を探ると、たしかに鋭利な刃物で切り裂かれていた。靴を脱ぎ、靴下を脱ぐ。ここに残しておいたら不自然だろう。

おまえ、どうして裸足なんだ？――問いただしてくる尾花課長のしかめ面が思い浮かんだが、知るものかと靴と靴下を切れ込みから外へ捨てた。

次いで、自らの上半身を外に出す。とたんに目の前を黄緑色の塊《かたまり》が通り抜け、心臓が潰れそうになる。数時間前にスカイツリーを上りながら感じていたよりもっと強い風が上半身を襲った。内回りの電車とすれ違ったのだ。

やがて対向列車は去った。ぐっと手足に力を入れ、金属の車体に手のひらをつける。吸着力を頼りに、下半身も一気に外へ出した。

両足もすぐにぴったりと車体に吸い付けられる。激しい風に息が止まりそうになりながら、車両の側面へ這い出した。もちろん乗客たちに気づかれないよう、ぺたぺたぺたと窓のすぐ下のルートを選んでいる。

前から三両目だった。高輪ゲートウェイ駅に到着するまであとどれくらいだろうか。ふくらはぎに痛みを感じる。いくら手足に特殊な毛が生えていたって、地上六百三十四メートルのクライミングをすれば、筋肉痛にもなる。

嘆いている暇などない。ぺたぺたぺたと、昨夜よりもさらに速く、走る山手線の壁を進んでいく。先頭車両までたどり着き、正面を覗き込む――あった。

運転席の窓の真下、ライトとライトのちょうど真ん中あたりの車体に、白いテープで何かが貼り付けてある。近づいていくと、二本の試験管と、デジタル時計のついた黒い機械だった。デジタル時計は「00:00:20」を示していて、機械から伸びたコードが、試験管の栓につながっている。時間がくると栓が緩められ、中のウィルスがまき散らされるということだろう。19、18……カウントダウンが進む。良則はテープを外しにかかった。だが、なかなか外れない。それどころか、触った手に嫌なぬめり気がついた。

「くそっ」

思わずつぶやいたそのとき、フワァァ――と警笛が鳴った。速度は落ちている。振り返ると、よく使う高輪ゲートウェイ駅のホームが見えていた。

〈おじさん、どうしたの？　見つけた？〉

イヤホンからセイラの声が聞こえた。

「見つけたが、特殊なテープで貼り付けてあって外れない。時限装置のカウントはあと十五秒だ」

〈時間になったらどうやって試験管が割れるようになってるの？〉

「割る仕様じゃない。栓を外すようだ」

試験管の状態を手短に説明する。カウントは、十秒を切った。

〈その、栓と本体のあいだのコードを切っちゃえば？〉

「しかし、切る刃物が……」

〈左のお尻のポケットに、手を入れてごらん〉

右手と両足をしっかり車体に吸着させたまま、外した左手で尻ポケットを探る。固いものに触れた。取り出してみると、裁縫に使う和ばさみだった。

いつのまに……というのは愚問だった。武夫、見てるか？　和ばさみを持つ手を伸ばしながら

良則は、亡き友人に語り掛ける。お前の娘は、立派に成長しているぞ。

山手線はすでに駅構内に突入している。残りカウントは二秒。ホームと車体のあいだで生まれ

る猛烈な風に耐え、良則は無我夢中でコードを切る。

カウントは止まらない。

「00:00:00」になると共に、ぴーと小さな電子音がした。

試験管のほうには、何も変化はなかった。

電車は止まった。

ドアが開く音がしている。

「ウィルスの散布を防ぐことはできたようだ。だが、なかなかはがしにくい特殊テープだ。電車

を止めて回収する必要がある」

〈じゃあ白神御大に言って止めてもらわないと〉

「セイラが言っといてくれないか？」

〈私、これから学校なんだけど〉

「おじさんだってこれから仕事だ。上司と取引先に怒られに行くのさ」

〈へぇー。サラリーマンって大変〉

しょうがないか、とセイラはつぶやいた。

〈特別に、私が連絡しといてあげる〉

「ありがとう」

礼を言い、すばやくホームへ足を運ぶ。そこには、いつもと変わらぬ職場へ向かう人々の姿があった。良則もすぐにその中に紛れ込む。

娘をくの一にするのも悪くないかもしれないと、思いはじめていた。

毒を食らわばドルチェまで

一

楓井聖子《かえでいせいこ》はここ一週間、眠れていない。

自分の部屋で、電気を消して目をつぶると、先週の土曜日の夜に見た光景がまぶたの裏に蘇《よみがえ》ってくる。

あの夜、聖子はこの部屋で、【ハチロクライブ】を見ていた。スマホを使って誰でもライブ配信ができるという、十代、二十代を中心に大流行しているアプリだ。

聖子が見ていたのは、毎週土曜に生配信される「まぽりたんのメイクアップライブ」。まぽりたんの正体は、聖子の二つ年上の従姉《いとこ》、楓井麻帆子《まほこ》だった。

高校のころから人目を惹く美人だった彼女は、卒業後、大手の化粧品会社に就職した。自社、他社問わず、化粧品の研究に余念がなく、半年前に【ハチロクライブ】を通じて化粧の様子の実況ライブを始めたのだった。一人暮らしの部屋から毎週放送されるそのライブは大当たりで、フォロワーは今や四万人を超えている。子どもの頃からの憧れだった麻帆子がこうしてライバーとして有名になっていくのを、聖子は誇らしく思っていた。

「はーい。zomzom さん、Pure_lipper さん、来てくれてありがとーう」

新しく入ってきた視聴者に礼を言いながら、麻帆子は器用にアイラインを入れていく。

「まつ毛はね……、ゆっくり、慎重に。変な日本画みたいになりますから」

日本画？　なにそれ？　和風？　など、画面にコメントが流れていく。

「なんかねー、見に行ったのよ高校のころ。社会科見学？　みたいなので、美術館に。そうしたら、お前どんだけ目力欲しいんだよっていうメイクの芸者みたいな絵があってー。あー、たるみーさん久しぶり。来てくれてうれしいー」

こういうとりとめもない会話が、フォロワーに人気なのだった。私も何かコメントしようかなと聖子が思ったそのとき、メイクをしている麻帆子の背後のカーテンが揺れた。

「えっ？　カーテンが？　揺れてる？」

一斉に指摘するフォロワーのコメントを見て、麻帆子は振り返った。

カーテンの向こうから鬼が現れた。

黒い鬼の面をかぶった、上下黒ずくめの人物だった。体格から、筋肉質の男性だと思われた。

「えっ、えっ、なに、なに？」

慌てる麻帆子の首に左腕を巻き付けると、右手に握ったものを麻帆子の首筋に当てた。注射器だった。

「きゃっ。何なの？　やめてっ！」

手足をばたつかせ、麻帆子は抵抗する。散乱するメイク道具。男は手早く麻帆子の首筋に何かを注射した。

「ああ……ああ……」

麻帆子は痙攣《けいれん》した。半分だけメイクした顔が白目を剝《む》き、口から泡が噴き出すのが画面越しに見えた。男はすでにカーテンの向こうに消えていた。

演出？　ドッキリ？　興覚め。般若《はんにゃ》？　大丈夫？　うそ、毒殺般若？　黒般若！　ぎゃああ黒般若!!　そういうのいいから。――呆然とする聖子の目の前でスマホの画面には無数のコメントが流れていった。

それが演出ではなかったことを、二時間後に聖子は思い知らされることになる。自宅に警察がやってきたからだった。

麻帆子は死んだ。キイロオブトサソリとかいう聞いたこともないサソリの毒物を注射されたのだと言う。麻帆子の死体の横には、黒い般若の描かれたカードが残されていた。

毒殺般若。世間のニュースに疎《うと》い聖子だって、その連続毒殺犯のことはさすがに知っていた。麻帆子が誰かに恨みを買っていたようなことはないか？　警察官に訊かれたが、全然心当たりはなかった。頭が真っ白になって、部屋にこもって泣いた。

さらにショックなことが起きたのは翌日だった。

麻帆子の兄、楓井健作《けんさく》が、多摩川の河川敷で死んでいるのが発見されたのだ。首筋にはやはり注射の痕《あと》があったが、体内から検出されたのはブフォトキシンという別の毒物だった。そして今度は、上着の胸ポケットから白い般若の描かれたプラスチックカードが発見された。

これまで無差別に犠牲者を選んできた毒殺般若が、立て続けに兄妹を、別々の毒で手にかけた。なぜか――刑事はそれこそ鬼のような顔で聖子に尋問に近い事情聴取をしたが、もちろん聖子に二人が狙われる心当たりなどまったくなかった。

もう涙は出し尽くした。

どうしようもない不可解さとやるせなさを胸に抱えたまま、目を開ける。オレンジ色の光に照らされた部屋。

喉が渇いた。ベッドから半身を起こす。枕元に置いてあったミネラルウォーターのキャップを取り、水を喉に流し込む。

息をついた、次の瞬間だった。

窓ガラスが激しい音を立てて割られた。

「えっ？」

部屋の中に、誰かが侵入してくる。振り返るとそいつは、黒い般若の面をかぶっていた。

「きゃああっ！」

逃げようとする聖子に黒い般若はのしかかり、口元を押さえた。首筋に、蜂に刺されたような痛みを覚える。

眩暈《めまい》に襲われた。

喉が痛い。絶望的な痺《しび》れだ。その痺れは瞬く間に顔や胸に広がり、動悸が激しくなっていく。

般若は聖子の口から手を離しベッドから離れていく。

「えぅ……」

声にならない声、続いて、

「ぶほっ！」

口から何かが出た。血の味が口内に広がる。

「どう……して……」

遠のく意識の中、黒般若が枕元にカードを置いていくのが見えた。

二

渋谷スクランブルスコールは、ＪＲ渋谷駅に直結するように建設された、地上四十八階建ての複合施設型高層ビルである。その十二階、レストランフロアにあるリストランテ《ヴォルペ・アレグロ》は、午後十時をすぎても若い女性客たちで盛況だった。ディナータイムは基本的にコース注文だ。コースだけで十分腹は満たされる量だが、最近ではドルチェのあとに追加注文をする客が多い。

「赤味《あかみ》さん、手、あいてます？」

ブリオッシュに切れ目を入れながら、女子大生アルバイトの足立《あだち》のぞみが敦彦《あつひこ》に訊いた。

「あいてないよ。サラダを用意しなきゃいけないんだ」

「あー、じゃあそれ終わったら手伝ってくれません？　ワンダー、八人分作らなきゃ」

忙しいのが嬉しくてしょうがないという顔だ。彼女の前にはボウルが七つあり、それぞれに色の違うクリームが入っている。

若い女性客がこの店に来る目的は、ワンダーランド・マリトッツォである。もともとはイタリアのデザートだったマリトッツォは令和に入ってすぐ爆発的な人気となったが、そのブームが収束するのも早かった。高校生のときにそのブームと収束を体験した足立は、「私はマリトッツォには無限の可能性があると思うんです。もう一度、流行させたいんです！」とバイト初日からオーナーに直談判をし、独自に新商品を開発したのだった。それが、「ワンダーランド・マリトッツォ」――ブリオッシュ生地の間にピンク、水色、黄色、黄緑と色とりどりのクリームが挟まり、マジパン細工のウサギやハムスターがひょっこり顔を出している、見るからにふざけた一品だ。

不思議の国のアリスをイメージしたんですよ。先月、足立がそんなことを言ってこれを初めて披露したときには、絶対に流行《はや》るものかと敦彦は思った。店長の鈴木《すずき》も苦笑いしていたが、とりあえず試してみるかと店に出した。

反響はすぐにあった。驚異的なフォロワー数を誇るネット上の動画投稿者（いわゆるインフルエンサー）がカメラを回しながら来店して食事をし、最後に頼んだワンダーランド・マリトッツォを「なにこれかわいー」と大はしゃぎで紹介したのだ。

動画がアップされるや否や、店には若い女性が長蛇の列を作り、隣のテナントの中華料理屋がなんとかしろと怒鳴り込んでくる事態になった。先週にはついにテレビの取材もやってきて、地方からもワンダーランド・マリトッツォ目当ての女性が押し寄せるようになっている。

「何とか言ってくださいよ」

オーブンの前で肉の焼け具合をチェックしている佐野《さの》に、敦彦は小声で言った。

「仕方ないさ」お道化《どけ》るように佐野は言う。「料理の人気を決めるのは客だからな」

鼻にかかったようなその声色は、鈴木店長の真似だった。佐野は声真似が特技だ。

「やめてくださいよ」

敦彦は笑い、心のとげが抜かれたようになる。

《ヴォルペ・アレグロ》はもともと代々木と麻布に店舗を持つ、カジュアルではあるが味付けも値段も本格的なイタリア料理店だ。敦彦が料理学校を卒業して代々木の店に就職したのは二十一歳のとき。腕を磨き、四年前、スクランブルスコールに三号店を出す際にオーナーに指名されて異動になった。

新規に採用された料理人も多くいる中、敦彦がもっとも尊敬しているのは、麻布店から新店のシェフとして異動してきた佐野だ。敦彦より十歳上だが見た目は若々しく、それでいて料理には真摯《しんし》だ。その実力はオーナーも認めるところであり、厨房《ちゅうぼう》の片隅には佐野が新メニューを心おきなく開発できるようにと、小さいが彼専用の冷蔵庫が設置されており、これは雇われ店長の鈴木も手を付けることが許されていない。

初めはとっつきにくい相手だったが、佐野の趣味が将棋と知って、敦彦のほうから声をかけた。敦彦は高校の頃、将棋部に所属していたのだ。将棋の話がわかる敦彦に佐野は目をかけ、料理についいて少しずつ教えてくれるようになった。聞けば、長らく大阪の有名ホテルのレストランで修業してきたらしい。将来、イタリアンの料理人として店を持つためには、自分もそういう緊張感のある職場で修業すべきなのではないか。敦彦はいつしかそう思うようになっていた。

ともあれ、尊敬する先輩のいる職場で技術を盗むのも悪くない。新天地・渋谷スクランブルスコール店での勤務は、充実していた——はずだった。

だが、今はどうだ?

見た目重視のデザートに群がる客たち。嬉々として売り上げの計算をする雇われ店長の鈴木。料理の味で勝負をしたい佐野には思うところがあるだろうが、文句ひとつ言わない。彼の技術の粋《すい》を集めた料理が、マリトッツォを入れる胃袋のスペースのために大量に残されたまま厨房に返ってきても、口を結んでゴミ箱に捨てている。

「三番テーブル、ワンダー、三つです！」

ホール担当の中本《なかもと》が飛び込んできて叫び、またすぐホールへ戻っていく。

「はーい。あ、赤味さん。手、あいてるじゃないですか。ピンクと黄色のクリーム、お願いしますよお」

「……わかったよ」

なぜ十も年下の、アルバイトの女子大生に指示されなければならないのか。だいたいマリトッツォはイタリアでは朝食に食べるものだ。やっぱり、こんな店は見限って、どこかのホテルのリストランテで修業すべきかもしれない。毒々しいピンク色のクリームをブリオッシュ生地に塗りたくりながら敦彦は唇をかみしめる。

「赤味さん」

顔を上げると、さっきホールに戻ったはずの中本がすぐそばにいた。

「タラのエスカベッシュを作ったの、赤味さんですよね？」

「そうだけど」

「お客様がお呼びです」中本は眉根を寄せた。「怒っている感じじゃないですけど、褒めようとしている感じでもないです。十二番テーブル、大柄な女性のお一人様です」

スパチュラを置き、ホールへと出た。あっちもこっちもワンダーランド・マリトッツォをスマホで撮影する女性客ばかりだ。歯噛みする思いで、十二番テーブルに近づく。

「赤味と申します」

「これは、あなたが？」

たしかに大柄な女性だった。長い髪と、やや突き出た顎。顔が長い。年齢は四十代の後半か、ひょっとしたら五十過ぎだろうか。

「そうですが、お気に召しませんでしたか」

「あら」彼女はフォークを床に落とした。敦彦は拾うべく、すぐに屈む。女性は顔を近づけてくる。

「月の船」

耳元で囁《ささや》かれた。さっきまでの声ではなく、聞き覚えのある男の声だった。

「星の林」

柿本人麻呂《かきのもとのひとまろ》の歌をもとにした甲賀流の合言葉は自然と口から出た。

「〝般若〟の件だ。本庁より正式にオファーを受けた」

「……そうですか」

平静を装ったが、心拍数は上がっていく。もう一つの仕事が、今夜、待ち受けているようだ。

「報道には伏せてあるが、昨晩、また事件が起こった。詳しくは仕事が終わった後。ミヤシタパーク《ほじゃけん食堂》で。八田《はった》も待たせてある」

三

日本では古来、大陸から渡ってきた薬草の知識と、日本に自生する薬草を組み合わせた独自の薬学が発達してきた。江戸時代に「本草学《ほんぞうがく》」として集成されたことはよく知られているが、それ以前より民間では薬草を使った傷や病気の治癒方法が各地でまとめられていた。

甲賀流の忍法において薬学の分野を担ってきたのが、赤味一族である。この一族に生まれた者は生来、毒に対する耐性が信じられないほど強い。どんな毒虫に刺されても患部が赤くなるだけで死ぬことはなく、どんな毒を飲んでも舌がぴりりとするだけでめまい一つ起こさない。この稀有な身体的特徴を持つ一族の中でも特に、戦国真っ只中に生きた赤味白苑《はくえん》の名を知らぬ甲賀流の末裔はいない。

白苑の最大の業績は、甲賀流毒術の確立であった。それ以前より知られてきた毒物の知識の集成はもちろんのこと、単独では毒にはなりえないが二つ以上合わせるとたちどころに毒になる物質の組み合わせを多く発見し、『食合地獄録《くいあわせじごくろく》』という書物にまとめた。残念ながら現物は戊辰戦争の戦火によって失われてしまったが、この書物の中には現代でも未だ製法が解明されていない時限性の毒薬について記されていた章があるという。

元来、毒は即効性が求められるものである。トリカブトの根に含まれるアコニチンなどがその代表と言えるだろう。また逆に、遅効性の毒も、有効的に使用されてきた。ただ、「狙った時刻に人を殺す毒」というものはなかった。

これを、白苑は開発したのだ。「迎令塩（げりょうえん、または、げれいえんとも）」という名ばかりが伝わるその毒によって、多くの武将が「病死」として歴史の闇に葬り去られた。中でも、白苑が迎令塩を飲ませたもっとも有名な人物と言えば、織田信長になるだろう。

天正十年、信長は京の本能寺に滞在していた。白苑はこのとき、とある武将の要請を受け、本能寺の僧に扮《ふん》して信長を接待していた。信長に供した夕餉《ゆうげ》には、翌日の明け方に効力を発するように調合した迎令塩を盛ったのである。用心深い信長は常に十人ばかりの毒見役を従えており、食事を作った白苑にも自らの前で食せと命じた。もとより白苑は毒を飲んでも死なない。十人の毒見役もその場では死なない。信長は安心してその夕餉を平らげた。

夕餉の膳を下げた直後、白苑はそっと本能寺を抜け、闇に消えた。信長と十人の毒見役はそろって、翌日、息絶えて発見される手はずであった。

歴史が白苑の思い描いたとおりにならなかったのは誰もが知るところである。すなわちその夜、信長の重臣、明智光秀が裏切り、本能寺に攻め入ったのだ。燃え盛る本能寺から敵方の幟《のぼり》に桔梗《ききょう》の紋を認めた信長は「是非に及ばず」と漏らし、幸若舞『敦盛』の一節を舞って自害した。迎令塩の効き目を迎えるほんの少し前に、信長は自らその波乱に満ちた生涯を閉じたのだ。

しかしながら、赤味白苑の名が歴史の表舞台に出なかったことを考えれば、これは僥倖《ぎょうこう》というべきだったかもしれない。赤味一族のことが広く知られなかったからこそ、その末裔は江戸、明治、大正、昭和と時代が変遷しても秘密裏に要注意人物を暗殺できたのだから。

戦後に警視庁が再編されて以降は、赤味一族は毒を使って他人を殺《あや》める行為をやめ、毒が使われた事件の捜査にあたることとなった。昭和時代には多くの事件の解決に貢献したが、科学捜査の精度が上がった平成後期になるとその要請もほとんどなくなった。

敦彦が唯一の赤味一族の後継者となったのは十九歳のとき。父親が癌で死んでからだった。すでに、その敏感な舌を生かして料理の道に進んでいた。

風向きが変わったのは令和になってからだ。突如、日本中を震撼《しんかん》させる不可解な連続毒殺事件が勃発《ぼっぱつ》したのである。

一人めの遺体が発見されたのは、東京都杉並区高円寺のコインランドリーだった。近くに一人暮らしをしていた大学生、春村駿介《はるむらしゅんすけ》が口から血を噴いて死んでおり、シャツのポケットから黒い般若の顔が描かれたプラスチック製の板が発見された。

検視の結果、フグ毒・テトロドトキシンによる中毒死ということが判明した。フグ料理店では免許を持つ調理師が鍵のついた金属の箱に肝を入れて捨てるため、フグ毒は一般には入手しにくいとされている。犯人の足取りはすぐにつかめるだろうと警察は高をくくっていたが、まもなく二件目の事件が起きた。

現場は埼玉県上尾《あげお》市。雑居ビルの外階段で二十五歳の会社員、楽田《らくた》清美《きよみ》が倒れているのをビルの管理人が発見した。死因は春村と同じくテトロドトキシンで、着衣のポケットからプラスチック製のカードが発見された。春村駿介のケースと同じく般若の絵が描かれていたが、その顔は真っ白であった。

犯人の手がかりがつかめないまま、第三、第四と〝般若〟によるテトロドトキシン毒殺の犠牲者は増え続け、警視庁および周辺の県警は「テトロドトキシン連続毒殺事件」として合同捜査本部を立ち上げたが、第五の遺体の発見により、その捜査本部の名を変えなければならなくなった。

発見されたのは四十八歳の工場労働者、根本智雄《ねもとともお》。荒川区尾久《おぐ》の路地裏で白目を剝《む》いて倒れていた。首筋に注射痕があり、作業着のポケットには般若のカードがあったが、検視の結果、死因はテトロドトキシンではなく、極めて珍しい毒物であることが判明した。

キイロオブトサソリという中東から北アフリカにかけて生息するサソリの毒である。英語名を「デスストーカー」というほど、サソリ類の中では群を抜いて危険な種であり、これまでこのサソリの毒による死亡例はこれまで日本国内ではなかった。

捜査本部は事件名を「毒殺般若連続殺人事件」と変え、躍起になって犯人を捜したが、〝毒殺般若〟はあざ笑うように、犠牲者を増やしていった。しかも、テトロドトキシンやキイロオブトサソリ毒だけではなく、あらゆる種類の毒を用いて。

事件発生から一年以上。今や犠牲者は七十名を超え、日本史上最悪の連続毒殺事件として世間を震撼させているのである――。

＊

渋谷駅から原宿駅方面へ延びる、全長三百三十メートルの新ランドマーク、ミヤシタパーク。一階部分はレトロな飲み屋街というコンセプトのもと、小さな居酒屋がひしめき合っている。広島居酒屋《ほじゃけん食堂》はその居酒屋街の中ほどにあった。終電ギリギリまで飲むつもりか、テーブル席はすべて埋まっており、酔客が大声で談笑している。カウンターに和服を着た白髪の老人が腰かけ、ハイボールを飲んでいた。

「遅くなりました」

「ああ」

先ほど店で出会った女性と同一人物とは思えない彼――警視庁・警備企画課諸犯罪対策係（通称マルニン）の白神蝶三郎《しらかみちょうざぶろう》は応えた。

「八田さんは？」

店員に因島《いんのしま》レモンジュースを注文したあとで、敦彦は訊いた。白神は何も言わず、店の奥を指さす。六人掛けのテーブル席で、サラリーマン客に混じって一人、赤いキャップをかぶり、ストライプのユニフォーム風シャツを着た若い女性がいる。広島弁丸出しで、今夜の広島カープの試合について熱弁をふるっていた。

「ああなってしまうとしばらくは収まらない」

わかっています、という言葉は飲み込んだ。白神は、カウンターの下からタブレットを取り出す。

「先に概況を確認しておこう。〝毒殺般若〟の被害者と簡単な情報のリストだ。報道されていない昨日の被害者のことも記録されている」

差し出されたタブレットを覗いたとき、

「お待たせしました、因島レモンジュースです」

とっさに画面を隠し、店員が去るのを待った。

「まずは昨日の被害者のページを開いてみろ」

白神に言われた通り、七十三人目の被害者の名前をタップする。画面には、若い女性の顔写真が現れた。

楓井聖子。二十一歳。大学生。世田谷区経堂の自宅にて、首に毒物を注射され死亡。遺体のそばより黒い般若のカードが発見される——。

「楓井？」

敦彦が引っかかったのはその名前だった。

「報道されていた、七十一人目、七十二人目と同じ名字じゃないですか？」

七十一人目の犠牲者、楓井麻帆子は若者に人気のライブ配信アプリで多くのフォロワーを持つ「ライバー」で、配信中に部屋に侵入してきた犯人に殺害された。黒般若の面の男に注射を打たれて痙攣する様子が、報道でもかなり大きく取り扱われていた。その翌日、彼女の兄である会社員、楓井健作が多摩川の河川敷で毒殺死体として発見されたことも世間に衝撃を与えている。

「楓井聖子は、先に殺された兄妹の従妹だ」

白神は無機質な表情のまま言った。

「これまで犯人は、無作為に犠牲者を選んでいると思われており、それが捜査が難航している一番の理由だった。だがここへきて行動パターンを変え、楓井家の人間ばかりを立て続けに三人手にかけた。楓井家に対する怨恨の線も出てきたが、それまでの七十人の犠牲者との関係が見えず、捜査本部は混迷している。これが、甲賀流に協力要請が来た一つ目の理由だ」

従来の捜査方法では永遠に犯人にたどり着けないということだろう。

「他にも理由があるんですか？」

「楓井聖子の命を奪った毒物だ。これまでの犠牲者には使われなかった、極めて珍しく危険な毒だった」

その言葉は、敦彦の心を刺激した。今までもかなり多種多様な毒物を使ってきたはずだが……。

「なんという毒です？」

「それは、専門家の口から聞けばいい」

白神はタブレットをシャットダウンする。

「赤味敦彦。お前に任務を与える。〝毒殺般若〟の正体を特定し、逮捕せよ」

すでに半分首を突っ込んだような事件だが、改めて正式な命令を受けると気が引き締まる。

「あー、もう来とったの」

背後から声をかけられた。振り返ると、広島カープの帽子にユニフォームを着た彼女が、軽く手を挙げていた。

相変わらずの美人だった。

四

《ほじゃけん食堂》を連れ立って出ると、白神は別の用事があるからと去っていった。七十三人目の犠牲者・楓井聖子を殺害した毒を見せたいと言う八田冴絵《さえ》とともにタクシーに乗り込んだ。

タクシーの中で会話はなかった。どことなく怒っているような沈黙にも、敦彦には感じられた。

彼女と会うのは、これで四度目だった。

初めて会ったのは一年前、白神が用意した新宿高層ビルのプライベートルームで引き合わされた。

長い黒髪の、鼻筋の通った美女だった。

科捜研に所属する毒物分析センターには分析チームが七つあるが、彼女は敦彦と同じ二十八歳(当時)にして、一つのチームを任されているというのだった。

「あなたが赤味さんですか」

初対面のとき、落ち着いた口調ながら、彼女が興奮しているのが、敦彦にはわかった。聞けば彼女は、敦彦の祖先である赤味白苑について独自に調べており、そもそも白苑に憧れて毒物研究の道に進んだというのだ。

「変わってますね」

「そうかしら。毒物に一生をささげた忍者。かっこいいと思いますけど」

「毒物に詳しい忍者なら伊賀流にもいますよ。時代はだいぶ新しいけど、柩地懍山《ひつぎじりつざん》」

「あの人の専門は化学兵器でしょう？　実験室で人工的に作られた毒より、自然の中で作られた生物毒のほうに、より私はロマンを感じます」

本当に変わった人だな、という感想を抱いてその日は別れた。

二回目に会ったのはそれから七か月後。犠牲者の数が増えていくのに一向に捜査が進展しないことにしびれを切らした冴絵のほうから白神を通じて意見交換を希望してきたのだった。白神も交えて一時間ほど話し、彼女の毒物についての深い知識に敦彦は舌を巻いた。熱くなると方言が出て、彼女が広島出身のカープファンだというのを知ったのもそのときだった。

「連絡先、交換しませんか？」

白神が席を外した瞬間、冴絵のほうから言ってきた。敦彦は応じた。

彼女に魅かれ始めていたのだ。

三回目は、その翌週。敦彦から連絡を取り、食事に誘った。冴絵は驚きつつ、喜んで応じた。

「今日はプライベートですね？」

食事の席に着いたとたん、彼女は言った。

「ええ」

「それじゃったら、美味しいもん、えっと食べよ」

口元を緩めた。

「えっと？」

「広島弁で『いっぱい』ゆう意味じゃけん」

砕けた広島弁になった彼女といろいろなことを話し、笑った。冴絵のほうも、赤味一族の末裔だからという興味を越えて、敦彦自身に関心があるように思えた。

もし、このまま彼女と付き合うことになったら……そう想像しないでもなかったが、ふと冷静になる自分がいた。

凶悪な連続殺人事件を解決するために引き合わされた二人が、犯人が逮捕されてもいないのに交際を始めるなんて不謹慎だろう。しかも、敦彦は正式に協力を要請されたわけではない。せめて事件が解決するまでは、そういうふうな関係に進むべきではない。

というわけで敦彦が冴絵にプライベートで連絡を入れたのはその一回きりである。冴絵のほうからも連絡はなく、会うのは六か月ぶりだった。

結局、気まずい沈黙のままタクシーに揺られ、板橋区の毒物分析センターに着いたのは四十分ほど経ったときだった。住宅地からも離れ、周囲はだだっ広い野原といった感じで、二十三区内であることが信じられないくらいだった。

「これ、虹彩《こうさい》認証システムになってるの」

広島弁ではなく、仕事モードの冷たい標準語だった。中腰になり、カメラを覗き込む。小さな電子音がして、どことなく刑務所を思わせる門扉《もんぴ》が開いていく。

建物内部は清潔で、不自然なほどに静かだった。天井全体がＬＥＤライトになっているのか、照明器具はなく、壁も床も真っ白だった。赤キャップにユニフォームを模した服の彼女はどう見ても異質だ。

同じく真っ白な階段を上って二階へ。一つの扉の前で立ち止まり、入り口にあったのと同じ虹彩認証システムで扉を開く。

広い研究室だった。金属製のデスクの上にガラス器具や薬瓶がひしめき合い、壁際にはコンピュータや何かわからない機械がずらりと並んでいる。奥のほうに一人、白衣姿の瘦せた男が座り、ガラス容器の中をじっと見つめていた。

「鰐淵《わにぶち》さん」

「あっ、おかえりなさい、班長」と顔を上げ、彼はようやく敦彦の存在に気づいたようだった。

「そういえば今日は泊まり込みと言っていたわね。こちら、甲賀流の赤味さん」

「ああ。いつも班長がお話しになっている」

しっ、と冴絵は口もとに人差し指を当てた。

「……本当にいらっしゃるんですね、忍者の末裔って」

鰐淵は気まずそうに笑い、容器に視線を戻す。

「奥で話しましょう」

鍵のかかっていないドアを開け、冴絵は入っていく。そこは六畳ほどの部屋だった。ファイルの並んだ棚の脇に小さなガラスケースがあり、中にはサインボールやバット、ユニフォームが大事そうに展示されている。ほかは小さな木製のデスクの上にノートパソコンが置いてあるだけだった。

「この部屋は？」

「私が一人で仕事をするために与えられている部屋」

「ずいぶんと私物化してるみたいだけど」

野球グッズの棚を見やりながら敦彦は軽口をたたいた。

「祖父や父の大事にしていたものもあるの。私の原動力と言ってもいいわ。このサインは鉄人衣《きぬ》笠《がさ》、これは津田恒実《つだつねみ》。佐々岡《ささおか》、黒田《くろだ》、マエケン……最近の選手のもほしいけど、ここのところ忙しいけぇね」

広島弁が混じったので、敦彦は思わず噴き出した。少し、空気が和らいだ。冴絵は恥ずかしそうな顔をしたが、すぐに棚のファイルから一冊取り出して敦彦の前に広げた。

「これが、〝般若〟の毒牙にかかった七十二人目までの犠牲者のリスト」

先ほど白神のタブレットで見たのとほぼ同じものだった。番号の脇についている「●」「〇」は現場に残されていた般若の色だろうと思われた。奇数番号は●、偶数番号は〇で統一されている。

「まあ、これは捜査本部が使用している資料で、私たちにとって興味があるのは、毒物の種類だけ。七十二人目までに使われた毒物は全部で十種類」

冴絵はノートパソコンを操作し、ディスプレイに使用されてきた毒薬リストを映し出す。
・テトロドトキシン（フグ）
・キイロオブトサソリ毒（キイロオブトサソリ）
・ブフォトキシン（ヒキガエル）

・キングコブラ毒（キングコブラ）
・アニサチン（シキミ）
・オレアンドリン（キョウチクトウ）
・プロトベラトリン（バイケイソウ）
・ギンコール酸（イチョウ）
・アコニチン（トリカブト）
・プルンバギン（琉球柿《りゆうきゆうがき》）

「甲賀流代表のご意見は？」

敦彦の顔を覗き込むようにして冴絵は訊いた。

「自然界に存在する毒……それも、生物毒ばかりだ」

以前から気になっていることを言った。

毒と一口に言ってもいろいろある。サソリや蜘蛛の動物毒、トリカブトやトウゴマの植物毒、水銀などの鉱毒、タリウムやヒ素などの毒性化学物質……〝毒殺般若〟は驚くほど多彩な毒を犯行に用いているものの、なぜか動物毒と植物毒ばかりなのだった。

「わざわざサソリやヘビの神経毒を使っているのも不思議だ」

サソリやヘビの毒は飲んだだけでは効力を発揮せず、傷口から体内に入れないと死に至らしめることはできない。そのため、注射という手間がかかる。

「トリカブトやシキミ、これは比較的手に入りやすくて毒性が強い。手ごろな毒だ」

シキミは日本や中国に分布する、古くから毒性が知られている樹木で、獣害を防ぐために墓地などによく植えられてきた。毒成分のアニサチンは特に実に多く含まれ、この実が中華料理に使われる八角《はっかく》に似ていることから、中華圏ではよく料理に間違えて使われ、死亡事故が起こる。

「でも、同じ手ごろな毒といっても、どうしてギンコール酸なんて使ったんだ。もっと毒性の強いものはたくさんあるだろうに」

ギンコール酸は、イチョウの葉や銀杏の食用とされる部分の外側（外種皮）に含まれる成分であり、嘔吐や下痢のアレルギー反応を引き起こすことはよくあるが、よっぽど体の衰弱した人間が高濃縮されたものを飲まない限り、死に至るケースは稀《まれ》である。

「そうね」

ほぼ独り言を言っていたような敦彦に対し、ようやく冴絵は反応した。

「事件で使われたのはわずか三回で、被害者はいずれも八十代後半の一人暮らしの男性。ギンコール酸を使うための相手を選んだとしか思えないわ」

「どうしてもギンコール酸じゃなきゃダメな理由があったってことか？」

敦彦の問いに、冴絵はうなずいた。

「おそらく、昨晩、楓井聖子さんの命を奪った毒もそうなんじゃないかな」

「そうだ。それを見せてもらいに俺は来たんだ。もったいぶらずに早く出してくれないか。まさかズグロモリモズの毒だってことはないよな」

ズグロモリモズはニューギニア島に生息する鳥だ。鳥類には珍しく強い毒を持っており、羽を舐めただけで死に至ったケースもあるという。もちろんこんな鳥の毒がそこらじゅうにあるわけはなく、敦彦は冗談のつもりで言ったのだ。

だが、冴絵の言葉に、つかの間の愉快な気持ちは吹き飛んだ。

「それよりも珍しい毒よ」

彼女が冷蔵庫から取り出したのは、親指サイズの薬瓶だった。中に青い液体が入っている。

「パリトキシン」

「えっ？」

敦彦は訊き返さずにはいられなかった。

「パリトキシンと言ったのか？」

それは、ハワイのマウイ島周辺に生息するイソギンチャクの一種、マウイイワスナギンチャクが持つ毒である。二十世紀後半になって発見された比較的歴史の新しい毒だが、人間の体内に入るや否や心筋と肺の血管を収縮させ、赤血球を破壊するほど強烈で、青酸カリの八千倍の効力を持つというデータもある。その威力は、現在のところ自然界に存在する毒の中で最強と言われており、あまりの危険性から、長らく研究者のあいだでも取り扱われてこなかったほどであった。

「楓井聖子の血中からは間違いなくパリトキシンが検出されたわ」

「なんてことだ……自然界最強の猛毒が……殺人に使われたなんて」

「そう。マウイ島でダイバーがうっかり触れて亡くなった例はたくさんあるけど、殺人に使われたことは一回もない。そもそも、日本の研究室に初めて入ってきたのは二年前。さすがの赤味一族でも、舐めたことはないんじゃない？」

冴絵は挑戦的な笑みを見せた。

七歳のときに甲賀流忍法の継承者であることを知らされて以来、敦彦は父親から様々な毒を舐めさせられ、その味を覚えてきた。しかしそれでも、この世にあるすべての毒を舐める機会があったわけではない。パリトキシンの名前は知っていたが、市井で殺人事件に使われる可能性は極めて低いと判断されており、敦彦は舐めたことはなかった。

「舐めてみたい？」

「当然だろ」

挑発に乗るような形になってしまったのが癪《しやく》だったが、猛毒を自分から舐めたいと言えるのはこの体質の特権だと、妙な自負があった。口に入る機会のある毒の味を知っておくことは、甲賀流忍法継承者の義務でもあるはずだ。

「じゃあ、舌を出して。私が垂らしてあげる」

蓋《ふた》を開け、ピペットを差し入れる冴絵。鼻筋の通った、モデルのように美しい顔が、どこか恐ろしいような気もした。

……何を恐れている。けっして、毒では死なない体なのだ。

「さあ、来いよ」

舌を出す。冴絵はピペットの先をその舌の上に近づけ、

「どうして連絡くれんかったの？」

一滴、垂らした。

「つっ……！」

味わったことのない感覚だった。まるで地上十メートルの高さからアイスピックを舌の上に落とされたような痛みだった。広がる毒の味。群青《ぐんじよう》のなかにオレンジ色の閃光が見える。立ち眩《くら》み

すら起こしそうだった。

「大丈夫？　口、ゆすぐ？」

敦彦の反応に、冴絵は焦りはじめる。敦彦はごくりとつばを飲み込み、笑ってみせた。

「……イソギンチャクより、人間の女の毒のほうがよっぽど怖いぜ」

冴絵の目がつり上がる。

「もっぺん、舌、出して。次はズグロモリモズの毒、ねぶってもらうけんね」

広島弁の毒物女子。まだしびれる舌を口の中で回しながら、怒った顔も綺麗だと思った。

五

翌日は昼のシフトは入っておらず、午後三時の出勤だった。厨房で足立のぞみが忙しそうにしていた。

「あっ、赤味さん、手伝ってくださいよぉ。ランチで夜の分のマリトッツォも全部出ちゃったんで」

平気な顔で言う足立に、敦彦はうんざりした。午後二時でランチ営業は終了し、ディナー営業は午後六時三十分からと決まっている。だが情報通のホール担当、中本によれば、オーナーは午後も店を閉めずにディナーまでのカフェ営業を考えているという。すべて、ワンダーランド・マリトッツォの人気のせいだった。本格イタリア料理人を目指す敦彦にとって、不本意極まりないことだ。

「ねえ聞いてます？　赤味さん、手伝ってって言ってるんですよぉ。シェフも呼んできてくださいってば」

「わかったわかった」

適当に返事をして、従業員休憩スペースに足を運んだ。中本がコーヒーを飲んでくつろいでいる横で、佐野はスマートフォンを見ていた。

「おはようございます」

「赤味。足立は厨房にいるのか?」

顔を上げ、佐野は訊ねた。

「はい。手伝えと言われてしまいました」

「俺も午前中からブリオッシュづくりを手伝わされた。『仲間が困ってるんだから助けるのがシェフでしょう』なんて店長に言われてな」

「モノマネ、そっくりですね」

中本が笑う。敦彦もつられて口元を緩ませたが、心中は笑っていない。

「俺はやるせないですよ。佐野さんの作ったブリオッシュが、あんな奇天烈《きてれつ》なマリトッツォに使われるなんて」

「文句言わずに手伝ってあげればいいじゃないですか」中本がたしなめる。「売れてるのは間違いないんだから」

佐野はスマートフォンから目を離さず「もう少ししたら手伝うよ」と答えた。

「だが今はちょっと、これに忙しくてな」

「忙しいったって、将棋の観戦でしょ? しかもリアルタイムじゃないやつ」

敦彦は着替えつつ、佐野のスマートフォンをそれとなく覗き込んだ。タイトル戦の映像が映し出されていた。

「今の時期っていうと、名人戦ですか」

口を挟んだ敦彦の顔を、佐野は振り返った。

「お前、高校の頃、将棋やってたんだったな」

「ええ。全然弱くて、大会ではわずか二十分で敗退しましたけどね」

スポーツが苦手なぶん頭で勝負、と所属した将棋部だったが、先輩どころか後から始めた後輩にも抜かされた。苦い思い出だった。

「いよいよ中盤戦ってとこだ。名人がやや優勢だな」

盤面を見ると、角換わりの戦型になっていた。長くなる対局だと思いながら、調理服のボタンを留める。

「僕は将棋は全然わかりませんねえ」

コーヒーメーカーからおかわりを注ぎつつ、中本が笑う。

「3六銀、とか言ったりするじゃないですか。あれが苦手なんですよ。座標でしたっけね？苦手だった数学を思い出しちゃって」

「なんだよそれ」

図　江戸時代のいろは譜

9	8	7	6	5	4	3	2	1	
谷	柳	万	一	ゆ	ま	つ	ぬ	い	一
川	桜	花	三	め	け	ね	る	ろ	二
海	松	鳥	五	み	ふ	な	を	は	三
里	楓	風	六	し	こ	ら	わ	に	四
村	雨	月	七	ひ	え	む	か	ほ	五
森	露	春	八	も	て	う	よ	へ	六
竹	霜	夏	十	せ	あ	の	た	と	七
草	雪	秋	百	す	さ	く	れ	ち	八
石	山	冬	千	京	き	や	そ	り	九

佐野が笑う。敦彦の頭の中に、ふとある知識が蘇ってきた。

「座標じゃなくて、すべてのマスに名前を付けて表現する棋譜があるぜ」

「はい？」

「たしか、将棋が好きだった徳川家治《いえはる》が考えたやり方だ」鞄《かばん》の中からスマートフォンを取り出し、検索した。すぐに「いろは譜」のページが引っかかった。（図）

「ほら。九×九のマスすべてに文字があてはめられているんだ。はじめはいろはにほへと……と埋めていって、余ったところは適当な漢字を入れていく」

「これおかしいですよ。どうして漢数字の『二』と『四』がないんです？」

「耳で聞いたとき、ひらがなの『に』『し』と間違えるからだ」

「よく見ろよ」佐野もいろは譜について知っているらしく、口を挟んできた。「『いろはにほへと』のほうも、前に出てきたひらがなと同じ音の『ゐ』『お』『ゑ』がないだろ。たとえば『3六銀』だったら『う銀』というように表現するわけだな」

「うへえ」中本は大げさに驚いた。「それじゃあ八十一個の文字がどのマスと対応しているか覚えておかなきゃいけないってことじゃないですか」

「うへえ、そうだよ」

中本とまったく同じ声で佐野は繰り返し、笑った。

「俺のモノマネまでマスターしたんですか」

「真似しやすい声質だからな。それはそうと、いろは譜はお前の言う通り、覚えるのが面倒だから今は使われていない。高校の将棋部だって、こんなの使わないだろ？」

話を振られ、敦彦は「ええ」とうなずいた。

「顧問に将棋の歴史を教わるんで、知ってるぐらいです」

「だから現代人は使いこなせないってわけだ」

どこか馬鹿にしたように、佐野は笑った。

「昔は使われていたんですか？」

「徳川家治の時代はな。家治はこのやり方が大好きだったから、当時はみんな合わせて、この面倒な棋譜を使っていたんだ。亭主の好きな赤烏帽子《あかえぼし》ってやつさ」

「赤えぼし？　広島カープですか？」

中本のとんちんかんな言い草に、敦彦は八田冴絵のことを思い出した。昨日、彼女に垂らされたパリトキシンの味――あのあと敦彦は、火のついた冴絵に、事件に使われた毒を片っ端から舐めさせられた。フグ毒、ヒキガエル毒、キングコブラ毒……知っている毒だが、立て続けに味わうとさすがに舌が……

「――えっ？」

電撃のようなものが体を走り抜けた。

「えっ、えっ？」

「どうしたんです、赤味さん」

どんな毒を舐めたときよりも心拍が速くなってきた。怪訝《けげん》な顔をする佐野と中本を無視し、敦彦はしまったばかりの鞄を肩にかけ、厨房へ出た。

「あっ、やっと出てきてくれたー」

足立のぞみを無視し、ホールへ出る。テーブルの上に置いた鞄から般若の犠牲者リストを取り出して上から下へ確認していく。

「ねえねえ赤味さん、黄色のクリーム、お願いします」

「やっぱりだ……」厨房から追いかけてきた足立を手で払い、冴絵の電話番号を出してタップする。

彼女はすぐに出た。

〈もしもし？　今回は、ずいぶん電話してくるのが早いね〉

「〝毒殺般若〟の意図がわかった。まず……」

〈待って〉

おどけた様子から瞬時に鋭い声に変わった。

〈その話は今はしないで。職場？〉

「ああ」戸惑いながら返事をする。

〈一時間後、85番で〉

冴絵は電話を切った。

六

四時十分前までワンダーランド・マリトッツォの仕込みを手伝い、それとなく言い訳をして私服に着替え、駅前までやってきた。ベンチに座り、コンビニで買ってきたノートを広げてシャープペンシルで図を描いていく。ふと顔を上げると、台座の上に犬の像が見えた。忠犬ハチ公。死んだ主《あるじ》をこの場で待ち続けた犬は、昭和、平成、令和と時代がいくら進んでも、渋谷一の待ち合わせ場所として機能している。

きっと研究室に盗聴器が仕掛けられたのだろうと敦彦は考えていた。警視庁内部には甲賀流忍者の末裔たちが事件に関わるのをよしとしない一派がいる。毒物分析センターのエースである冴絵が甲賀流と接触したことを受け、彼女のオフィスに盗聴器を仕掛けたとしてもおかしくない。冴絵はそれに気づいた。そして、電話で話すのを避けたのだろう。

「85番=ハチ公」。暗号と呼ぶにはあまりに稚拙な言葉遊びだが、敦彦の職場が渋谷であることを知らない人間にとっては、却ってわかりにくいかもしれない。

約束の時刻きっかりに、渋谷駅改札口のほうから灰色のサマーニットを着た女性が歩いてくるのが見えた。髪の毛は後ろで一つに縛り、メタルフレームの眼鏡をかけている。昨日とはだいぶ雰囲気が違うが、八田冴絵に間違いなかった。

「待った?」

「いや。今来たところだ」

敦彦は立ち上がった。

「カープのユニフォームよりそっちのほうがいい」

「カープのユニフォームも似合うと思うけど、ありがと」

にこりと笑う冴絵。傍から見れば、ただのデートの待ち合わせにしか見えないだろう。

「ところで、電話の件だけど」

「ああ。場所を変えよう」

敦彦が言ったそのとき、きゃああと、すぐ近くで女性の叫ぶ声が聞こえた。振り向くと、ハチ公像の上に、妙な格好の男が立っていた。烏帽子に、腹部がゆったりとした古風な和服——平安貴族の男子の装束である「狩衣《かりぎぬ》」というやつだ。白塗りの顔は表情を読み取りづらく、ただ氷のような眼で敦彦を見下ろしている。その右手には、抜き身の日本刀——。

「な、なんだ……?」

男は声を上げることなく、ハチ公の上から敦彦めがけ、刀を振り下ろしながら飛び降りてくる。

「おいおいっ!」敦彦は冴絵をかばいながら後ずさったが、足がもつれて二人同時に倒れた。男の刀は空を切り、地面のブロックを叩く。恐怖のざわめきと共に、周囲から人は消えていた。

狩衣男の目が敦彦を捉える。殺気。敦彦と冴絵が立ち上がる暇を与えず、再び刀が振り上げられる。

「ぐっ!」

その刀が地に落ちた。狩衣男の手に、ガラスでできた釘のようなものが刺さっている。

「マジか、外してんじゃん」

群衆の中から声がした。明るい茶髪を盛り上げ、目の周りをやたらキラキラさせた化粧の女だ。体にぴったりとした黄色いドレス、ヒールの高い靴、一目でキャバクラ勤めとわかる彼女は、手に銀色に光る銃のようなものを構えていた。

「はるみ……」

「鶴松のやつ、使えねえなっ!」キャバクラ嬢は毒づきながら銃を地面に叩きつけると、バッグの中に手を突っ込み、カードを二枚取り出す。

「やっぱ、こっちのほうがいいわ」

両手の人差し指と中指のあいだに一枚ずつ挟んだカードを、ぴっ、と二枚同時に飛ばした。カードはまるで生き物のようにしゅるしゅると飛び、狩衣男の両目を直撃した。

「ぐあっ！」

男は目を押さえる。

「敦彦、スクランブル交差点で溝畑《みぞばた》が待ってる。青いトゥクトゥクだ！」

「でもはるみ、お前……」

「早くしろよのろま。こいつらの仲間が見てるかもしれないだろ」

その両手にはいつの間にか、縁日で売っているようなスーパーボールが十個ほど握られている。

「そもそもこいつはあたしの客だ。同伴出勤ってわけにはいかないけどな」

スーパーボールを一気に前方の地面に叩きつけた。四方八方に乱れ飛ぶスーパーボールだが、ハチ公周囲の人が消えた花壇にぶつかると、すべてが計算されたように同時に跳ね返り、苦しむ狩衣男の背中めがけて戻ってきた。

「うおおおっ！」

目の見えない状態ではありとあらゆる方向から一斉に攻撃を受けたように感じるだろう。狩衣男はパニックになり、走り出してハチ公の台座に激突し、もんどりうった。

「サンキュー」

「今度、ボトル入れろ。響《ひびき》の十七年な」

「俺の給料じゃ無理だよ」

冴絵の手を引き、スクランブル交差点のほうへ走る。青いトゥクトゥクの運転席で軽く手を挙げている彫りの深い顔がすぐに目についた。溝畑だ。

「夏山」「ほととぎす」

合言葉を返すのももどかしく、冴絵を押し込んで自分も乗り込む。トゥクトゥクはすぐに勢いよく走り出す。

「……何なの、いったい」

「わからないが、俺たちは狙われているようだ。そして、白神御大もそれを察知している」

冴絵の質問に答えると、運転席から「ご名答」と溝畑が言った。

「三十分前に急に御大から『渋谷で赤味をピックアップしろ』と通達があってな。千駄ヶ谷に冷凍食品を届けてから急いで来たぜ」

「こいつは甲賀流随一の乗り物使い、溝畑だ。さっきのキャバクラ嬢も仲間だ」

「いろんな人がおるね、甲賀流って」

「まだこんなものじゃない」

「悠長に紹介している暇はないみたいだぜ」

溝畑の声は緊張していた。

「振り向かずに聞け。バイクに追われている」

溝畑は片手で、敦彦にキーホルダー付きの鍵を放ってよこした。

「この先を右折すれば、円山町《まるやま》の《隠れ里》だ。スピードが落ちたタイミングで、左方のゴミ袋の中に落ちて身を隠せ」

「ゴミ袋?」冴絵が顔をしかめた。

「安心しろ。本当のゴミじゃない。クッションだ。バイクが通り過ぎたあと、その建物に入れ」

手の中のキーホルダーには「204」と書かれている。

「いくぞ」

ぐいんとトゥクトゥクは急ハンドルで右折した。遠心力を利用し、積んであるゴミ袋めがけて敦彦は冴絵とともに飛び込み、すぐに身を隠した。二つのエンジン音が離れていく。追っ手は敦彦たちには気づかなかったようだ。

一分ほど待ち、ゴミ袋をのけ、冴絵と共に出る。建物の入り口はどぎついネオンで飾られ、「休憩4500円　宿泊9000円」という看板があった。

七

照明は薄いピンク色で、壁のスイッチをいくら動かしても変わらなかった。冴絵は居心地が悪そうにベッドに腰かけ、壁一面に貼られた鏡を睨みつけている。敦彦は彼女の正面のスツールに腰かけた。

「ねえ、仲間と結託《けったく》して私をここに連れ込んだわけじゃないわよね?」

「まさか。甲賀流が各地に設置している隠れ拠点の一つだ。表向きは普通の民家とか、こういう商業施設を装っている。ここみたいに実際に経営しているものも多い」

「どうしてラブホテルなのよ?」

「俺もよく知らないが、明治時代にこの円山町に芸妓の店を出していた甲賀流の末裔がいた。戦後、その跡地に建てられたのがこのホテルだ」

「もっともらしいわね」

まだ疑わしげに、冴絵は言った。

「とにかく、ここなら他人に盗み聞きされることもない」

敦彦はポケットにねじ込んであったノートを取り出した。そして、スマートフォンに「いろは譜」を表示した。

「結論から言おう。犯人は二人いる。彼らは将棋を指しているんだ」

予想通り、冴絵はわけがわからないという顔をした。敦彦は簡潔にいろは譜について説明した。

「この譜を使えば、たとえば『4六歩』と表現すべき一手は『て歩』と表せる」

「……わかったんだけど、それが何？」

「テトロドトキシンはフグの毒。つまり、『フ（歩）』だ」

敦彦は毒物とそれを有する動植物の横に、メモを書いていった。初めは怪訝そうに見ていた冴絵の顔が、だんだん青ざめていった。
・テトロドトキシン（フグ）……歩
・キイロオブトサソリ毒（キイロオブトサソリ）……金
・ブフォトキシン（ヒキガエル）……飛
・キングコブラ毒（キングコブラ）……王・玉
・アニサチン（シキミ）……角
・オレアンドリン（キョウチクトウ）……香

・プロトベラトリン（バイケイソウ）……桂
・ギンコール酸（銀杏）……銀
・アコニチン（トリカブト）……と
・プルンバギン（琉球柿）……龍
・パリトキシン（マウイイワスナギンチャク）……馬

「『馬』がマウイイワスナギンチャクというのはいいとしても、『角』がシキミというのはどういう意味？」

「毒物の研究者ならわかるだろう。シキミは何の実に似ている？」

冴絵ははっとした。

「八角！」

「そうだ。この事件の毒物はすべて、将棋の駒を表していたんだ」

「でも、盤上の位置はどうやって表すの？」

「被害者の名前だよ。名字の初め一文字が、いろは譜にある漢字と一致する場合はその漢字、ない場合はひらがなのマスを表している」

第一の犠牲者、春村駿介は『春』。第二の被害者、楽田清美はいろは譜の漢字に『楽』がないので『ら』。それぞれテトロドトキシンで殺害されているので『春歩（＝７六歩）』『ら歩（＝３四歩）』という指し手というわけだ。

「こうやって考えると、初めはテトロドトキシンばかりが使われたことも説明がつく。だいたい初手から数手は『歩』を動かすからな」

「信じられない……。将棋に見立てて、人を殺していくなんて」

　冴絵は額に手を当て、呆然としていた。

「俺も信じられなかった。だが、棋譜を起こしていくと、見事に将棋の勝負になっている。ずっと無差別のように犠牲者が選ばれてきたのに、ここ最近、楓井家の三人が狙われた理由もはっきりするんだ」

　ハチ公前で冴絵を待つ間に書いた棋譜を、敦彦は見せた。

『●楓金』

『○楓飛』

『●楓馬』

「勝負は佳境にさしかかり、8四、つまり『楓』のマスでの攻防が激しくなった。だが、『楓』で始まる名字は珍しくそう簡単に捜すことはできない。やむなく白般若は直前の被害者の身内を犠牲者に選び、黒般若もそれに応戦した。黒般若の角は、飛車を取ると同時に、馬に成った。つまり、それまで盤面になかった馬が現れたことで、突如パリトキシンが使われたんだ」

　冴絵は将棋のことはよくわからないらしかったが、青ざめた顔で敦彦に訊ねる。

「次に殺されるのは誰？　ここまで分析できたなら、白い般若が次に指す一手もわかるんでしょ？」

「……わからない」

　敦彦は目を逸らした。

「どうして？」

「将棋部だったから棋譜を読むのはできる。だが、指し手が次の一手をどこに指すのかまではわからない。可能性は二十くらいに絞られるとは思うが」

「そんなに可能性が多くちゃ、阻止できんけん！」

レースのついた布団カバーを、冴絵は叩いた。そのとき、敦彦のスマートフォンが震えた。店からだった。

「もしもし？」

〈おい赤味、お前今、どこにいるんだ！〉

鈴木店長の怒号だった。

「す、すみません」

〈店開けるぞ、十分で戻ってこい。戻ってこなかったらクビだ、バカヤロー！〉

弾かれたように、敦彦は立ち上がる。雇われ料理人の哀しい性《さが》だった。

「俺、行かなきゃ。終わったら戻ってくるから、ここで待っててくれ」

「こ、ここで？」

「大丈夫。甲賀流のラブホテルだから、ここにいる限り安心だ」

冴絵は納得していないようだったが、敦彦は部屋を飛び出した。

八

今日もまた、ワンダーランド・マリトッツォ目当ての客ばかりだった。午後六時のディナー営業開始以来、足立のぞみはマリトッツォにつきっきりだ。充実した表情で働く彼女とは違い、敦彦は仕事にまったく身が入らない。

「赤味、何、ぼーっとしてる？」

鈴木店長が声を荒らげた。

「本当に、クビにしてもいいいんだぞ。ワンダーランド・マリトッツォのおかげで、うちに勤めたいっていうやつからわんさか連絡が来てるんだ」

「……すみません」

謝りながら茹《ゆ》で上がったフィットチーネを引き上げるが、湯が手に跳ねた。

「あつっ！」

のけぞって、背後で作業していた足立のぞみに体がぶつかってしまった。

「わあ。何するんですか赤味さん。クリーム、はみ出ちゃいましたよう」

「赤味。お前もう、こっちはいい。前菜でも作っとけ」

料理の初歩すらわからない鈴木に指示され、野菜の並ぶ調理台へ向かった。

「気にするな」自分専用の冷蔵庫からケッパーの瓶を取り出しながら佐野が小声で言った。「忙しくて気が立っているんだろう。あとで売り上げを計算したときに、どうせ全部忘れる」

敦彦は何も言わず、口角をあげる。閉まっていく冷蔵庫のドアの中を見て、やっぱり何に使うのかわからない瓶が多いなとぼんやり思っていた。

前菜づくりに集中し、十五分ほど経ったときだった。

「赤味さん！」

厨房の入り口を振り返ると、ホール担当の中本が敦彦を見ていた。

「アボカドのエスカベッシュ、作ったの、赤味さんですよね？」

「ああ、そうだけど」似たような状況が、昨日あったなと考えた。

「十三番テーブルの親子連れのお客様がお呼びです」

親子連れ？　いくら白神でも、分身の術など使えるわけはない。誰と誰が来ている？

何も言わず、厨房を出る。ホールの客席のあいだを抜け、奥の十三番テーブルの脇で止まった。

「こんばんは」

ワンダーランド・マリトッツォをつついていた母娘はそろって敦彦のほうに顔を向けた。母親役のほうは三十代半ばで、こんなカジュアルな店に来るのには適していない、胸元の開いた黒い夜会服を着ている。肩と頭に鳥の羽飾りをつけていた。娘役のほうはレースの付いた白いドレスを着た小学生の女の子。左目の瞳孔が赤い。

「私が若いころは渋谷といえば怖くて夜は出歩けなかった街だけど、再開発してだいぶ安全になったわ。こうして子どもとディナーを楽しむこともできるもの」

この二人か……。

「それにしてもエレガントなお味だった。うちの鴨ちゃんたちにも食べさせてあげたいくらい」

荻谷《おぎや》つばめ。甲賀流の鳥使い一族の血を引いているが、外科医である夫には忍者の末裔であることは秘密だという。難病手術専門でドイツを飛び回っている夫は年に二度しか白金《しろかね》の自宅に帰ってこず、ありあまる金で悠々自適に暮らしながら、気まぐれで鳥を操って仲間を助ける。今ではすっかりマダム・スワロウという通り名が定着していた。

「ありがとうございます」

初対面を装い礼を言うと、

「私にはすっぱかった」

娘のほうがそう言ったので、顔を彼女のほうに向けた。雲川《くもかわ》セイラ。任務中に死んだ父親のあとを継ぎ、十一歳にして現場に出て活躍する立派な忍びだ。甲賀流懐中殺、いわゆるスリの名手であり、対峙した相手から物を盗み取るのみならず、その懐に物を忍ばせるのも得意なのである。

何かお口直しをご用意しましょうか――そう訊ねようかと思った瞬間、敦彦を見つめるセイラの、赤いほうの目が光った。

「――白般若が死んだよ」

「えっ？」

訊き返すが彼女は何も答えず目線をマリトッツォのほうに戻す。右手の人差し指で、敦彦のポケットを指さしていた。何かを忍ばされたのだと、すぐに気づいた。

「失礼します」

ワンダーランド・マリトッツォの賞味に没頭する二人に頭を下げ、ポケットに手を入れると、ワイヤレスイヤホンがあった。厨房に戻りながらそれを耳につける。すぐに白神の声が聞こえた。

〈赤味。お前が仕事に戻ったあと、私は《隠れ里》の２０４号室を訪れ、八田冴絵と接触した。彼女はお前の推理を伝えてくれた。犯人の意図が将棋だったとは目から鱗《うろこ》だったが、すぐにわかった。亀印会《きいんかい》だ〉

厨房に戻り、野菜を切りはじめたが、手元に集中などできなかった。

〈亀田屋《かめだや》初吉《はつきち》と印伝屋《いんでんや》平助《へいすけ》。徳川家治の時代に、町人ながら将棋が強くて評判になり、御前対局をするに至った二人だ。しかしいざ対局を始めると千日手《せんにちて》を繰り返し、将軍家治だけでなく、側近の老中や判定役を務めた将棋家元・大橋宗桂《おおはしそうけい》もしびれを切らした。結局、意図的に千日手を繰り返した無礼が咎められ、罪に問われた。初吉のほうは斬首。平助は逃げたが上野《こうずけ》の山中で追手に捕まった〉

なんという理不尽なことだ。

〈双方の家族は江戸にいられなくなった。徳川家を恨み、江戸を恨み、何代にもわたって二家共同で復讐を誓ってきたのだろう〉

しかしなぜ今になって……敦彦の心の問いに答えるように、白神は続けた。

〈初吉は刑場に引き立てられるときに叫んだのだそうだ。『元号が二十回変わるとき、お前たちに呪いが訪れるぞ』と。彼らが死んだのは宝暦十三年の冬。宝暦の次、明和から数えて、令和はちょうど二十回目の改元に当たる。それで、両家は先祖の呪詛《じゅそ》を現実にすべく、対局を再開したのだ〉

それがこの、日本史上類を見ない無差別大量殺人——敦彦は絶句するしかない。

〈亀印会については、甲賀流の歴代の担当者が目を光らせていたが、大戦末期に時の担当者が戦死したのをきっかけにその情報が途切れた。私は警視庁の資料保管室へ足を運び、戦前の古い資料を当たった。すると、亀田屋の末裔も印伝屋の末裔も直系は途絶えており、それぞれ、鰐淵、伊奈江野《いなえの》という家が継いでいることが判明した〉

「鰐淵……?」

敦彦は思わず口に出した。隣で野菜を切っていたコックがちらりと敦彦の顔を見る。

〈わかったろう。毒物分析センターで八田冴絵のチームに所属する研究員、鰐淵浩二《こうじ》。我々は先ほど彼を引っ張り、すべてを看破したと言って問い詰めた。白を切っていたが、私が催眠をかけると滝のような汗をかきはじめた。だが、いよいよ自白直前というところであいつは、隠し持っていたカプセルを口に含み、血を噴き、その場に倒れた〉

「そんな！」

「おい、赤味、お前！」

鈴木店長の怒声が今や、邪魔に感じていた。

〈やつは死に際に言った。『白の般若は俺だよ。どうせこれで投了《とうりょう》だ』と。黒の般若が誰か聞き出すことはできなかったが、片方が死んだのだから棋戦は終わりだということだろう。鰐淵浩二には親族も子どももなく、亀田屋初吉の血は絶たれたことになる〉

「赤味、聞いてるのかっ！」

鈴木が近づいてくる。敦彦は耳からイヤホンを抜き取り、作業に集中しているふりをする。

終わったのか。何十人もの人間が犠牲になった事件の幕切れとしてはあっけない気がしたが、将棋の勝負だって終わるときはこんなものだ。

「お前、態度を改めないと、本当に知らないぞ」鈴木の怒りは収まっていない。「悔しかったら、人気料理の一つでも開発してみろ」

「……すみません、俺には無理です」

精いっぱい表情を作り、愛想笑いを返す。鈴木は鼻息を一つ吹き出し、ホールへと戻っていった。

この店ではもう、ダメかもしれない。そう思ったらまた、もっと大きな舞台へ修業に行きたいという気持ちが頭をもたげてきた。いっそのこと、東京を離れて地方都市へ行くのもいいかもしれない。

ふと、冴絵の顔が浮かんできた。

毒物分析センターの主任を務める彼女は東京を離れるわけにはいかないだろう。

所詮、彼女と交際できる運命にはなかったのだ。あきらめもつく。

だが、あきらめると決めたら、最後に会っておきたくなった。むろん、事件が解決したのだから、もう会う理由はないのだが。

まだ彼女は、《隠れ里》にいるだろうか。それとも白神から事件解決の報告を受け、帰宅してしまっただろうか……。

九

店はいつも通り午後十時三十分に閉店となり、片づけから解放されたのは午後十一時だった。

「あれ、佐野さんはまだ残りますか?」

調理服から着替えない佐野に、中本が訊ねた。

「今日中に試してみたい味があってな。ワンダーランド・マリトッツォに負けてらんねえから」

「恐縮でーす、えへへ」

足立のぞみが敬礼のようなしぐさをする。敦彦はそれを横目に「お疲れさまでした」と店を後にした。

駅構内を横切り、マークシティの脇の道へ出る。道玄坂通りを横切り、裏渋谷通りの細い道を抜けて円山町へ。夕方よりもずっと色情のムードを増したホテル街の中、《隠れ里》のピンク色のネオンは古めかしく見えた。

「ちょいと」

受付の前を通り過ぎようとすると、小窓の中から老婆の声がした。敦彦は足を止めた。

「あんた、赤味さんだよね？」

「そうですけど」

こちらから顔は見えていなくても、向こうからは見えているらしい。窓の上のこの黒いプラスチックは、向こうからは透けているのだろうか。それにしても、声を初めて聞いた。

「お連れさん、さっき鍵を置いて出て行ったよ。『赤味さんに呼び出されたんで帰ります』って。代金のことを気にしていたけど、あんたらからは取らないからね」

証拠とばかりに小窓から「２０４」の鍵をつかんだしわくちゃの手が出てくる。

「呼び出してなんかいませんけど、いつのことです？」

「ほんの十分ほど前だよ」

どういうことだ？　焦燥が頭の中を駆け巡る。

——どうせこれで投了だ。

死ぬ直前に鰐淵が口走ったという言葉が頭をよぎった。彼は、毒を飲んで死んだ。毒……。

「すみません、白神さんに連絡は取れますか？」

敦彦たち「配下の者」から白神へ連絡を取ることは原則禁止されており、連絡先は知らない。

だがこの《隠れ里》の老婆なら……。敦彦の願いは届いた。

「ちょっと待ってな」

小窓の中でピッピッという電子音が聞こえたかと思うと、

「ほい」

しわくちゃの手が古めかしい折り畳み式携帯電話を差し出してきた。耳に当てると、呼び出し音が三回ほど聞こえたあと、

〈夏の野〉

白神が合言葉を促す返答をした。

「姫百合。赤味です。《隠れ里》のフロントからかけています」

〈わかっている。どうした〉

「さっき死んだ鰐淵のことですが、いったい、何の毒を飲んで死んだんですか?」

〈ちょうど今、分析の結果が出た。アニサチンだ〉

シキミの毒だ。八角の実に似ているのだから「角」を表しているのだと冴絵が当てたのが昔のことのようだった。携帯電話を頰と肩の間にはさんだまま鞄からノートを取り出し、小窓の前の狭いスペースにこれまでの盤面が書かれたページを広げた。

〈赤味、どうした〉

「鰐淵は自らの死で一手を指したんですよ。『どうせこれで投了だ』というのは事件の終結を意味していたんじゃない。『次の相手の一手で俺は負ける』という意味だったんです。つまり、あと一人、毒で死ぬ者がいるということです」

ノートの脇に置いたスマホでいろは譜を確認する。「鰐」という漢字はないので「わ」だ。シャープペンシルを取り出し、ノートの盤面の「わ」に角を移動させた。

〈次の一手はどうなる？〉

白神に促されるように盤面を見る。焦る。わかるはずだ、わかるはずだが……

「ここに馬だね」

小窓の中からしわくちゃの手が伸び、盤面の『6六』を指した。

「これで後手の詰みだ」

「……本当だ」

ふん、と顔の見えない老婆は笑った。

「私がこの円山町で何人の男を手玉に取ってきたと思ってる？　中には有名な将棋指しもいたわ」

マスに対応する文字をいろは譜で確認する。『6六馬』……つまり『八馬』だ。ということは、名字に「八」のつく人間が、「マウイイワスナギンチャク」の毒で殺されるということだ。

目の前が暗くなった。

――八田冴絵。

「冴絵は！」

小窓のプラスチックを叩いて、敦彦は叫んだ。

「俺に呼び出されたと言っていたんだな？」

「うろたえるんじゃないよ若造が。あんたの店に行くって言ってたよ」

やっぱり――。今までの小さな違和感がすべてつながっていた。このままでは、冴絵が危ない！

敦彦は《隠れ里》を飛び出した。

十

再び戻ってきた渋谷スクランブルスコールは静まり返っていた。警備員のいる通用口のインターホンを押しても反応がなく、扉を開けて入ると、詰所の小窓の中に二人の警備員が倒れているのが見えた。寝息を立てているので眠らされているだけだということがわかる。

エレベーターに乗り込み、十二階へ。

フロアは死んだように暗く、窓外の渋谷の夜景が天の川のように煌《きら》めいている。

その、暗いフロアの一画に薄暗い光があった。《ヴォルペ・アレグロ》だ。格子状のシャッターが降りているが、その向こうの店舗には仄《ほの》かな照明が灯っている。

ガラス越しに、見覚えのあるコック姿が佇んでいた。彼の前に並べられたテーブルの上に女性が一人、仰向けに横たわっている。

「冴絵！」

敦彦は走り寄り、格子をつかんだ。

「やっときたか」

コック姿の男――佐野は微笑《ほほえ》んだ。テーブルの上で目をつむっている冴絵の口元には、ピンク色のクリームがついていた。

「睡眠薬で眠らせてある。赤味からだといって、足立さんのワンダーランド・マリトッツォをふるまったんだ。感激して、疑いもせずかぶりついたよ。女というのは本当に、流行りものに弱いね」

「冴絵をどうするつもりだ！　開けろ！」

力の限りシャッター格子を引っ張るが、びくともしない。

「鍵は私とオーナーしか持っていない。もっとも、リモコンはここにあるが」佐野はポケットからリモコンを取り出した。「それはそうと、私が〝黒い般若〟だったことにはあまり驚いていないようだな」

「今思えば、おかしいことだらけだった」

敦彦は言った。

「職場に他人が開けてはいけない専用の冷蔵庫を持ち、将棋に詳しい。だけどそれが毒殺般若とはまったく結びつかなかった。俺の声色を使って冴絵をここに呼び出したと聞くまでは」

「声帯模写は昔から得意だって言ったろう？」

敦彦そっくりの声で、佐野はおどける。敦彦はつづけた。

「印伝屋平助の子孫が〝いなえの〟という聞いたこともない名字の家に引き継がれていると聞いたときに違和感があった。あのときに気づくべきだったんだ」

「ほう？」

「きっと戦前の伊賀流の調査担当が暗号として残したか、さもなくば字が汚くて書き写し間違えたものが伝わってしまったんだろう。〝いなえ〟をカタカナにしてくっつけると、『佐』となる。これに野をつけて、『佐野』」

「なるほどな。そっちの事情などに興味はないが」

リモコンをしまったポケットから佐野は、小さな瓶を取り出した。見覚えのある青い液体が入っている。

「鰐淵に横流ししてもらったんだ。遠くハワイの海からやってきた最強の猛毒。素敵じゃないか」

「やめてください佐野さん。あんたがた印伝屋の子孫の勝ちは決まっている。これ以上犠牲者を出してどうなるというんだ？」

「お前は肝心なことがわかっていないな」くくと佐野は笑う。「鰐淵の奴の恨みの対象は亀田屋初吉を斬首した徳川、ならびに江戸にあった。だが私の目的は赤味、お前にあるんだよ」

「俺に？」

なんのことだか、敦彦にはわからなかった。

「わが先祖、印伝屋平助を殺したのが誰か、知らないのか？」

「まさか……」

「おいおい、本当に知らないのか。初吉と違って江戸を逃れた平助は上野国の山中で追手に捕まり、その場で毒殺された。甲賀流毒術の使い手、赤味庄之助《しょうのすけ》――お前の先祖にな！」

頭を殴られたような衝撃があった。

「印伝屋一族は佐野家に入ってからもずっと仇敵《きゅうてき》の名を語り継いだ。一般市民にまぎれながらずっと赤味の子孫を捜し続け、ついに私はお前を見つけたんだ。ホテルで料理の修業をしていたのは僥倖だった。《ヴォルペ・アレグロ》麻布店に転職したのも、このスクランブルスコール店の開業にあたって異動を申し出たのも、お前に近づくためさ」

「嘘だろ……」

「事実は残酷なものだ。もちろん先祖の遺恨を晴らすためにはお前を毒で殺すべきだ。だが赤味一族は毒では死なないときている。だから私は、お前の一番大事な人間を、お前の目の前で毒殺してやることにした」

くくっと佐野は笑った。

「お前と同じ職場になって四年、それとなくお前の身辺を探ったが、妻はなく、浮いた話もまるでない。だが半年前に、対局相手の鰐淵から情報を受けた。同僚の八田という女が、赤味一族の末裔のことをよくしゃべると。ひょっとしたらつき合っているのかもしれないとな」

小瓶のふたを、佐野は開けた。

「ま、待てっ！」

「最後の一手を『八馬』になるよう仕向けるのに、だいぶ苦労したよ。鰐淵があまり将棋が強くなかったのが幸いだった。あいつは私の本当の計画など知らなかったからね。……さあ、しゃべりすぎたようだ」

小瓶を傾ける。青い毒が揺れる。

「待て！　どうすればいい？　なんでもする。冴絵だけは……助けてくれ」

格子のあいだをすり抜ける技術などない。上着の内ポケットに手を入れ、非常用の注射器を握る。しかし、これを使うには、せめてもう少し近くに佐野が来てくれなければ……。

「それはできない相談だ。赤味庄之助の子孫よ、恋人に別れを言うがいい！」

しゅん、と敦彦の顔の横を何かがすり抜けた。

「いたっ！」

佐野が額に手を当てる。

ちちちちぃ！

ばたばたと羽音を立て、それは店の中央のスタンド照明に留まった。見たこともない、茶色い鳥だった。

「私のことに、気づかなかったようね」

声のほうを振り向く。隣の中華料理店の店先の大きな壺の陰の闇がもそもそと動いた。えっ――と思う間に、それは立ち上がった。ぱっとベールがはがれ、デコルテから顔にかけてが浮かび上がる。ドレスが黒すぎて、体が見えないのだった。

「オナガカンザシフウチョウ。自然界で最も光を吸収する黒い羽で作ったドレスなの」

「マダム・スワロウ……」

「せっかく最強に黒いドレスを新調して渋谷へ来たんですもの。まだ夜遊びしたいわ」

「邪魔するな！」

激高する佐野に、また茶色い小鳥が襲い掛かる。

「お気をつけになって、殺人者の殿方。その鳥は、ズグロモリモズよ」

「ズ……」敦彦は目を見張った。「これが？」

「なんだ、それは」

「あら。毒殺般若のわりに勉強不足ではないかしら。ニューギニア島に生息する、猛毒を持つ鳥よ。毒の強さはテトロドトキシンの四千倍。羽に触れただけで皮膚が炎症を起こし、万が一、羽を舐めてしまったら痙攣を起こして死に至るわ」

「なっ、なんだと！」

ちちちちぃ！　ズグロモリモズは佐野に向かっていく。

「やめろっ、やめ……」

佐野は両手で防ごうとするが、バランスを崩してよろめき、敦彦のすぐ目の前の格子に背中をつけてしゃがみこんだ。マダム・スワロウが敦彦を見て、手でピストンを押すしぐさをする。敦彦は注射器のカバーを外し、佐野の首筋に注入した。

「ぐあっ」

佐野は跳ね起き、注射された部分を手で触る。

「何を打った?」

「マウイイワスナギンチャクの毒さ」

格子から遠ざかりつつ、敦彦は内ポケットから別の注射器を出す。

「俺も冴絵から預かっていたんだ。もっとも俺の場合はここに、解毒剤を持っているがな」

「よこせ！」格子から手を伸ばすが、敦彦には届かない。

「自然界最強の毒の味はどうだ。そろそろ首がしびれてきたんじゃないか?」

「う。うぐう……」

伸ばした佐野の手から力が抜けていく。

「まあ」マダムが楽しそうに手を口に当てる。「再開発でだいぶ安全になったと思ったけど、夜の渋谷はやっぱり毒だらけね」

「よ……こせ……」

「シャッターを開けろ」

佐野は顎を震わせながら、ポケットに手を入れた。電子音とともに、ゆっくりとシャッターが開いていく。開ききる前に、佐野はどさりと床に仰向けに倒れた。四肢はだらりとして、白目を剝いており、口からはよだれが垂れていた。

「嘘だよ。赤味一族に伝わる甲賀流睡眠毒。十五時間もすれば目を覚ます」

「まあ」

マダムがにこりと微笑んだ。その肩にズグロモリモズがとまり、ちぃ、と鳴いた。

冴絵のもとへ敦彦は近づいていく。

テーブルの端の紙ナプキンを一枚取り、彼女の顔を見つめる。騒動の渦中にありながら、穏やかな寝顔だった。頭の横の皿には、食べかけのワンダーランド・マリトッツォ。唇には、ピンク色のクリーム。

敦彦はその唇をそっと、紙ナプキンで拭った。

「こんなのよりずっと美味いドルチェ、俺がいくらでも食わせてやるよ」

正式に恋人どうしになったらな——マダムと毒鳥の手前、その言葉は心の中に留めておいた。

《主要参考文献》
今泉忠明『猛毒動物最恐50』／森昭彦『身近にある毒植物たち』（ともにSBクリエイティブ）

アイリよ銃をとれ

一

「おいミク。ちょっと太ったんじゃないのか？」

テーブルの向こうでニデガワさんがにやけた。

顎《あご》と首の区別がつかないほど太った、ガマガエルのような中年。ミクの太ももを撫《な》でまわしている。もし自分だったらと思うと、はるみは喉をティースプーンでかき回されているような吐き気に襲《おそ》われる。外車のディーラーだかなんだかしらないが、生理的に受け付けない。

「そんなことないよぉ」

「太ったって、ほら、ほら」

ニデガワさんはドレスの上からミクのわき腹をつまみ、げふっ、げふっと下品に笑う。

「いやー、やめて」

と言いながらまるで嫌そうなそぶりを見せないミクがすごい。もちろんミクも控室ではこういうおっさんどもに対する呪詛めいた悪口をまき散らしているけれど、それを表に見せないのが、キャバ嬢のプロ根性だ。

「あっ！」

はるみの隣に座っていた男が、グラスを倒した。

「シゲタ、お前、何やってんだよ！」

すぐさまガマガエルが嚙みついた。

「すみません、すみません！」

「大丈夫ですよぉ」はるみはキャバ嬢用の猫なで声で言うと、すぐにボーイに向かって手を挙げ、

「おしぼり、おねがいしまーす」と叫んだ。

「本当に、ごめんなさい」

「謝んないでください。あたしもちょうど、あついなあ、と思っていたところなんですぅ」

「そんなに暑いかなあ」

「だってシゲタさん、とっても素敵だから。あたしの顔、あつくなっちゃいますよぉ」

シゲタさんは「またまた」と照れながら、タオルハンカチを取り出した。それを見てガマガエルが笑い出す。

「なーんだシゲタ、そういうつもりだったのかよ」

「そ、そういうつもりと申しますと？」

「アイリの足を触りたくて、わざとこぼしたんだろ？」

えー、と女の子たちが笑う。

「いえいえ、そんなことは……」

「いいんだよお前、男なんだから正直になれよ」

げふっ、げふっ。毒気でも含んでそうなガマガエル男の笑い声から、少しでも遠く離れたかっ

た。

「アイリちゃん、ちょっと」

おしぼりを持ってきた菊川《きくかわ》マネージャーが裏へ来いという合図を出した。常連客からの電話が入ったのだろう。アイリというのははるみの源氏名で、最近ようやくお客が付きはじめた。明日はカメラマンの三好《みよし》さんとお寿司を食べて同伴出勤の予定が入っている。

「ちょっとごめんね」

こぼれた水割りの処理を他の女の子に任せ、立ち上がってマネージャーについていく。厨房を通り、一枚扉を出ると、寒々しいビルの共有スペースになっている。ひび割れたコンクリートの壁と、黒ずんだタイルの床。まばゆいシャンデリアと鏡張りの壁の店内と比べ、まるでカードの裏表のような違いだといつもはるみは思う。

スーツ姿のオーナーとともにそこで待っていたのは、黒ずくめで、てかてかした整髪料で髪を固めた二人組の男だった。

「一《いち》ノ坂《さか》はるみさんですね？」

「そうですけど」

「警視庁捜査一課の石橋《いしばし》です」

コートから警察バッジを取り出し、年配のほうが言った。甲賀流の出動要請？——それだったら御大の白神蝶三郎《しらかみちょうざぶろう》がやってくるはずだし、オーナーの前ではるみに声をかけてくるはずはない。

「風間《かざま》琴美《ことみ》さんをご存じですね？」

聞いたことのない名前だと首をかしげると、

「セシルの本名だ」

オーナーが吐き捨てるように言った。

「あーそんな名前なんですか。もちろん知ってるけど、そういえば今日、出勤してないですね」

「本日午後六時ごろ、ご自宅で亡くなっているのが発見されました」

石橋刑事の言葉に、全身の毛穴が開く。

日本人離れした彼女の顔が目に浮かんだ。美容院も化粧品も他の子よりワンランク上を愛用していた。エステでボディラインを磨くのも怠らず、ナンバーワンは目前だと噂されていた。もっとも、会社の重役級の上客に気に入られるスキルを鼻にかけ、そのくせ同伴のない日は平気で遅刻するので、店の女の子のあいだでは嫌われている。はるみも、セシルにはいい感情を持っていなかった。でも、死んでしまったのだと聞くと複雑だ。

「どうして、死んじゃったんですか」

「現場までご同行願えますか？」

石橋刑事は、はるみの質問には答えなかった。そして彼は、はるみの耳元に口を近づけ、ぼそりと言った。

「甲賀流だと聞いたぞ」

……白神から話が通っているのだろうか。とにかく、甲賀流の名を出されてついていかないわけにはいかない。

はるみは着替える間もなく石橋と共に警察車両に乗り込んだ。

「死亡推定時刻は今日の午後五時前後。死因は硫化水素の吸引による中毒死」

車が動きはじめるなり、石橋刑事は話しはじめた。敬語はすっかり、取り払われている。

「硫黄《いおう》を含む入浴剤と塩素を含むトイレ用洗剤を混合すると発生し、吸引すればすぐに呼吸困難に陥る毒ガスだ。現場の間取りは1LDK、風間琴美は部屋着姿のまま、リビングダイニングの床に倒れていた。そばにはシャンパンクーラーとグラスが倒れていた。グラスの底に入浴剤がこびりつき、シャンパンクーラーの中にはトイレ用洗剤が入っていたようだ」

「自殺ってこと？」

はるみももう敬語を使わない。石橋はちらりとはるみのほうを見て、また前方に視線を戻す。

「現場はマンションの三階。玄関は施錠された上にドアチェーンがかけられ、二つあるベランダへのガラス戸はクレセント錠がかけられたうえ、防犯ストッパーまでかけられていた。他に出入り口はない」

「やっぱり、自殺だ」

「早合点するな」

「はあ？」

偉そうな言い草に、思わず言い返してしまった。だいたい、第一印象から好きではないのだ。えんじ色のネクタイも、キツネみたいな目つきも。

「死体の周囲にはトランプが散らばっていた。そして、こんなものも見つかった」

背広の胸ポケットに手を入れ、ポリ袋を引っ張り出す。中には、新聞の折り込みチラシで折られた、紙飛行機が入っていた。

「何よ、それ？」

「勘が鈍いな。甲賀流忍者の末裔とはそんなものか」

「こっちだってそんな面倒くさいもんの末裔に生まれたくなかった。ハリウッドセレブの末裔がよかったに決まってる」

石橋は馬鹿馬鹿しいとでもいうように鼻を鳴らしただけだった。

「白神のジジイはどうしたの？　いつも依頼のときはあの人が来るじゃん」

「お前の気にすることではない」

石橋刑事はそのまま、現場に到着するまで黙りとおした。

セシルの住まいは元麻布《もとあざぶ》にあった。高級マンションとまではいかないけれど、居住エリアのランクとしては、はるみの住んでいる南千住《みなみせんじゅ》よりずっと上だ。

周囲には黄色いテープが張り巡らされ、ガスマスクをかぶった関係者がちらほら見える。有毒ガスの発生ということで、当該マンションはもちろんのこと、半径八十メートル以内の住人を避難させ、今夜は戻らないよう要請しているとのことだった。スーツ姿の若い刑事がやってきて、車の窓をこんこんと叩いた。石橋は窓を開ける。

「ガスはどうだ？」

「ほとんど除去され、計器は安全を示していますが、マスクをお付けになりますか？」

「いや、いい」

はるみには選択権はないようで、車を降りるよう促される。なぜか石橋はエントランスには向かわず、電柱のそばまではるみを連れていくと、上を見るように言った。

「あの三階の部屋が現場だ」

石橋が示したのは小さな外窓だった。電柱からの距離は四メートルくらいある。エアコンの室外機が窓の外の壁にへばりつくように取り付けられていた。

「電柱をよじのぼって、あの窓から入ったって考えてる?」

「そんなことを言いたいわけではない。あの窓もまた、内側から防犯ストッパーがかかっていた」

「じゃあ何だよ」

「やはり勘が鈍いな。来い」

すたすた歩いていくその後頭部にピンヒールを投げつけてやろうかと思った。一番固いところをつむじに命中させる自信はある。

気持ちを落ち着かせ、エントランスに入り、エレベーターに乗る。三階に着くと、現場の部屋の高級そうなオリーブ色のドアは開け放たれ、鑑識官たちがうろうろしていたけれど、はるみを見るなり、一様に不思議そうな顔をした。太ももがあらわなタイトドレス姿のキャバ嬢がなぜ連れてこられたのか――というような顔だ。

リビングダイニングには大理石模様の天板を持つテーブルと、赤い革張りの椅子が二脚あり、手前の壁際には装飾の施された、猫足の白いサイドボードが置かれていた。サイドボードの上にはペルシャ絨毯《じゅうたん》風の模様のマットが敷かれ、赤いバラの生けられた花瓶がある。花瓶のそばには石橋の言ったとおり、トランプが何枚か散らばっていた。

ヨーロッパの貴族気取りかよ。胸の中で毒づいたけれど、椅子のすぐ近くに白いテープで描かれた人の形を見て、さすがに胸が痛んだ。床にも同じトランプが散らばり、ボール紙と、ワイングラスの入ったシャンパンクーラーが置かれている。トランプ以外は実際に使われたものではなく、同じ型のものを部下が用意したのだと、石橋刑事は言った。

「紙飛行機はここに落ちていた」

【C】と書かれた鑑識札を、石橋刑事は指さす。ワイングラスのすぐそばだった。

「液体洗剤を満たしたシャンパンクーラーの中に、入浴剤を入れたグラスを落とし、硫化水素を発生させる――一見自殺に思えるが、ボール紙とトランプと紙飛行機の存在が明らかに不自然だ」

「だね」

「何らかのトリックが用いられたと考えられる」

「みたいだね」

「思いつくか?」

「全然」

石橋は鼻をならし、サイドボードの上を手でたたいた。

「ここにトランプタワーを二つ立ててボール紙を渡し、その上に入浴剤を入れたグラスを載せる」

「危なっかし」

そう言いながらはるみは、彼が何を考えているのか、だんだんわかってきた。

「トイレ用洗剤を入れたシャンパンクーラーは、こうしてサイドボードの下に置く。トランプタワーが崩れたら、グラスがシャンパンクーラーの中に落ち、硫化水素が発生する仕組みだ」

「そんなに都合よく落ちる?」

「それを、訊きたいんだ。こっちへ来てくれ」

石橋はキッチンの反対側の、開いているドアへはるみを誘導する。奥にもう一つ部屋があった。

シーツの乱れたベッドがあり、部屋の隅にブランド物の袋や箱が大量に固めて置かれていた。セシルのやつ、こんなに貢いでもらっていたのか。

「これだ」

石橋が指さしたのはエアコンのそばの壁だ。ホースやコードをテープでぐるぐる巻きにしたものを外の室外機へつなぐ穴が二つある。一つはそのコード類で埋まっているが、もう一つは空いていた。

「通常、使っていないほうは専用の蓋でふさぐが、この部屋の場合、外からパテで埋められていた。業者なら内側から詰めるはずだから、おそらく犯人の仕業だろう。覗いてみろ」

椅子の上に乗って穴を覗くと、さっき見たばかりの電柱があった。

「あー、そういうこと」

ようやく合点がいく。

振り返ると石橋のそばに若い刑事が控えていて、荷物を差し出してきた。スウェット上下と真新しいトランプ一式、それに広告のチラシが数枚。

「わかった、再現してみるよ」

トイレでスウェットに着替え、サイドボードの前に戻る。トランプは、刑事たちがすでに拾い上げておいてくれた。はるみはそれを受け取り、シャンパンクーラーの位置を計算して、敷物の上にさっささっさと組み上げはじめる。すぐに五段のトランプタワーが二つできあがり、その二つの頂点が支えとなるように、そっとボール紙を渡す。

「大したものだな」

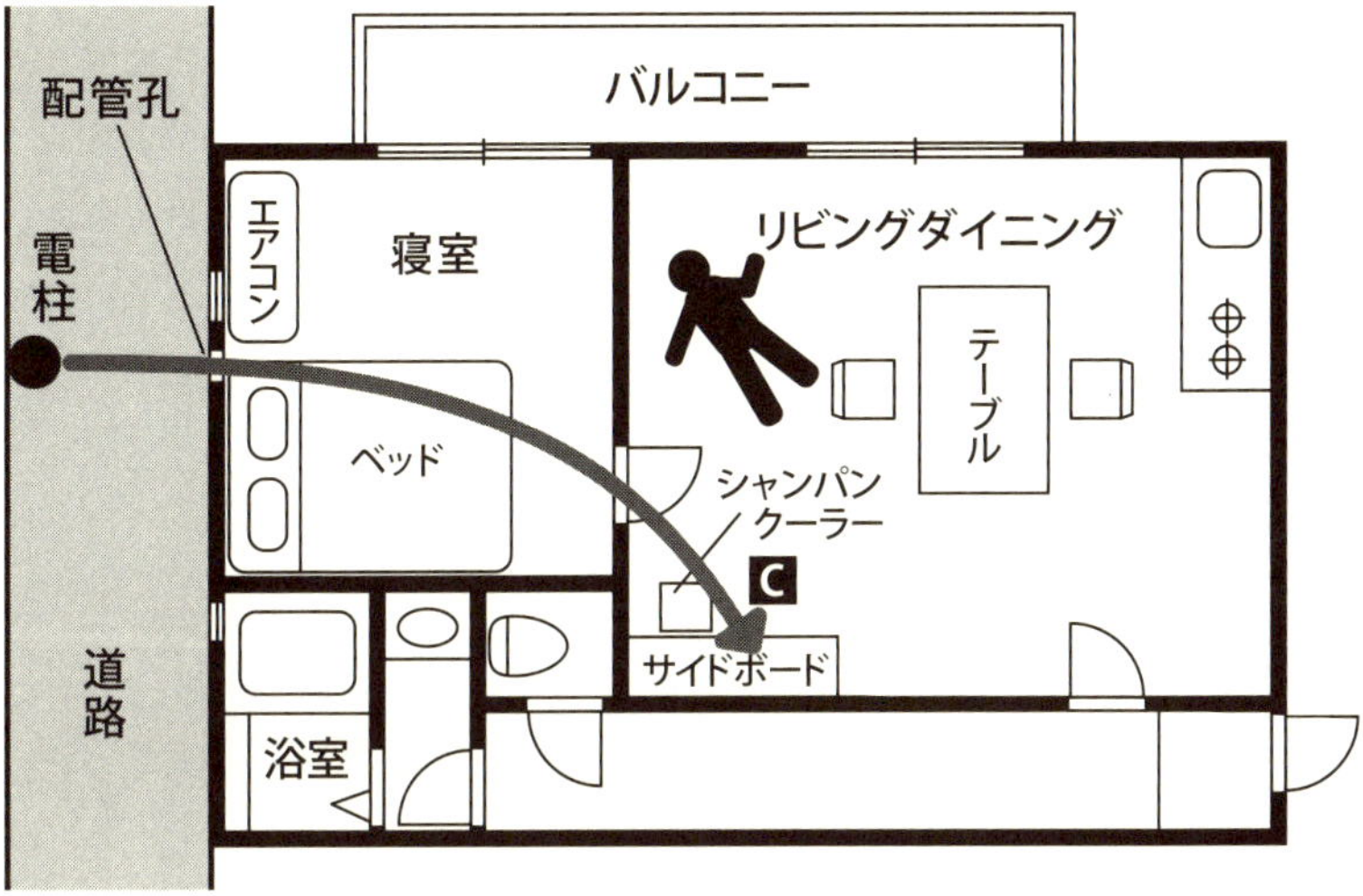

「まだまだ準備段階だって。入浴剤は？」

石橋の部下が差し出した入浴剤の袋を破り、中身をグラスの中に入れ、それをボール紙の上に立たせた。刑事たちを壁際に移動させ、「もう誰も動かないでね」と指示を出す。石橋が素直に従ったのが爽快だった。

寝室に戻ったはるみは、壁の穴の前に立って振り返り、紙飛行機のとるべき軌道を確認した。ドアを完全に開いても、サイドボードは死角になっていてトランプタワーは見えない。

「右にぐるーっと旋回させる必要があるなあ……」

リビングダイニングに戻り、大理石ふうのテーブルの上でチラシを折りはじめる。いい硬さの紙だ。出来上がった紙飛行機を目の高さにして、両翼の角度を調整する。

「じゃあ、行ってくるから。できれば、息も止めといて」

紙飛行機を片手にマンションを出て、電柱の下まで行く。こんな電柱を上るくらい甲賀流忍者としてはたやすいけれど、せっかくなので二階の高さまでは脚立を使わせてもらい、あとはよじのぼった。

うまい具合に、無風だ。両足で電柱を挟み、紙飛行機の両翼を確認する。

目的の壁の穴との距離を目で測り、頭の中に部屋の間取りを再現する。

軌道が、イメージできた。

「よし」

指先で紙飛行機の先端近くをつまみ、ひゅっと放った。紙飛行機は吸い込まれるように穴に入っていく。

部屋の中からがちゃんというガラス音と、おお、という男たちのざわめきが聞こえた。

急いで現場の部屋へ戻る。計算通り、空のシャンパンクーラーの中にグラスは見事に落ちていた。

「すばらしい。さすが甲賀流の末裔だ。もう一度やってもできるか?」

石橋刑事の賞賛がくすぐったかった。

「何度でもできるよ」

「君以外にできる人間は?」

呼び名も「お前」から「君」に昇格していた。

「まさか。あたしがどれだけ修行したと思ってるの?」

ぱっと石橋は、はるみの華奢な手首を握った。

「署まで同行願おう」

「はっ？　なんで？」

「決まっている。お前は、風間琴美殺害の第一容疑者だ」

嘘でしょ？——目の前が真っ暗になった。

二

十九世紀末から二十世紀の初めにかけ、アメリカ合衆国に、アニー・オークリーという名の女性がいた。

幼少期よりライフル銃の腕を磨き、数々の射撃コンテストで大人顔負けの技を披露しては賞金を稼いでいた彼女は、名高い興行主バッファロー・ビルの目に留まり、ショーに出演しはじめる。二十数メートル離れた位置に横向きに設置されたトランプを銃弾一つで真っ二つに分断し、かつ、分かれた二枚のトランプが宙に舞っている間に、立て続けに銃弾を放って五つの穴を開ける——こういう人間離れした器用な技の数々で一躍ショーの目玉となった彼女は、やがて全米に名を知られるスターになった。

有名なミュージカルの題材となり、今なおその名を人々の記憶にとどめているアニー・オークリーだが、彼女に劣らない器用さを誇る女性が、戦国時代の甲賀にいたことを知る者は少ない。

一ノ坂鮎《あゆ》。彼女が得意としたのは銃ではなく、手裏剣であった。

当時、甲賀流には、手裏剣の腕を競いあう『六《む》ツ屋島《やしま》』という競技があった。

扇形の的を立てた小さな筏《いかだ》を六つ、川に流す。挑む者は十間ばかり離れた岸から、流れていく的を手裏剣で狙う。使う手裏剣は最大で十と定められ、六つすべての的を落とした者が何人かいた場合は、手元に残った手裏剣の多寡で優劣が決まるのだ。六ツ屋島という名が、源平合戦の那《な》須与一《すのよいち》の逸話に因《ちな》んでいるのは言うまでもない。

天正三年、並みいる男の忍者たちに交じり、数えで十一になったばかりの鮎は六ツ屋島に参加した。彼女が持参したのは、誰も見たことのない、木を平たく削って作られた〝くの字〟型の手裏剣であった。他の参加者や見物者はみな、彼女を馬鹿にして笑ったが、いざ彼女の番になって息をのむことになった。

鮎の放った手裏剣は、六つ流れるうちの、先頭の筏の扇をまず弾き飛ばした。おお、と声を上げる観衆の目の前でその手裏剣はぐいーんと上昇し、下降しながら進行方向を逆に変え、二つ目の扇を弾き飛ばしながら鮎めがけて戻ってきたのである。鮎は飛び上がってそれをはっしとつかみ取り、着地するが早いか、再び同じ要領で投げ放った。手裏剣は往路に三つ目、復路に四つ目の扇を落として戻ってきた。――後の世の者ならば、これがオーストラリア大陸の先住民が狩猟に用いたブーメランと同じものであることは容易にわかるだろう。鮎は独自にこの原理を見つけ出し、六つの扇を落としてなお、手元に十の手裏剣を残すという驚異的な結果を残したのである。

彼女の実力はすぐに認められ、翌年には実戦の場に連れていかれた。くの字手裏剣だけではなく通常の手裏剣の腕も右に出る者がいない鮎であったが、彼女の真の実力はむしろ、手裏剣以外の物を器用に扱えるという点にあった。

たとえば、石ころやドングリを馬の目に当てて敵将の落馬を誘うことなど、彼女にとっては朝飯前であった。数寄《すき》ものの武将が催す野点《のだて》（野外での茶会）の場に近づいて樹上に潜《ひそ》み、毒を塗りつけた木の葉を風に舞わせ、狙った茶碗の中に落とすなどという離れ業もやってのけた。

投げる、飛ばす、蹴る、弾く、転がす……力ではなく、器用に小物を操る技をいくつも編み出し、自ら修練した彼女は甲賀流のくノ一では破格の扱いをうけることになった。婿《むこ》を迎え入れる権利を与えられ、代々一ノ坂家では女性、すなわちくノ一がこの技を受け継ぐことが許された。

一ノ坂はるみは、鮎を祖とする一ノ坂家の出身である。幼少時よりみっちり技を仕込まれたはるみは四歳の頃にはすでに、けん玉、ヨーヨー、ベーゴマ、めんこなどといった遊びでは、大人も勝てないほどの腕前になっていた。ただ、こんなものは彼女にとっては文字通り遊びでしかなかった。

実戦では、失敗は許されない。そのため、風向きや温度、湿度を正確に読み取り、ベストなタイミング、ベストな力加減で物を動かす能力を求められる。十階建てのビルの屋上から、隣のビルの屋上に置いてあるペン立てに向かってシャープペンシルを投げ入れたり、手足を縛られた状態で、息だけで百六十ピースのジグソーパズルを三メートル離れた位置に完成させたりという厳しい修行もこなして成長してきた。

十五歳のときに事故で両親が亡くなり、高校卒業と同時に働かなければならなくなったはるみは、水商売の世界に飛び込んだ。いくつか店を転々とし、今は、六本木のキャバクラ《千花繚《せんかりょう》乱《らん》》のアイリとして働いている。もちろん、甲賀流くノ一であることを周囲に知られてはいけないので、持ち前の器用さは封じている。もっとも、開店前のどうしても忙しいときにコースターをまとめて六枚飛ばし、テーブルの客の位置ぴったりに配置するくらいのことはする。

二十一歳になる今まで恋人はいたことはなく、想いを寄せる人間がいないこともないけれど、叶わないと知っている。この先どうなるのか……と曖昧《あいまい》な将来に漠然《ばくぜん》とした不安を抱えているのは世の同年代の女性と同じだ。

そんなはるみは今、灰色のスウェット姿で目を覚ました。

白い天井、うすっぺらい毛布。

どこだここ……と起き上がってすぐに、麻布警察署の拘置施設だと思い出した。

「ちくしょうっ！」

石橋刑事の憎たらしい笑顔が浮かんできて、思わずコンクリートの壁を叩いた。手がじーんとする。いけないいけない、手先は命だ。

それにしてもどうして、重要参考人として疑われなければならないのか。お前には彼女を殺す動機がある。そして、あんな危なっかしいトリックを使えるのは、お前しかいない──石橋刑事はすごみ、ろくに取り調べもしないまま、はるみをこの拘置施設に放り込んだ。

飾り気も何もない、四方を壁に囲まれた三畳ほどの部屋だ。ドアはぴっちり閉められていて、ピンで鍵穴をこじ開けることもできない。いくら手先が器用だって、ここから逃げ出すのは不可能だ。

固いベッドの上に胡坐《あぐら》をかき、頬を膨《ふく》らませた。

甲賀流くノ一としての出動要請が最後にあったのは七か月前。その事件ははるみのダーツの腕前で見事解決をしたが、報酬など微々たるもの。久しぶりに警察に呼ばれたと思ったら犯人扱い……。

「なんで、なんでなんでなんで……」

悔し紛れにまた叫ぶ。いつここから出してもらえるのか。今日の同伴はどうなる？　せっかく三好さんが代官山の高級な寿司屋に連れて行ってくれることになっているのに。一週間前から、寿司の口になっているのに！

「なんでだーっ！」

すると、ドアのすりガラスの向こうに気配がして、かちゃりと施錠が解かれた。

開いたドアの向こうに立っていたのは――

「五月雨《さみだれ》」

灰色の髪を肩まで伸ばした、抹茶色の和服の男。

「ねえ！　なんであたしが捕まらなきゃいけないんだよ⁉」

つかみかかろうとすると、彼はひょいと身を避け、

「五月雨」

もう一度、落ち着いた声で言った。

「ああもう、メンドくさい。菖蒲《あやめ》だよ、菖蒲、菖蒲」

『金葉和歌集』にある源《みなもとの》経信《つねのぶ》の歌からとった合言葉だった。いつ現れるかわからない仲間のために、毎年毎年、コロコロ変わる合言葉を覚えるのは、かなり骨が折れる。

「忍びの心は常に無風の湖面たれ。うろたえて大声を出すなど、忍びの道にもとる」

「大声も出したくなるって。そりゃ、セシルのことは好きじゃなかった。でも、硫化水素で殺すなんて」

「うろたえるなと言っている。風間琴美自身があの部屋にお前を招き入れ、お前が仕掛けを施して出て行ったあとで鍵をかけた。もしそうなのだとしたら、お前が作った仕掛けを、風間が不審

がらないはずがない」

　はっとした。

「そうだよ！」

　勢いづいたが、あれ、と思い直す。

「でもあれ、自殺じゃないいんだろ？」

「無論だ」

「じゃあ犯人はどうやったんだ？」

「もっと単純な方法だ。風間を眠らせ、トランプと紙飛行機を現場に残し、洗剤を満たしたシャンパンクーラーの中に入浴剤入りのグラスを放り込み、ガスが発生する前に現場を後にした」

「鍵は？　玄関ドアの鍵は、空き巣を恐れて一年前にセシル自身が業者に変えてもらったって、石橋刑事は言ってた。合鍵を含めて三本すべて、部屋の中から見つかってるって」

「鍵はもう一本あったのだ。犯人は前もって、合鍵を作っていた。これを見ろ」

　白神は和服の袂《たもと》からタブレットを取り出し、画面をスワイプした。白黒の映像が現れる。コンビニの出入り口を映したものだった。

　自動ドアが開き、セシルが現れる。薄手の前開きパーカーを羽織っているけれど、その下にはドレスを着ているのだろう。髪の毛もばっちり決まっており、出勤直前なのは間違いない。すると、画面右端から何か白いものがひらひらと舞ってきた。蝶かと思ったが、それにしては風任せな動きだ。

「紙人形だ」

白神が言った。たしかに、人の形に切り抜かれた紙のようだった。それがセシルの鼻先をひゅるりと掠《かす》めた瞬間、セシルはぐらりと頭を回転させ、まるで酔っぱらったようにふらつき、千鳥足で画面左端に消えていった。

「なんだ、これ？」

「安富《やすとみ》流陰陽術。香りを使った、一種の催眠術だ。見ていろ」

画面左端から、セシルが何事もなかったかのように歩いてきて、右端へと消えた。

「わずかなあいだ、意識を失わせ、バッグの中から鍵を抜き取り、合鍵を作った。同じ術を使えば、元の鍵をバッグの中に戻しておくのもわけはない」

「でもさ、そんな催眠術が使えるなら、あんな回りくどいことをしなくても殺せるんじゃないの？」

「標的は風間ではなく、お前だったんだ。安富流の連中は風間がお前の職場で疎まれているという情報を得た。それで、風間を殺害し、その罪をお前に着せようとした」

タブレットをしまいながら白神は言った。

「それで、われわれ甲賀流への宣戦を布告したつもりなのだろう。一ノ坂一族のお前にまず罪を着せるとは、あいつららしいやりかただ。――現場の状況を見てその意図を感じ取った私は、石橋に命じ、あえてお前を逮捕させた」

「なっ！」

はるみは頭を鉄板で殴られたような気になる。

「あんたがあたしを逮捕させたのかっ！」

「無風の湖面たれ。拘置所にいれば、命の危険から免《まぬか》れる。お前を守る策だ」

「なんだと？」

「本日未明、安富流のしわざらしき事件がまた一つ、起きた。ここに収容されていなければ、お前が危なかった。現場へ案内する。ついてこい」

何にせよ、出してくれるようだった。

「いいよ。だけどその前に一つ訊かせてくれ」

「なんだ」

「『やすとみりゅう』って、なんだっけ？」

白神ははるみの顔を見つめ、呆れたようなため息をひとつ吐いた。

三

かつてこの国に律令《りつりょう》制度が敷かれていた頃、中央政府にとある役職があった。

地相に基づいて都の建設に建言を行い、暦を作って吉凶を占い、天文観測を行って天変地異を予測する――陰陽師である。

奈良時代には中央官僚組織の一つに過ぎなかった陰陽師だが、平安時代になると、吉凶が霊的な現象と結び付けられて考えられるようになり、その地位を向上させていくことになった。中でも最も有名になったのが、安倍晴明《あべのせいめい》である。花山《かざん》天皇、一条天皇、さらには藤原道長と、時の権力者に重用された彼は、式神《しきがみ》を操って謀《はかりごと》を防いだり、算木《さんぎ》を並べるだけで人の感情を操ったりと数々の伝説を残した。

しかし、超人・安倍晴明も人間である限り寿命があった。彼の死後、子孫の安倍氏たちは分派を作り、勢力争いをすることになる。

その勢力争いが一世紀半ほど続いたある日、突如として都に現れた末裔の一人。それが、安倍富麿《とみまろ》であった。

実のところ彼の名は、安倍家の正式な家系図にはなく、本当に晴明の血を引いているのかは怪しいといわれている。しかし、晴明のことをよく研究してその教えを狂信的なまでに守っていたのは事実である。さらに富麿は香道に通じ、『幻惑香《げんわくこう》』という不思議な香を用いて人心を惑わすことを得意とした。この怪しい術を陰陽道にこじつけ、宮中に食い込もうとしたのであった。

初めは順調だった富麿の野望は、ある男によっていとも簡単に打ち砕かれることになった。当時、安倍氏の中で最も勢力を誇り一目置かれていた、安倍泰親《やすちか》である。ある日泰親は、宴を開くと嘘をついて富麿を屋敷に招き、そのまま捕え、一族もろとも現在の鹿児島に追放してしまった。

流されたあとの富麿の生活がどのようなものだったかは謎に包まれているが、最期まで泰親のことを呪っていたのは間違いないようである。彼の死後、その子孫は安倍富麿の名から自らを「安富流」と称し、数百年にわたり、独自の陰陽道を発展させていった。

流された先が鹿児島であったのは、安富流にとって不幸中の幸いであったといえるかもしれない。というのも、江戸時代に入って薩摩藩が琉球王国と密貿易を始めると、安富流は藩政に近づき、珍しい香料を多く手に入れることができたのである。白檀《びゃくだん》や麝香《じゃこう》などはもちろん、イランイラン、バニラ、その他、今は失われてしまったようなアフリカ由来の香木など、珍品を用いて秘伝の幻惑香を製造することに成功した。

時は流れて、明治維新——安富流にとってついに、中央政治に返り咲くチャンスが訪れた。徳川幕府を倒し、薩摩藩が新政府の中心として政治組織を形成するとなったとき、長年薩摩藩と共に歩んできた安富流は、当然、自分たちが権力の一部を握るものと考えた。

ところが、西郷隆盛が警察を組織するのにあたって取り立てたのは、甲賀流忍者であった。西郷は生まれつき鼻があまり利かないということもあり、香道を重視する安富流には関心がなかったものと見える。それでも安富流の面々がしつこいので、西郷は甲賀流忍者と安富流を術で対決させ、勝者を登用すると決めた。

安富流は数百年の間に蓄積した幻惑香の技術のすべてをつぎ込み、様々な香を披露した。しかし、薩摩出身の要人たちを魅了したのは、古臭い香道催眠術などではなく、甲賀流の繰り出す派手な忍術のほうだった。

安富流、二度目の敗北であった。

警察組織のみならず、あらゆる中央官僚組織から無視された安富流は、ふたたび歴史の地下に潜らざるを得ず、警察と甲賀流忍者を何代にもわたって恨み続けているのである。

「——長々と説明してくれたけどさ」

麻の葉模様のシートに背中を預け、はるみは大きく伸びをした。

「早い話が、逆恨みだろ?」

白神の使っている警察車両の後部座席。麻布署を出てから一時間ばかり経っただろうか。高速道路を降り、地方都市を走り、今や、どこだかわからない住宅街の中である。

「そのとおり、逆恨みだ」

「甲賀流忍者は他にもたくさんいるのに、なんであたしが罪を着せられなきゃなんないの？」

「薩摩出身の新政府要人の前での幻術対決には、甲賀流から三人の忍者が出た。そのうちの一人が、一ノ坂牡丹《ぼたん》、お前の高祖母《こうそぼ》だ」

「ああ、名前は知ってる。お祖母ちゃんのお母さん」

「違う。高祖母は祖母の祖母だ」

「あれ、そうだっけ」

「記録によれば彼女は、踊る女の持つ扇子に向かい、墨に浸した豆を竹筒で次々と吹き飛ばし、梅の枝に留まる鶯《うぐいす》の絵を描いたとか」

「あたしそんなの、小学校五年生の時にはやってたし」

白神はタブレットをスワイプする。狩衣に烏帽子を身に着けた、猿のように邪悪な顔をした色黒の男が映し出された。

「安富流の継承者、安富幻灸《げんきゅう》だ」

「気色わるい顔。……でも信じられないんだけど。本当にこの、陰陽師の末裔が、あたしを陥れるためだけにセシルを殺したの？」

さらにタブレットをスワイプする白神。五芒星《ごぼうせい》が現れた。

「何これ？　スター？」

「安倍晴明が用いていた、晴明桔梗という紋だ。安倍富麿は晴明の後継者を自称していたため、今でもこれをシンボルマークとして使用している」

画面には皮膚のアップが映し出される。傷で小さな五芒星が形作られている。

「風間琴美の背中から見つかった」

「……なるほど」

「お前が拘置所に収容されているあいだに、命を狙われた者がいる。今、そこへ向かっている」

「ていうか、どこなの、ここ？」

「さいたま市内だ」

それから三分もしないうちに、車はある一軒家の前で停車した。降りる前から、その一軒家の異常はすぐにわかった。二階建ての、二階部分が燃えてしまっている。鎮火は済んだようだが、黒い柱が一本、今にも倒れそうな状態なのが無残だった。

パトカーや消防車はすでに見当たらないが、黄色い規制テープが張られ、その前で呆然と二階を見上げているずんぐりした男がいた。

「鶴松《つるまつ》」

白神が声をかけると、彼ははっとした様子で、はるみたちのほうを見た。丸いレンズの眼鏡に、無精ひげ。甲賀流忍者の用いる忍具作成に携わってきた一族、判田《はんだ》鶴松だ。

「ひどい有様だな」

「え、ええ。深夜の二時過ぎ。突然、窓ガラスが割れて、寝ている俺の枕元にバスケットボールぐらいの赤い球が転がってきまして。しゅうしゅうと赤い煙を吹きだしたんです」

何かのガスだと思い、自作のガスマスクを装着すると、とたんにボールは火を噴き、あっという間に二階全体が燃え上がった――と鶴松は言った。

「幸い、すぐに消防車が来てくれて火は消し止められたんですが、開発中の忍具がやられちゃって。ああいうときに限って、いらない部品なんかを避難させちゃうもんで」

きひひ、と落胆した顔に引きつった笑みが浮かぶ。そこらじゅうに、ねじや歯車や基盤やコード、その他何に使うのかわからないガラクタの入ったプラスチックケースが積まれている。

「家族は？」

はるみが訊ねると、

「お、俺は独身だ。金が余ってしょうがないから、一戸建てを買った」

きひ、きひひ、と気色悪く笑い、鶴松は足元に置いてあった、焦げた球を拾った。

「これが、投げ込まれた球です。よく見るとここに」

「晴明桔梗だな」白神の言う通り、五芒星が確認できる。「明治初期の安富流との幻術対決には、十代目判田鶴松も参加していた。その恨みだろう」

「ひでえことしやがる」

本当にそんな過去のことで人を殺して罪を着せたり、家を燃やしたりするのか。はるみは信じられない思いだった。

「一ノ坂はるみ」

白神は突然、厳粛な感じではるみの名を呼んだ。

「お前に任務を与える。安富流の血を引く犯人を捕らえろ」

「はっ？　なんであたしが？」

「身に降りかかった火の粉は、自分で振り払え」

「火の粉が降りかかったのは、こいつだろ？」

鶴松を指さすが、彼は頭を掻《か》いて苦笑いをした。

「俺は、午後から授業があるから」

「公立の中学校の教師を、こちらの都合で休ませはしない。お前は水商売だ」

「キャバ嬢を差別すんな！」

はるみは、焼けてしまった二階の柱をちらりと見た。あとずさりしながら、ガラクタの入ったケースに近づいていく。

「あたしより他に適任者がいる。木陰《こかげ》のおっさんとかさ」

「彼は先日、東京スカイツリーに上るというハードな任務を遂行したばかりだ」

「ナルシスト野郎の小岩瀬《こいわせ》は？」

「かき氷屋が忙しい」

「なんで氷の商売はよくって水商売はダメなんだよ。マジ頭くるし」

視界の隅で、二階の燃え残った柱までの距離を測る。風向き、湿度、問題なし。

「あたし今日、同伴なんだよ。わかる？　準備があるんだ」

「任務の拒否は許されん」

さっ、とケースに手を伸ばし、コードの付いた基盤を引っ張り出した。

「やーだよー！」

コードの端を握ってぶん回し、遠心力を利用して二階へ飛ばした。狙い通り、焦げた柱の一番細い部分をがこんと直撃し、柱はぐらりとこちらへ倒れてきた。

「わーっ！」

鶴松が漫画のように慌て、白神の注意が逸れた。隙をついてダッシュする。

やみくもに走っているわけではない。車内でそれとなく道を覚えていたので、一分も走ると大通りへ出ることができた。東京方面はこちらの車線。うまい具合に交差点は赤信号で、ガラス板を荷台に載せたトラックが止まっている。

はるみは素早くガラス板の脇に潜り込み、身を隠す。

トラックは、すぐに動き出した。

四

東京への道を外れそうになったらトラックを降り、また別のトラックに飛び乗り……ということを繰り返し、南千住の一人暮らしの部屋に着いたのは午前十一時半過ぎだった。

シャワーを浴び、少し休憩していたらもう十二時だ。四時に渋谷だから、そろそろ支度を始めなきゃ……せっかくだからオフショルダーのドレスを着ようと、クローゼットから出す。下半身はゆったりしていて足は見えないけれど、胸元はあらわだ。どうせなら胸が大きく見えるほうがいいと、先日ミクに教えてもらって買ったフジヤマブラを装着してみた。小さい胸がしっかり盛り上がって、「おおー」と声を出した。ドレスを着て姿見を見ると、ちゃんと谷間ができていて、また「おおー」だ。

メイクをして、ここまで一時間半。美容室に駆け込んでヘアメイクをしてもらって、ここでまた一時間半。結構急いだのに約束の四時には間に合いそうになかった。

「ごめんなさい、遅れます」とメッセージを送ったが返信はなく、タクシーに飛び乗って渋谷区神南《じんなん》の住所についた頃には、約束の時間をすこし過ぎていた。

間口は狭いが三階建ての、オリーブ色のビル。《スタジオミヨシ》と書かれたドアを押し開くと、受付嬢が怪訝そうな顔をして迎えた。

「あの、四時に伺うことになっていました、《千花繚乱》のアイリです」

「ああ」薄汚れた捨て猫でも見るような目つきで受付嬢は言うと、「三好は地下におります。ただいま、撮影中でして」

「あれ、まだ撮影ですか」

その言葉は無視された。キャバ嬢を蔑視《べっし》するタイプの女だというのはすぐにわかった。そっちがその気ならと、階段のほうに勝手に進んでいく。

「ちょっと、困ります」

追いかけてくる受付嬢。壁に取り付けられた手すりは素材といい傾斜といい、忍者にとって魅力的だった。さっとお尻を乗せ、滑っていく。

「あなた！」

慌てる受付嬢の声。かつんとヒールの音を響かせて踊り場に降り立ち、振り返ってまた、手すりを滑り降りると、すぐにスタジオになっていた。「かき氷」「焼きそば」「金魚すくい」などと書かれた屋台の前でビキニ姿の女の子が綿あめを手にしてはしゃいでいる。数人の男性に囲まれて、彼女を撮影しているえんじ色のシャツに見覚えがあった。

「三好さぁん」

キャバ嬢アイリの声で話しかけると、彼はこちらを振り返った。

「おっ、アイリちゃん。そうか、もうそんな時間か」

「すみません先生、許可したわけではないんですが」

追ってきた受付嬢が言い訳をした。

「いいんだ。俺のお客さんだから。ここにいてもらって」

「そうですか?……それでは」

不本意そうに戻る受付嬢に、心の中で舌を出す。

「ごめんねアイリちゃん。午前中の仕事が押しちゃって。もう少し待っていてくれる? その、奥に椅子があるから」

「はーい」肩をちょっと上げる可愛いしぐさをして、階段わきのスペースに足を運ぶ。

よかった。むしろ押してくれてありがたいくらいだった。三好さんは笑顔で、仕事に戻っていく。

椅子の脇には大きめの衣装ケースがあり、蓋の上に金魚すくいのポイやタコ焼き器、スーパーボールなんかが並べられている。三好さんは、雑誌のグラビアも手がけていると言っていた。今日のコンセプトは夏祭りのようだ。このこまごましたものは、撮影用の小道具だろう。

衣装ケースの横には駄菓子の入った箱がある。お寿司のためと思って何も食べていないけれど、急いで駆け付けてお腹がすいた。一個くらいならいいかと、イチゴ味の飴《あめ》をつまむ。包み紙を剝《む》きはじめたところで、階段から誰かが降りてくる気配がした。

やけに背が低いなと、その姿を見てぎょっとした。ランドセルを背負った小学生の女の子だ。

「セイラ……」

三好さんを含め、みんな背を向けているので、彼女に気づく様子もない。

雲川《くもかわ》セイラ。懐中殺（甲賀流スリ）の使い手でありながら、重要なことを伝えに来る役目をも持つ。飴をくすねたところを見られたようで気恥ずかしく、とっさにフジヤマブラで盛り上げた胸の谷間に隠した。

「あんた、上の受付嬢の目をどうやってかいくぐったの？」

「つまらないこと、訊くんだね」

表情を変えず、セイラは言った。相変わらず、愛想がない。

「薄い衣装。寒そう」

「羨《うらや》ましいか」

「全然。お化粧も濃いし。おじさんたちってそんなのが好きなの？」

生意気だ。はるみは「アイリ」の名刺を取り出し、ぴっ、と弾いた。ブーメランのような軌跡を描き、その名刺はセイラの背負っているランドセルの隙間に入った。

「今度うちの店に来てみな。もっとケバい女と変なオヤジがいっぱいだ。動物園より楽しい」

「遠慮しとく。無駄話はこれくらいにしよ」

セイラは勝手に話を進める。

「白神御大が、赤味さんを助けてあげてって」

その名前にどきりとした。

「今、毒殺般若の事件を追って、ハチ公前に向かってる。安富流の人たちがそれを見て、襲いに来るんだって」

敦彦《あつひこ》がすぐ近くにいて、ピンチだって？　でも――

「なんであたしが」

「スクランブル交差点に、溝畑《みぞばた》さんの青いトゥクトゥクが待機してる」

質問に答えろよ、と言おうとしたそのとき、セイラの左目の赤い瞳孔が光った。

「それは鶴松さんから。はるみさんなら使いこなせるだろうって」

いつの間にか膝の上に、水鉄砲のようなものが置かれていた。……あの赤い眼に睨まれると、どうやら二、三秒、気を失ってしまうようなのだ。受付嬢をやり過ごしたのもこの力のおかげだろう。

「早く行ってあげて」

「ああもう、わかったよ！」

思い立って、衣装ケースの上からスーパーボールを一つかみ、バッグの中に放り込んだ。ごめん三好さん。挨拶をせず、階段を駆け上がった。

五

ハチ公前はいつだって人でごった返している。

どうしてこんなに人の多いところで待ち合わせをしたがるのか、理解に苦しむ。

「敦彦、敦彦……」呟きながらその姿を探すと、すぐに見つかった。ハチ公の周囲を囲む茂みの前のベンチに座り、膝の上に広げたノートをながめている。爽やかなその顔に、どきりとしてしまう。

赤味《あかみ》敦彦とは、はるみが十歳の頃からの付き合いだった。出会いは山奥の《甲賀流青年研修所》。手足を縛られ、逆さ吊りにされた状態でピーナッツを五メートル離れたラムネの空き瓶に投げ入れるという修行中のことだった。全然うまくいかず、泣きべそをかいていたとき、こっそり近づいてきて紙パックのイチゴオレを飲ませてくれたのが敦彦だった。

「これ、美味くないんだよ。毒が入ってないからな」

その時は何の冗談かと思ったが、彼がどんな強い毒を飲んでも死なない赤味一族の出身なのだと知って納得した。それ以来、研修所で毎年顔を合わせるのを、はるみはどこか楽しみにしていた。毎年大人になっていく、八つ年上の彼に仄《ほの》かな想いを寄せているのは、自分でも認めざるを得ず、二年前はバレンタインチョコを渡そうと思って研修所に持っていったものの、結局渡せずに帰ってきた。

これは白神にも知られてはいけない、真の忍びの事情だった。都内でイタリアンレストランに勤めていることは知っているが、住所も職場の場所も知らない。

その敦彦が、今、目の前にいる。キャバクラ嬢の姿を見せるのは恥ずかしかったけれど、フジヤマブラをつけている日でよかったとも思う。よう、と声をかけようとして足が止まった。

彼の前に灰色のサマーニットを着た女性がやってきた。敦彦は顔を上げ、彼女に親し気に話しかけている。

誰――？　甲賀流の仲間ではない。だとしたらこの女が安富流？　いや、そんな雰囲気ではない。二人は軽口をたたきあう様子で、連れだって歩き出そうとする。

「きゃあああっ！」

女の金切り声が響いたのはそのときだった。

ハチ公像の上に、大きな影がぬっと現れた。ゆったりとした平安貴族の男子の衣装——狩衣というやつだ。ご丁寧に烏帽子までかぶって、手にはギラリと光る日本刀を握っている。白塗りの顔。輪郭は丸っぽく、昼間見せられた猿のような顔とは似ても似つかない。きっと親玉じゃなくて、安富流の下っ端だろう。

「えっ？」

敦彦が振り返ると同時に、男はハチ公の上から飛び上がった。

「おいおいっ！」

敦彦はサマーニットの女をかばいながら後ずさるが、足がもつれて二人同時に倒れてしまう。

なにやってんだよ敦彦、それでも忍者かよ——

敵の刀が空を切ったのを見て、はるみはバッグに手を突っ込む。出てきたのは、銀色の水鉄砲だった。なんだかわからないけど、鶴松の作ったものなら試してみる価値はある。狩衣男の額めがけて、鉄砲を構え、引き金を引く。

「ぐっ！」

刀がその手から落ちる。飛び出たのは釘だったが、命中したのは手だった。

「マジか、外してんじゃん」

思わず口に出た。手ごたえがあったのに、狙った位置に当たっていないということは、銃身がうまく設計されていないということだ。

「はるみ……」

敦彦はようやく、はるみに気づいたようだった。その腹立たしさも手伝って、

「鶴松のやつ、使えねえなっ！」

銃を地面に叩きつけた。バッグから名刺を二枚取り出す。

「やっぱ、こっちのほうがいいわ」

両手の人差し指と中指のあいだに一枚ずつ挟み、手首だけの反動で、ぴっ、と二枚同時に放つ。

二枚の名刺はイメージしたとおりの軌道を描き、狩衣男の両目を直撃した。

「ぐあっ！」

「敦彦、スクランブル交差点で溝畑が待ってる。青いトゥクトゥクだ！」

「でもはるみ、お前……」

敦彦は立ち上がりながら、サマーニットの女を気遣っている。見ていられない。

「早くしろよのろま。こいつらの仲間が見てるかもしれないだろ」

焦燥と落胆と気恥ずかしさが綯交《ないま》ぜになった気持ち。それを隠すように、バッグの中からスーパーボールを十個つかみ取った。人波の引けたハチ公の周り。花壇やベンチの形状を見回しながら、右手の中のスーパーボールの位置を微妙に調整する。

「そもそもこいつはあたしの客だ」

風向き、気温、湿度を肌で感じ取る。

「同伴出勤ってわけにはいかないけどな！」

スーパーボールを一気に放った。あっちに飛んだボールはここに跳ね返り、こっちに跳ね返っ

たボールはここに跳ね返り……すべてが計算通り。ひとつひとつのボールが生き物のように、男の背中に襲い掛かる。

「うおおおっ！」

男は叫び、走り出し、ハチ公の台座に激突した。

「サンキュー」

「今度、ボトル入れろ。響の十七年な」

言いたいことはいっぱいあるのに、こんなセリフしか出てこない。

「俺の給料じゃ無理だよ」

女を連れてスクランブル交差点のほうへ去っていく敦彦。短い再会だったなと後ろ髪を引かれつつ、男に向き直る。ゆらりと立ち上がる男。手に釘が刺さり、背中にスーパーボールが当たったくらいではこんなものだろう。バッグに手を入れ、名刺を探り当てる。ここ数日間の出勤でもらった分がまだ十枚くらいあるはずだ。

ぐおおと狩衣男が呻《うめ》き、両腕を上げたまま、ずしんと前に倒れた。

「な、なんだ？」

花壇の茂みの向こう、神宮通りから、竹ひごをつなげたような細い棒が弧を描いて伸びていた。先端に取り付けられた金属の刃物の先に、血がついている。男は後頭部を突かれたらしい。マンゴーを思わせる甘い香りが漂っている。

「仲間を刺したのか……？」

「あさて、あさて、さても南京たますだれ」

甲高く陽気な声が聞こえたかと思うと、竹ひごはにょーんと、茂みの向こうに戻っていく。同時に、茂みの上にゆっくりと、奇妙な格好の男が浮き上がってきた。

「あさて、あさて、さても南京たますだれ」

やはり、烏帽子に狩衣という姿だ。猿のように浅黒く、眉毛の太い顔。南京玉すだれをかちゃんかちゃんと打ち合わせ、歯をむき出して笑っている。白神のタブレットで見せられた、安富幻灸だ。

「ちょいとのばせば、ちょいとのばせば、うらしまたろさんの魚釣竿」

こちらに伸びてくる竹ひごを避けたところで、ひょいひょいひょいと、何かが三つ飛んできた。反射的にぱっとつかむと、ダーツの矢だった。

「器用なり器用なり。甲賀流忍者、一ノ坂一族の者よ。的を三つ、射貫いてみよ」

挑発的に言いながら、南京玉すだれをしゅるりと戻す。次いで幻灸の背後に三つの的が現れた。よく見れば、彼自身の額にも小さな的がある。はるみはぐっとダーツを三本まとめて握り、一気に放った。三つに分かれた矢は、一本ずつすべての的の中心に命中した——ように見えた。

「きゃーっ」

茂みの向こうで女性の悲鳴が上がる。けたけたけたと幻灸は笑う。

「下手くそなり下手くそなり、一ノ坂の末裔よ」

「この野郎！」

はるみはすぐに花壇に飛び乗るが、薄気味悪い陰陽師の姿は掻き消えていた。女性が一人尻もちをつき、目の前のアスファルトに刺さったダーツの矢に怯えていた。

歩道の片隅に、青い光を放つ妙な装置が置かれている。

「ごめんなさぁい、飛んじゃって」

女性に謝りながらはるみは茂みを飛び越え、装置を調べた。小さな穴から立ち上る、オレンジ色の煙。さっき感じたマンゴーの香りがした。詳しくは知らないが、ホログラムというものだろう。空間を特殊な煙で満たし、立体映像を映し出す——香りを用いた催眠術を使う安富流らしい方法だ。

そのときまた、あの気味の悪い笑い声が聞こえた。道の向こう、井の頭線渋谷駅の前に、幻灸がいた。今度は地に足をつけている。

「下手くそなり下手くそなり、情けなきなり」

「あいつ！」

歩行者用信号は赤で、車が行きかっている。あたしのダーツを下手くそと言いやがって……はるみは車の間をすいすいすり抜けて車道を横切っていく。

六

井の頭線の駅と渋谷駅前会館のあいだの道に逃げ込んだ幻灸の足は、速かった。はるみも足には自信があるが、高いヒールは走るのには適さずどうにも追いつけない。高かった靴なので脱ぎ捨てるわけにもいかず、追いかけていく。

幻灸は左折してさらに細い道に逃げ込んだ。追うと、薄汚れた雑居ビルの扉に入っていく狩衣の後姿が見えた。赤いペンキが剝げ、わけのわからないシールや落書きにまみれた、いかにも渋谷らしい金属製のドアだ。

はるみは飛びついてノブを握る。簡単に開いたが、中は薄暗い。

「バー？」

いや、違う。右にカーブを描いた、妙な形の廊下だ。狩衣の姿はおろか、人の気配すらない。

「どこに行った、出てこい、サル顔の陰陽師！」

返事はない。悪態をつきながら廊下を進んでいく。

突き当りは薄暗く、広い空間になっていて、ドーム状のガラスケースの載せられた正方形のテーブルが置いてあった。手を置くとフェルトの感触があった。よく見れば縁のあちこちに穴が開いている。正方形だけど、ビリヤード台だ。

ぱっと、天井の照明が明るくなった。

ガラスケースの中には難しい漢字を並べて円が描かれ、中央に七つの玉が置かれていた。手玉とキューはガラスケースの外に置かれていて、ガラスケースには、ボールが通るぐらいの大きさの穴がいくつか開いている。

「――わが祖先、安倍晴明が占いに用いた『六壬式盤《ろくじんしきばん》』なり」

どこかから聞こえてくる安富幻灸の声。

「――中央には七つの玉を、天文観察の標《しるし》たる北斗七星の形に並べたり。器用なる一ノ坂の末裔よ、北斗七星を七つ同時に、穴の中へ落としたまえ」

キューを取って先端を検《あらた》めると、いい状態にロウが塗られている。ガラスケースの穴は全部で八つ。手玉を入れる穴と、七つの玉が飛び出る穴なのだろう。少しでも狙いがずれれば、玉はガラスに弾かれてしまう。

思わず口元がほころんだ。ビリヤードは得意中の得意だ。難易度が上がれば上がるほど、燃えてくる。

「やってやるよ」

右手でグリップを握り、テーブルの上に置いた左手の上にキューを載せた。七つの玉の位置関係をしっかり俯瞰《ふかん》でイメージし、右手を引いて一気に押し出す。

乾いた音を立て、キューの先端は手玉の狙い通りのポイントに、思い描いた衝撃を与えた。一瞬ののち、爽快な音を立てて放射状に弾かれた七つの玉は、すべて見事にガラスケースの穴を通り、ほぼ同時にポケットインした。

「――見事なりー！」

部屋の奥、闇の向こうで扉の開く気配がした。これでクリアか、楽勝だ。キューを置き、はるみは意気揚々と扉の向こうへ進んだ。……が、そこは畳一畳もない狭い空間だった。ばたんと背後でドアが閉まった。

「おい！」

全体が上昇する感覚。エレベーターだった。すぐに停止し、また扉が開く。

はるみは外へ出た。

目がちかちかするほどの照明と、鼓膜を揺すぶるような電子の不協和音――ゲームセンターだった。クレーンゲーム、格闘アーケードゲーム、メダルゲーム、エアホッケー、レーシングゲーム……すべてが賑やかすぎるほどの音と光を放っているが、人は一人もいない。

「──わが祖先、安倍晴明は、神社の境内でいじめられたる白蛇を助けたり」

幻灸の声が聞こえてくる。

「──白蛇は乙姫の化身なり。晴明は竜宮城に招かれ、竜王より宝物を授かりたり。ここは竜宮城なり」

たしかに、あちこちに魚やサンゴなどの装飾が見受けられる。あっけに取られていると、五芒星をあしらった城のパネルの扉部分がかぱりと開き、アイアンが一本と、十個ほどのゴルフボールがはるみの足元に転がった。

「──器用なり器用なり、一ノ坂の末裔よ。杓《しゃく》を用いてタコ壺に玉を当てたまえ」

（ゴルフか）はるみは苦々しく思う。（やったことないんだよな）

アイアンを握り、

「ちょっと、練習な」

陰陽師に聞こえるくらいの独り言を言い、とりあえずの目標を定める。左前方に、キャンディーをすくうゲームマシン、その奥にクラゲの形をしたメダルゲームマシン、バスケットボールのマシンがある。狙いを定め、アイアンを振りかぶってボールに当てる。

こーん、こん、こん──ボールはキャンディーのゲームの屋根に当たったあと、メダルゲームの機体に弾かれ、左にずれてバスケットゴールに入った。思ったより難しくない。エアコンの作動していない屋内は、風向きを気にしなくていいのが楽だった。

「──器用なりー」

アーケードゲームの脇に壺を持ったタコの姿が現れる。はるみはボールを打つ。壺に命中して割れ、ピンク色の煙が出た。ずいぶんとちゃちな作りだ。

「――われら安富流、今宵、積年の恨みを晴らすなり」

「積年の恨み？」

ひょい。今度はアナゴたたきの陰からタコが現れる。さっと立ち位置を変え、打ったボールは再び、タコ壺に当たる。またピンク色の煙が上がる。

「――本日、台場沖海上にて、外務省主催の国賓《こくひん》パーティーが開かれるなり」

「それがどうした」

ひょい、別の位置に現れるタコ壺。ほぼ自動的と言っていいほど体が反応し、ボールは壺に命中する。

「――現警視総監は留学中、国賓と机を並べし仲なり。パーティーの最重要出席者なりー」

警視総監が、海上パーティーに？

「――愚かなり、甲賀流忍者、一ノ坂の者よ。目の前で主君を殺されるのを見て、自分の無力を思い知るがいいなりー」

「何を言ってるんだよ！」

「愚かなり！」

すっ、とメダルゲームの後ろから出てきたのは、タコではなく、安富幻灸本人であった。はるみはクラブを構え、ボールを打つ。――瞬間、くらりと頭が揺れた。ボールは安富から外れ、乾いた音を立てて床に落ちる。いつの間にかあたりは、ピンク色の煙で満たされている。

「愚かなり愚かなり」

幻灸は、その牙のような歯を剝き出し、ケタケタと笑う。

「哀れなり哀れなり……」

はるみはいつしか、冷たい床に倒れていた。幻灸の笑い声が、遠くなっていく。

七

太ももに感じる風の寒さと両手の痛みで、はるみは目が覚めた。

波打つ暗い水面が見えた。

それにしても、やけに視界が狭い。頭に血が上る。

自分が手足を何か固いもので固定され、逆さ吊りにされていることに気づいた。太ももの寒さから言ってスカートも重力に従い、下着が丸見えになっているはずだ。

「サイアク！」

こんなことなら今日もタイトミニにしておくんだった！　とにかく足のほうを確認しようとして顔を動かすが、空が見えるだけ。どうやら、目に、双眼鏡のようなものを無理やり括《くく》りつけられているらしい。さっき見えた水面はおそらく、頭のはるか下にあるはずだ。

少し冷静になろう。首をきょろきょろ動かして双眼鏡越しに水面の左右の景色を見る。海に浮かぶ石垣で固められた島、人工的な砂浜、そして、球体展望台を持つテレビ局……お台場だ。ということは、今吊り下げられているのは……

「レインボーブリッジ⁉」

「――お目覚めなり、お目覚めなり」

左耳に、幻灸の笑い声が聞こえてきた。こっちの耳にだけ、イヤホンを挿入されているらしい。

「──視線の先より、船舶がこちらに来るなり。デッキの上に、警視総監が見えるなり」

首を伸ばす。海上を、デッキ中が煌《きら》びやかに装飾された大型クルーザーが進んでいるのが見えた。立派な身なりの男たちの中、礼装制服に身を包んだ白髪姿の男性がいる。顔を覚えておけと、以前白神に画像を見せられたことがある。警視総監だった。

「──誇り高き晴明桔梗を背負いし者、わが安富流の者なり。これより幻惑香を焚《た》き、船の上の者を無力化し、警視総監めを一太刀に処するなり。一ノ坂の末裔よ、そなたはただ何もできぬ見物人となるなり」

デッキの上を見回し、五芒星を背中に縫い付けたタキシード姿の男を見つけた。給仕を装ってか、右手にトレイを持っているが、その上に載っているのは香炉だ。

男はスティック状のライターを取り出し、火をつけた。

「やめろ！」

「──哀れなり、哀れなり、甲賀流忍者、一ノ坂の末裔よ。わが安富流を虐《しいた》げたる天罰、今宵こそは下ろうぞ」

幻灸の笑い声がフェイドアウトする。デッキの上にピンク色の煙が漂い始めるのがはるみには見えた。黄色いドレス姿の女性が、ふらりと倒れた。

「ちくしょうっ！」

もがいても、どうしようもない。本当にこのまま、警視総監を見殺しにしていいのか！　焦りと怒りで熱くなった頭にふと、赤味敦彦の顔が浮かぶ。

久しぶりに会って、また凛々《りり》しくなったようだった。

これ、美味くないんだよ。毒が入ってないからな——。あの日の笑顔が、目に浮かぶ。

敦彦、この状況、どうすればいい？　助けて、敦彦！

ぺたぺたぺたと何かが迫ってくる音が聞こえる。

「はるみ」

イヤホンの入っていないほうの耳に名を呼ぶ声が聞こえた。

「敦彦——？」

「いや。俺だ。木陰だ」

こかげ？

「なんだよ、おっさんかよ」

木陰良則《よしのり》。手足に無数の毛が生えていて、やもりのようにビルの壁を上り下りできるという甲賀流の仲間だ。

「……えっ、待て。見るなっ！」

はるみは突如、自分の無様な格好を思い出した。

「ずいぶんな言い方だな。助けにきてやったのに」

「いいか、あたしの下着を見たら承知しないぞ、変態」

「極力見ないようにするよ」

もう見てるってことじゃないか！　ぺたぺたという音と相まって気色悪さが背筋を走るが、これ以上文句を言っている暇はない。

「まず、あたしの目からこの双眼鏡を取り除け」

後頭部に手が伸びて何かをいじる感触がしたかと思うと、すぐに視界が開けた。

前髪を揺らす風。はるみがぶら下げられているのは、二つの主塔をつなぐワイヤー部分だった。暗い海面からは百メートルくらいの高さがある。

「手足は金属の枷《かせ》で固定されていて外れない」

ワイヤーに両手両足をぴたりとつけた木陰良則が言った。仕事帰りなのか、スーツ姿だった。

「足を吊り下げているロープは細く、強度は低そうだ。パラシュートを取り付けてからロープを切る。うまく調節して、あの船のデッキに降りるんだ」

そうだ、船上パーティー！

遠目にデッキを見た。まずい……遠目でも、人がばたばた倒れているのがわかった。タキシード男の手に、何かが光っている。あれは、日本刀じゃないか？　やばい、時間がない。

焦っていたら、胸元がかゆくなってきた。見れば、フジヤマブラで盛った谷間に、何か赤いものが挟まっている。

はるみは思い出した。三好さんのスタジオでくすねた飴玉だ。

……そうか。これなら……

はるみはろっ骨を動かして飴玉を胸元から落とし、うまく口でキャッチした。口腔《こうくう》内で包み紙をはがして吐き捨て、舌を超高速で動かす。

「くれぐれも、海に落ちるんじゃないぞ。この手枷足枷では泳ぐことは……」

「おっさん」

木陰を遮《さえぎ》り、はるみは言った。

「パラシュートはつけるな。余計な空気抵抗で計算が複雑になるし、なにより、間に合わない」

「いやでも、それだと……」

「どうやら、今夜、あたしの命日だな」

口の中で飴を転がしながら、わざと笑い飛ばした。

忍びの家系に生まれたものは、いつ死を迎えるかわからない。子どものころから母に言われ続けていたことだ。

「はるみ……」

「最後の晩餐《ばんさん》がイチゴ味の飴っていうのが、心残りだけど、ぐだぐだ言っててもしょうがない。一、二の、三、でロープを切ってくれ」

「お前、何を考えてる」

「船のデッキを見てみろよ！　時間がないんだ！」

船上では、倒れたボディガードたちのあいだで、警視総監が腰を抜かしていた。タキシードの男は刀を振り上げ、彼ににじり寄っていく。

「早く！」

「ああ……」

木陰は両足を鉄骨につけてぶら下がった状態になり、はるみの体を押す。

はるみは振り子のように動いている。風と湿度を読み、

「一、二、の――三！」

いいタイミングだった。

風を切り、はるみの体は煌びやかなレインボーブリッジから、お台場の風の中を落ちていく。位置エネルギーはみるみる運動エネルギーに変わり、加速度が、体を海へと引っ張っていく。

意外なことに、気持ちよかった。こんなことなら、バンジージャンプでも経験しておけばよかった。

後悔はすまい。短かったけれど、楽しい人生だった。

船のデッキが――、暗い水面が――、近づいてくる――

八

安富幻竹《げんちく》は、日頃の特訓の成果に自分で満足していた。

船のデッキの上に充満する、ピンク色の煙。安富流幻惑香「地虫《じむし》」である。これを嗅《か》ぐと手足の感覚がなくなり、まるで虫のようにそこらを這って動くことしかできなくなる。幻竹は七年の修行の成果で、あらゆる幻惑香を吸っても変調をきたすことのない体を手に入れた。

長かった。この七年、本当に長かった。

今、幻竹は、安富流の積年の恨みを晴らすという名誉ある役を、父である安富幻灸より命じられた。

ばたばたと、面白いように倒れたパーティーの客どもは、うう、うう、と唸《うな》りながらデッキの上を這いずり回るばかり。ボディガードたちのあいだで情けない顔をしている警視総監もまた、同じだ。

幻竹は一族伝来の太刀を抜き、汚らわしい地虫の墓場と化したデッキを歩いていく。仰向けになっている警視総監。充血した目は、抗議の目か、憐れみを誘う目か。

いずれにせよ、今日でお前の命は終わりだ。

「愚かなり、愚かなり――」

見ておれ、レインボーブリッジに逆さ吊りになっている一ノ坂の末裔よ。幻竹は呟きながら太刀を振り上げる。

「安富流を虚仮《こけ》にした、天罰が下るなり――」

閃光。

何が起こったのかわからなかった。

視界が、ぐらりと揺れている。

自分の頭が左に傾いている。

激痛が、遅れてやってきた。右のこめかみだ。

先端の鋭利な――おそらく、銃弾が、こめかみに撃ち込まれたのだ。

そんなはずはない。デッキ上の者はみな、地虫と化したはず。

誰が？　いったい、誰が……銃を撃ったのだ……？

顔をそちらに向けることは叶わなかった。

目の前に死の幕が下りつつある幻竹には、見えていなかった。

手を離れて飛んでいく先祖伝来の太刀も、船のすぐ横で豪快に上がる水柱も。

＊

自分が立てた水柱の音は聞こえた。だがそれ以降は、何も聞こえない。お台場の海の中は暗く、静寂で満ちている。

手を背中で固定している枷も、足を固定している枷も重量がある。はるみは抵抗することも許されず、ドレス姿のまま静寂の底へと沈んでいく。

冷たさなどどうでもいい。ただ、息ができない苦しさを感じるだけ。

とにかく、任務は遂行した。落水する少し前に口から発射したイチゴ味の飴は、きっちり狙い通り、タキシードの男のこめかみに命中した。当然だ、軌道が安定しやすいよう、そして、ダメージを最大限に与えるよう、舌でしっかり銃弾の形に加工したのだから。

ああ、苦しさが増してくる。だがすぐに、何も感じなくなるだろう。《千花繚乱》のアイリ、お台場で水死したらしいぜ。客たちがそんな噂話をするのが聞こえたような気がした。

また、敦彦の顔が浮かんできた。

——あきらめるなよ。

ごめん敦彦。今回ばかりはダメだ。あたしは、このまま——

——あきらめるなって。お前らしくない。

腰に、誰かが手を回してくるような感覚。ふと見ると、敦彦の顔があった。

敦彦——？

彼はぐっ、と自分のほうにはるみの体を抱き寄せた。

まさか。これは、死にゆく人間が見る幻想だ。最期に、叶えられなかった一番の願望が映像となって脳裏に浮かぶのだ。

…………

……いや。違う。

確実に敦彦がはるみの体を抱きかかえている。そして、ぐんぐん水面へ向かって上昇している。水の向こうの光が見えた。次の瞬間、水面から顔が出た。

「ぶふあああぁっ！」

情けないくらい大きな声が出た。髪が額に張り付いている。そしてやっぱり、敦彦が支えてくれている。

「敦彦！」

その顔を振り返って、ぎょっとする。面長の顔に、長い髪が貼りついている。薄い笑みが浮かぶその口元から、ふっ、と物憂《ものう》げな吐息が出た。

「ご機嫌麗しゅう、お姫様」

「ぎゃあ！　出た、ナルシスト！」

「失礼だね。ボクには小岩瀬新八《しんぱち》という立派な名前があるんだよ」

甲賀流潜水術の使い手、小岩瀬新八——相変わらず、顔はいいのに中身が残念な男だ。

「うるさい。おい、胸とか腰とか触んな。訴えるぞ」

「君は今、手足が使えない。ボクが支えてあげないと、死神にキスされてしまうのさ」

「よくそんな気色悪い言葉がすぐに出てくるよな」

「じっとしていて、お姫様。海浜公園まで連れて行ってあげるから」

忌々しいが、泳ぎで彼の右に出る者がいないことは、はるみにはよくわかっていた。この状況では彼を頼ることなく助かるのは不可能だ。

とにかく助かったのだ、と思ったら、一つ、気になった。

「小岩瀬、今、何時だ？」

「さあ。日が落ちたら時間は気にしないことにしているんだ」

「いちいち気取るな。何時だよ」

「十時過ぎじゃないかなあ」

「最悪！」

水面を叩きたくなるほど悔しかった。

「今日、代官山でお寿司食べて、同伴だったのにぃっ！」

令和東京の暗い海。

人知れず任務を果たした二つの影が、さざ波を立てて進んでゆく。

水もしたたるパーティーナイト

一

ブブフォォオ――――！

白い機械がものすごい勢いで氷を吐き出し続けている。まるでシンガポールのマーライオンのようだと小岩瀬《こいわせ》新八《しんぱち》は思った。

「お前、何、笑ってんだよ！　俺の注文はどうなる？」

小窓の向こうから、頭にバンダナを巻いた太った客が罵声を浴びせてくる。胸に描かれているのは、黄色い髪のアニメ少女の顔。最近人気の、『もなみ、愛したいときに君は未来』――通称『モナミラ』の限定Tシャツだろう。まさに秋葉原にふさわしい〝戦士〟の格好だ。小岩瀬たちが公式に何の許可も得ずに発売を始めた『モナミラ氷』を買いに来るのもわかるというものだった。

「あわぁあ、あわぁあ……」

ミノルはすっかりうろたえて、スイッチをかちゃかちゃと何度も押している。機械は氷を噴き出すのをやめない。

コンクリート打ちっぱなし、六畳間ほどの広さもないうえに製氷機やらなんやらでいっぱいのこの店内は、そのうち氷で埋め尽くされてしまうかもしれない。

「しょうがないね」

新八は壁に近づいて、機械のプラグを差し込み口から引っこ抜いた。ブゥン――と弱々しく機械は唸《うな》って、氷は止まった。

「どうしてくれんだ、って言ってんだ！」

叫ぶ客に対し、新八はあはっ、と笑ってみせた。

「申し訳ない。見てのとおり機械がご機嫌ナナメでさ」

「ふざけんなよ」

「大事な時間はいつも、ふざけて終わるのさ。だから別れは後悔とともにある」

「はぁ？」

「愛したいときに恋人は離れ、かき氷を食べたいときに機械は壊れ……うまくいかないものだね」

「てめぇ！」

小窓のガラスをがん、と叩く客。ミノルが脇からタックルしてきて対応を替わる。

「す、すみません。本日はこれで営業を終了させていただきます」

へこへこ頭を下げ、客が帰ったあとで小窓を閉め、くるりとミノルは新八のほうを睨みつけてきた。

「新八、客に対してその気持ち悪いしゃべり方をすんなって言ってるだろ！」

「やれやれ、猫もペティナイフもボクの詩心をわかってくれない。彼はあれで少しは癒されたはず。シャンパンと同じで、癒しの言葉はあとで効くんだ」

「黙れ。耳が腐る」

掃除用具を出して床を掃きはじめるミノルを横目に、新八はスマートフォンを操作した。判田《はんだ》鶴松《つるまつ》の名前を出して、タップする。相手は、七コールで出た。

〈なんだよ？〉

「気持ちのいい午後だね、鶴松。かき氷の機械を直してみないかい？」

〈勘違い王子め。こっちは今から授業だ〉

「中学生なんかより、氷の美女とクールなワルツを踊ろうよ」

〈公立中学なめんな。道楽商売に付き合ってられるか〉

通話は切れた。同時に、小窓ががらりと開いた。

「ああ、申し訳ない、今――」

営業休止中で、と言いかけて新八は口をつぐんだ。そこに立っていたのは「タコ紳士」という形容のぴったりくる、頭の禿《は》げあがった顔の赤い男だった。

「残雪」

突き出た唇から出た言葉に、新八は思わず、ひゅうと口笛を吹く。今年の合言葉のうち、斎藤《さいとう》茂吉《もきち》の歌をもとにしたこのペアはいちばん好きだった。

「蛙」

「来い」

タコ紳士――白神蝶三郎《しらかみちようざぶろう》は命じた。警視庁・警備企画課諸犯罪対策係（通称マルニン）のボスである彼は、外見を変幻自在に操るため、本当の姿や年齢などを、新八は知らない。

「かき氷の機械がへそを曲げてね。十五万円もあれば新しい子をお迎えできると思うんだけど、ボクの願いは星に届くかい？」

「来いと言っている」

相変わらず強引だ。

「ミノル、ちょっと出てくるよ。場合によっては今日は帰らないかもしれない」

「何を馬鹿なことを……おい、新八、おい！」

ミノルを振り切り、新八は裏口を出る。白神とともに歩いていくと神田明神通りに黒塗りの車が停まっていた。白神のあとについて後部座席に乗る。ドアがひとりでに閉じ、音もなく発進した。

「本日未明、千代田区大手町にある渋沢栄一《しぶさわえいいち》の像が何者かによって倒されたのは知っているか？」

こくりと新八はうなずく。エクササイズをしながらネットの人工音声ニュースを聴くのが最近の朝の日課だ。

深夜二時過ぎ、付近で工事をしていた作業員がものすごい音を聞いて駆けつけると、高さ二メートル五十センチくらいのロボットのようなものが渋沢栄一像の台座を殴っていた。ひびが入ったところでそいつは台座を抱きかかえ、銅像をなぎ倒し、その下に埋もれていたハンドルをつかんでぐるぐると回しはじめた。あっけに取られている目撃者に気づくと、ロボットはすぐ脇を流れる日本橋川を渡って去っていった。その後の行方は知れない――。

「雲をつかむようなニュースだったよ。なんだろうねロボットって」

「見ろ」

白神はいつのまにか亀甲模様のタブレットを膝の上に置いていた。ロボットだろうか、と新八は思ったが、少し違うようだ。

電柱のように太い上腕、巨大なやっとこのような手先、ばねでよく跳びそうな足、岩をも砕きそうなアーモンド形のヘルメット……そんなごてごてしたパーツが固いゴムのようなもので繋ぎ合わされ、一人の男がそれを装着している。それを着たことにより、身長は二メートル五十センチぐらいになっているのではないか。全体像としては、ヒマラヤのイエティを鉄の体に生まれ変わらせ緑色に塗ったような感じだった。

「《悪魔のラチェット》を知っているか」

「さあ」

「強力な破壊装置を独自に開発し、各国の軍隊に売り渡している技術者組織だ。日本にも支部があり、最近メガ・ゴリアテというパワースーツを発明した。やつらはその威力を試したデータを欲しがっているが、自ら街に出るようなリスクを負う連中ではない。ダークウェブを通じ、恨みを鬱積《うっせき》させている人間を募《つの》り、無償でスーツを貸与している」

「すごい連中がいるもんだ」

「今年の一月、釧路《くしろ》で一件目の事件が起きている。かつて勤めていた建設会社を逆恨みした若者がこれを借り受け、会社に乗り込もうとした。寒さが原因でうまく機能せず未遂に終わったが、連中はきっとその弱点を克服し、新たな使用希望者を募ったのだろう」

「それに応募した人が起こした事件ってことだね。でもなんでこのおじさんの銅像をぶっ壊したんだろう？　それに、埋もれていたハンドルって何？」

「渋沢栄一像は日本橋川のほとりに建っている。像から川を挟んだ向かい側に、何があるか知っているか？」

「さあ」

「日本銀行だ」

「にっぽん、ぎんこう?」

新八は首をひねる。

「日本銀行について、どれくらい知っている?」

「そりゃあ……日本の銀行さ」

白神はタブレットの画面をスワイプした。

「初めから勉強してもらおう」

画面には「日本銀行の歩み」という文字が浮き出ていた。

＊

明治十年に勃発《ぼっぱつ》した西南戦争は、戦費調達のための不換紙幣の乱発により、日本国内に未曾有《みぞう》のインフレーションを引き起こした。政府は紙幣の価値を安定させる必要に迫られ、大蔵卿の松方正義《まつかたまさよし》によって「一国金融の心臓」としての中央銀行の設立が提唱された。

こうして明治十五年に誕生したのが、日本銀行である。

創業当時は永代橋の近くにあったが、手狭なうえ金融の中心地から距離があった。明治二十一年、第二代日本銀行総裁、富田鐵之助《とみたてつのすけ》は新たな建物の設計者を臨時建築局に諮《はか》った。白羽の矢が立ったのが、辰野金吾《たつのきんご》である。

当時すでに有名な建築家であった辰野はヨーロッパやアメリカにわたって各国の中央銀行の建

造物を視察し、明治二十三年から六年の歳月をかけて日本橋川のほとりに新本店を建築した。石積み外壁の内側を煉瓦《れんが》造りとすることによって耐震性を保ち、構造はフランスのリュクサンブール様式という優美な構造をもとにしながら、ルネサンス様式を思わせる飾りのない外観が、その堅固さを象徴している。なお、上空から見ると「円」という形になっているが、建設当時は「圓」という漢字が使われていたので、辰野金吾がそれを意識して建築したとは考えにくい。

現在その機能は新館に移転し、辰野が建築した本館は重要文化財に指定されている。

「ずいぶん楽しそうなトウモロコシだ」

【制作・株式会社ポッピングコーン】というテロップと、跳ねまわっているトウモロコシのキャラクターロゴを見ながら、新八はつぶやいた。

「映像を作った会社の名前などどうでもいい。しっかり見ていたのか」

「見てたし、だいたいのことはわかったよ。……で、ボクにどうしろというの？」

「今の説明動画では語られなかった日銀の真実がある」

白神は言って、画面をスワイプした。日銀の建物周辺の土地を縦に切った断面図のようだった。

「当時の政府は新本店を設計するにあたり、辰野金吾にある重要な構造を取り入れるよう極秘の要請をしていた。日本銀行の金庫はちょうど『円』という漢字の中央の地下にある。開業当初は山田金庫店という日本の会社が鉄扉を作った西洋風ダイヤル式金庫で、莫大な量の紙幣が収められていた。政府は国内でテロが起きたとき、ここが狙われることを恐れた。紙幣が盗まれ、軍事品などの購入に使われてはまずい」

「金庫を閉めてしまえばいいんじゃないのかな」

「いくら金庫の扉が堅固でも、開け方を知っている人間を脅せば簡単に開けられてしまうだろう」

「そうか」

「政府が考えたのはもっと原始的な方法だ。有事の際には水を一気に地下金庫に流し込み、紙幣をすべて使えなくしてしまう」

そんな大量の水をどこから——と新八が疑問を口にする前に、白神はタブレット画面の一部を指さした。

「日本橋川……」

「そうだ。日本銀行が建設された当時、その向かいには旧江戸城の門の一つ、常盤橋門の遺構が残されていた。辰野はその地下に秘密裏に水門を設置した」（図1）

「どうしてわざわざ川の下を通したんだろう？」

「敵に水路の存在を気づかせないためだ。これで、たとえ日本銀行が何らかの組織に占拠されても、川の向かいにある水門の開閉ハンドルが無事である限り、地下金庫の天井まで水を満たすことができる。紙幣を使用不可能にするどこ

図1
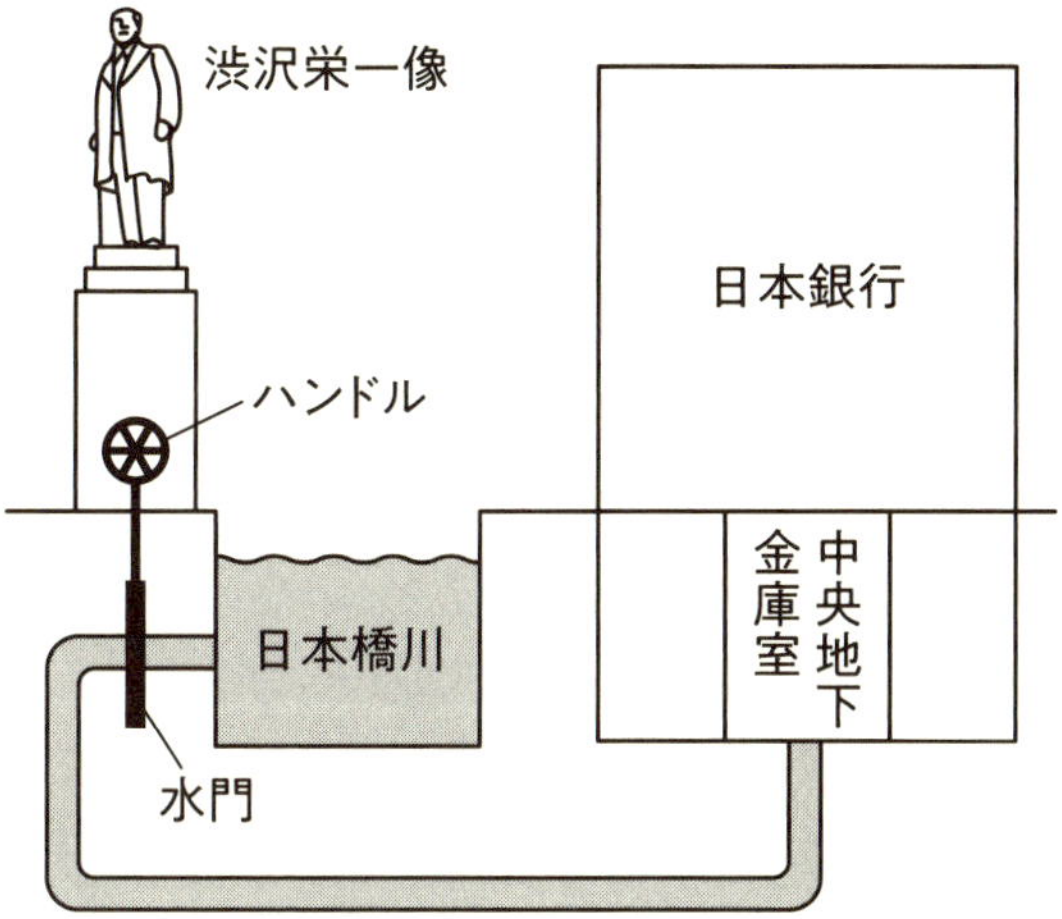

ろか、地下階へ降りていくことすらままならなくなる」

「そのシステムは、今でも日本銀行に残されているのかな？」

「関東大震災と二度の本店の増築。日本銀行は今までに三度、改修工事がされている。表には出ていないが、その三度の工事を経た今も地下水路は残されている。昭和八年に当地が常盤橋公園として整備された際に、著名な彫刻家・朝倉文夫《あさくらふみお》によって造られた渋沢栄一像が立てられたが、これは事情を知る者にとっては水門の開閉ハンドルの位置を示す目印でもあったのだ。水門の管理は甲賀流に任されたが、いつしかその存在自体が忘れ去られていた。現在、この水門のことを知るのは、甲賀流の一部の人間と、日本銀行の上層部だけだ。その結果、今回の事件については甲賀流が関係しているのではないかと疑われている」

　ようやく新八にも見えた。

「メガ・ゴリアテくんが回したハンドルは、その水門を開けた。こりゃ甲賀流への挑発の可能性がある、と」

　伊賀の連中かな、と新八は思った。戦後七十年以上も経つのに、いまだに政府からつまはじきにされたことを恨んでいると聞く。もし戦うことになったら面倒だな、と思う反面、会ってみたいとも思う。そういえば、と新八はあることを思い出した。

「日本のお金を作っているところに、伊賀流の忍者が入り込んだことがあるって、祖父がまだ生きている頃に聞いたことがあるよ。たしか、ヒツジみたいな名前だった」

「柩地慄山《ひつぎじりつざん》のことだな？」

　白神は言った。

「そうか。お前の祖父はそれをお前に話していたか。しかし、奴が忍び込んだのは日本銀行ではなく造幣局《ぞうへいきょく》の工場だ」

「それって違うの？」

「お前に話しても無駄だ。それに今回の件に、伊賀流はおそらく関係ない」

白神はさらに画面をスワイプする。スーツを着た男性の顔写真が現れた。

「成井猛《なるいたけし》、三十八歳。日本銀行の職員だ。成井は昨晩八時すぎ、デパートで妻の誕生日プレゼントの口紅を購入したのを最後に足取りがわからなくなっている。成井のスマートフォンのＧＰＳが示している現在地は、ここだ」

画面には中央区日本橋本石町《ほんごくちょう》の地図。日本銀行のど真ん中に印がついている。

「まさか……」

「彼は水の満たされた地下金庫で溺死《できし》している可能性がある」

「この人も甲賀流？」

「まったく関係がない」

じゃあ伊賀流の線はない。しかし、この人はどうして巻き込まれてしまったのか……。

「いずれにせよ、水門を開けられたことに関しては、我々が調べておく必要がある」

「水はまだ抜かれていないの？」

「水を抜く方法が特殊であり、捜査一課にはその方法が伝わっていない。当然私は知らないかと探りを入れられたが、知らないと答えておいた」

タコ紳士の頰が少し緩んだように見えた。新八は白神が自分に会いに来た理由を理解した。

「なるほど。水で満たされたままにしておいたら、捜査一課より先に調べられるもんね」

白神はタブレットの電源を切り、新八に顔を向けた。

「小岩瀬新八。お前に任務を与える。日本銀行の地下金庫に潜り、成井猛の遺体の有無を確認、現場状況を報告せよ」

新八はもったいぶって、額に垂れた前髪をかきあげた。

「ポセイドンに代わって、お引き受けするよ」

二

人間はどれだけ長く、水に潜っていられるものだろうか。

一九七六年、フランスのフリーダイバー、ジャック・マイヨールは地中海のエルバ島沖にて、人類史上初の百メートルを超える潜水に成功した。体を押しつぶさんばかりの水圧に耐えたことに加え、三分四十秒間の往復のあいだ息を止めていられた事実もまた、人々を驚かせた。水中息止めの最長記録はその後もさらに更新され、二〇二一年にはクロアチア人のフリーダイバーが二十四分超えの記録を樹立している。

単純に潜ったり息を止めたりしているだけではなく、水中で長く動き回る者たちもいる。インドネシアの海洋地域に住むバジャウ族である。

千年以上も海と共に生き続けてきたこの民族は脾臓《ひぞう》が異様に発達し、体内の酸素量を一時的に増加させることにより、常人よりはるかに優れた水中パフォーマンスが可能である。十五分もの間息を止め、水深六十メートルの海底まで潜ることができるのだ。驚異的なことに彼らは浮力までも自在に操って海底を陸上のように歩き回る。岩から貝をはぎ取り、銛《もり》で魚を突いて暮らす、「海の遊牧民」と呼ばれている。

さて、この稀有な水中民族にけして引けを取らない忍びが戦国時代の日本にいたことを知るものは、ほとんどいない。その男の名を小岩瀬万龍《まんりゅう》という。

万龍が最長でどれだけ息継ぎをせずに潜水できたのかをはっきりと示す記録はないが、少なくとも六時間は平気であったようだ。バジャウ族同様常人離れした脾臓を持っていたことに加え、鯨やイルカが持つ、ヘモグロビンよりも酸素結合度合いが強いタンパク質、ミオグロビンを有していたとも考えられている。眼球には亀などの水中生物が持つ瞬膜《しゅんまく》、いわば自前の水中レンズを持ち、陸上よりむしろ水中のほうが視界が開けていると同志に語った逸話が当時の書物に残されている。

甲賀流の末裔たちに伝わる万龍の武勇伝は枚挙にいとまがないが、代表的なのは天文二十四年に毛利《もうり》元就《もとなり》と陶晴賢《すえはるかた》のあいだで起きた厳島《いつくしま》の戦いでの逸話であろう。水軍において圧倒的に劣勢だった毛利方はあらかじめ万龍を呼びつけていた。万龍は海に大きな鉈《なた》を持って潜み、戦が始まるや否や攻めてきた陶晴賢の水軍の船底に次々と穴をあけていったのである。万龍は息継ぎをしないので、まさかそんな工作が水中で行われているとは思わない陶軍の船は次々と沈められていき、毛利方は劇的な勝利を収めた。

小岩瀬新八はその万龍から数えて二十代目の跡継ぎである。当然のごとく、万龍の体質を引き継ぎ、生まれながらに水中での動きは常人離れしている。

樽に満たされた水の中に三時間潜ったり、潜水したまま半径三キロの池を五往復するなど、子どものころから朝飯前だった。それに加えて訓練により、マイナス十度から五十度まで幅広い温度変化に対応可能になった。海水の塩分は苦手だったが、それでも十歳になるころには猛突してくるホオジロザメをスペインの闘牛士さながらに翻弄できるようにはなった。甲賀流の修行の場である奥山の大滝の激しい落水を、逆らうように泳いで登れるようになったのは、十二歳のときであった。

技術の向上は時として、慢心を招く。

小学校のプールの授業では子どもとは思えないスピードで泳ぎ、目立とうとした。甲賀流忍法の技術を人前で見せびらかすのはご法度《はっと》である。統括者である白神に捕まって何度も懲罰を受けた新八はひねくれ、中学入学後ほどなくして不登校となった。

自宅で引きこもる日々の中、彼はとある少女漫画に出会う。主人公の少女を魅了する詩人王子のキャラクターに心酔《しんすい》した彼は、いつしかそのしゃべり方や立ち居振る舞いを真似し、ノートに自作の詩を連ねるようになった。

周囲からは顔をしかめられることが多くなった新八ではあったが、王子に自分を重ねることで自信を持ち、十八歳のとき、怠《おこた》っていた潜水術の鍛錬を再開する。同時にアルバイトをはじめ、夜学の中学に通うようになった。授業は半分眠りながらも夜学の高校を卒業した。

ビルの清掃アルバイトで知り合った同い年のミノルとともに飲食の事業を立ち上げたのが四年前、二十六歳のとき。メロンパン、エッグタルト、タピオカ、イチゴ串と失敗を重ね、先月、秋葉原の事故物件テナントを借りてかき氷屋を開いたばかりである。

秋葉原の客を対象として、人気のアニメの名をつけたかき氷を売る。まさに女神に与えられたアイディアだ——と小躍りしたが、今回もうまくいかず、このままではあと二か月で店をたたまなければならない。ここらで一つ、マルニン関係の臨時収入があればなあ……とちょうど心の流れ星に願っていたところだった。

吉原重俊《よしはらしげとし》、富田鐵之助、川田小一郎《かわだこいちろう》、岩崎彌之助《いわさきやのすけ》……

「こりゃ、すごいエリートたち……なんだろうね」

新八は壁にずらりと並ぶ、一枚が半畳くらいの大きさのある肖像画を眺めまわしながら、ため息をついた。日本銀行、二階の大廊下——通称「松の廊下」である。

「歴代の日銀総裁だ」

先導する白神が言った。

「へぇー。さしずめ、国を動かす大臣様ってとこか」

「日銀総裁だと言っているだろ。国務大臣とは違う」

夜学の授業ですら半分以上眠っていた新八は、社会のことをよく知らない。

「それはそうと、警察関係のみんなは下に集まっていたみたいだけど……」

日本銀行の一階には、かつて銀行業務をしていたホールがある。現在、警視庁の捜査本部が現場の指揮の拠点を置き、日銀の関係者と対応を協議していたが、白神は彼らに気づかれないように新八を階上へと連れて行ったのだった。

「捜査員の中には我々甲賀流のことをよく思わない者が多数いる。裏に手を回し、我々の本部は二階廊下に置かせてもらった。こちらのほうが、潜水にも都合がいい」

おや、と新八は思う。

「おかしなことを言うね。金庫は地下にあるんだろ？　一階より二階のほうが都合がいいなんて、まるでインチキ錬金術師のレトリックさ」

「機械が浸水によって故障し、エレベーターのかごは三階に止まったままだ。先ほど二階のエレベーター扉をこじ開け、縄梯子《なわばしご》を垂らしておいた。昇降路の一階部分はすでに水に浸かっている。ということは地下階のエレベーター扉に隙間があるということだ。こじ開けるのは簡単だろう」

上着の下から取り出したバールを差し出してくる。白神の言うことは理解できたが、新八は尻込みした。

「縄梯子は苦手だなあ」

「忍びの発言とは思えんな」

白神のあとについて廊下の角を右に曲がる。やはり両側の壁にずらりと肖像画が並んでいる。

「日銀の大臣ってこんなにいるの？」

「総裁だと言っている」

廊下の中央に誰かが立っている。グレーのスーツに身を包み、クリップボードを携えた若い女性だった。白神は彼女の近くで立ち止まると、新八を紹介した。

「連れてきた。甲賀流潜水術の継承者、小岩瀬新八だ」

「初めまして、三剣初音《みつるぎはつね》です」

小柄で、ナチュラルメイク。切れ長の一重まぶた。全体的に地味な服装だが、髪を一つにまとめるシュシュの黄色があざやかだった。新八はすかさず彼女の前にひざまずく。

「小岩瀬新八だよ、はつね姫。素晴らしきは今日この日の出会い。エンジェルに感謝しよう」

図2

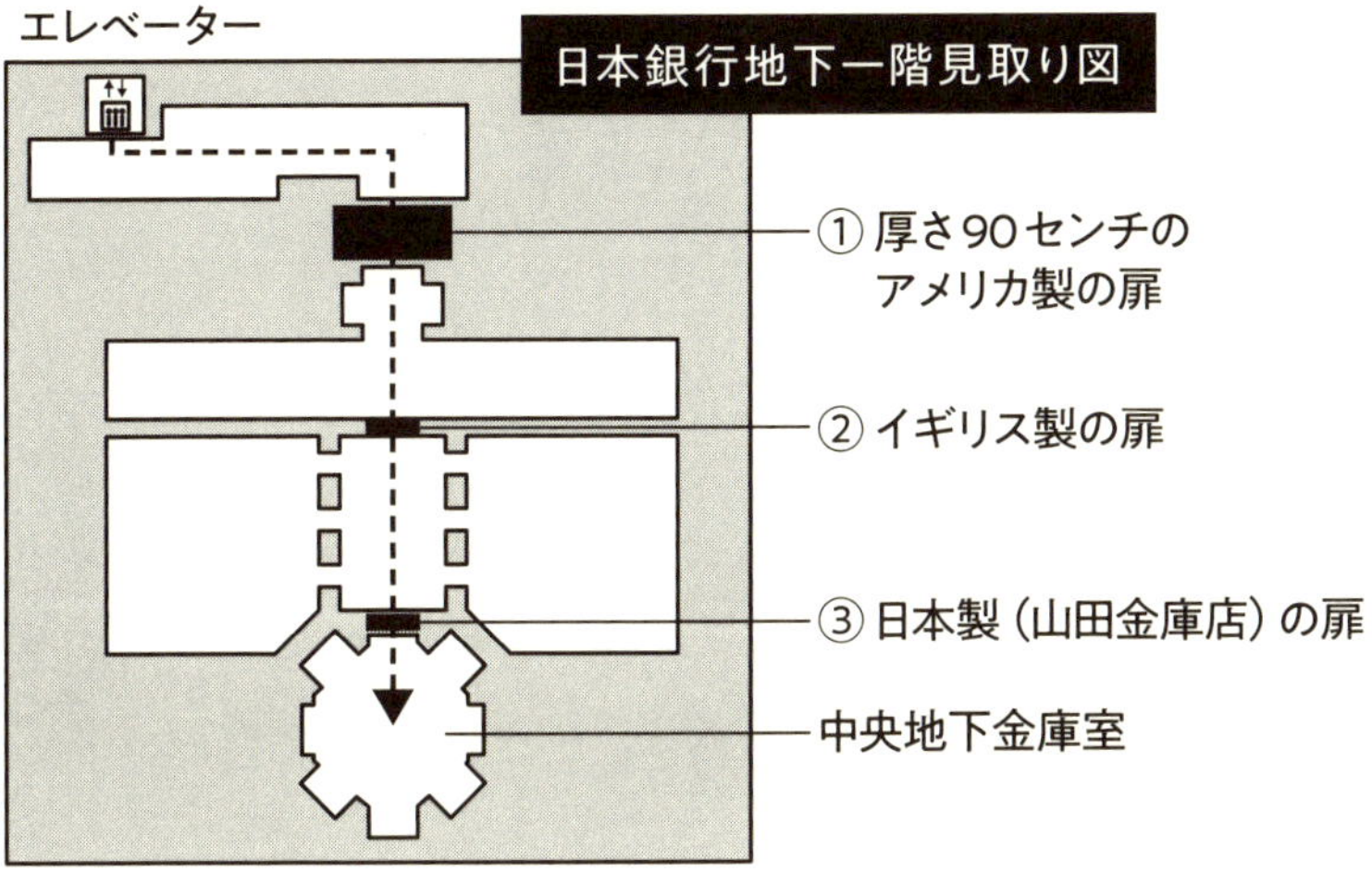

手を取ろうとすると、さっ、と拒否された。

「彼女は子どものころ、我々の仲間に命を救われている。警視庁内部における、数少ない甲賀流の理解者で、こうして陰で協力してくれる」

何事もなかったかのように、白神は説明した。

「用意しましたが、お使いになりますか」

三剣が壁のほうに視線を移す。紺色のウェットスーツとライト付きのヘルメットが横たえてあった。

「ヘルメットだけ使わせてもらうよ。ボクは生まれたままの姿のほうが動きがいいんだ……っていっても、いつ潜ってもいいように、海パンをはいているけどね」

「どうぞ脱ぎながら聞いてください」

三剣は、クリップボードを新八に見せた。RPGのダンジョンのような見取り図の描かれた一枚の紙があった。（図2）

「日本銀行地下一階の見取り図です。ご覧のようにGPSの示す金庫の中央部分に行くには、エレベーター扉を出て左に進み、三枚の金庫扉を抜ける必要があります。一枚目は昭和七年の拡張時に取り付けられたアメリカ製の扉で、厚さは九十センチ、重さが二十五トンあります。二番目は創業当時からある、イギリス製の扉。そして三番目が日本の山田金庫店が作った扉です」

「金庫扉の開け方は？」

脱いだシャツをたたみながら新八は訊ねた。

「三枚とも開放されています。今現在この本館は業務には使われておらず、見学ツアーの客がほぼ毎日入るそうです」

「よく考えろ」白神が口をはさんだ。「日本橋川から水を引く水路の出口は地下金庫の中央部の床にある。金庫扉がぴったり閉まっていたら、地下全体が水で満たされることはないだろう」

「水路の出口の件は初耳だよ」

肩をすくめ、デニムを下ろす。これで海パン一丁、何もない自然体。女性に見られているのが恥ずかしくも誇らしくもなる。

この姿になるとたいていは潜る気がわいてくるが、水死体が待っているかと思うと気が滅入《めい》る。もちろんこれまでも任務で水死体に対面したことはあるが、慣れないものは慣れない。

まあいいさ、これでかき氷屋が続けられるならと心の中で嘯《うそぶ》きながら、ライト付きのヘルメットをかぶる。

「エレベーターはあちらになります」

三剣の先導で、肖像画に見守られながら廊下を歩いた。

エレベーターの扉は開いたままで、開閉部の溝に縄梯子の鉤《かぎ》が引っかけられている。

白神が水中カメラを差し出してきた。それを受け取り、エレベーター扉の下を覗き込むと数メートル下に暗い水面が見えた。

「持っていけ」

「スマートフォンは回収してこなくていいんだね？」

ライトのスイッチを入れながら白神に念を押す。

「捜査本部のやつらに回収させたほうがいいだろう」

新八は首をぐるりと回し、縄梯子に足をかけて降りていく。つま先が水の冷たさを感じたところで、ぴっ、と脳内のスイッチが入った。

思い切り息を吸い込み、ざぶんと水に入る。

水上の音がすべて遮断されると同時に、目の前に瞬膜が張られた。もうここは、陸上の人間のあずかり知らぬ世界だ。

地下のエレベーターの扉には指が引っかかるほどの隙間があった。バールを差し込んで力を入れると、細身の人間なら簡単にすり抜けられるほどに開いた。

日本橋川の水は汚いだろうから視界は悪いと予想していたが、周囲三メートルは見える。床も天井も壁も、大時代な造りで、まるで太古の遺跡の中を泳いでいるようだ。

（とはいえ、あんまり気持ちのいい水じゃないよな）

早く現場を見てしまおうと、床に対して体を水平方向にした。

一気に水を蹴る。イカのようにびゅいんと、新八の体は進んでいく。たちまち、第一の金庫扉の前に着いた。厚さ九十センチ、重さ二十五トン。こんな扉は見たことがない。

（こりゃもう、ただの鉄の塊じゃないか……）

こちらに開いていた隙間からすっと入ると、すぐ第二のイギリス製の扉が見えた。こちらは一見、クリーム色の普通の金属のドアのようで、やはり手前に向けて全開になっていた。

（この奥に、日本製の金庫扉があるんだっけ）

通り抜けて、ぎょっとした。今までとは違う、床も壁も白いタイルが敷き詰められた空間が広がっている。左右に設置されたアーチの出入り口には格子状の扉がはまっており、まるで監獄のようで背筋が寒くなる。

目指す三枚目の扉は、正面にあった。開業時に山田金庫店が作ったというその金庫扉は一見ただの防火扉に見えるほどシンプルだが、意匠の施された鍵がクラシックで、やはりこちらに向けて開いていた。新八は両手で掻いて三枚目の扉の中にびゅんと入っていく。泥くさい冷気が頬を撫でていく。

（ええと……）

新八はヘルメットのライトを頼りに、周囲を見回す。

（あっ）

探していた相手はすぐに見つかった。日本銀行中央地下金庫室。文字通り、かつて日本の経済の中心だったその場所に、スーツに身を包み、目をかっと見開いた男がゆらゆら揺れていた。白神のタブレットで見た成井猛に相違なかった。

（なんで深夜に一人でこんなところに入ったんだい）

問いかけても答えてくれるはずはなかった。彼の体を調べると、スマートフォンは上着のポケットの中にすぐ見つかった。

（あとは、何かおかしな点があったら報告しなきゃだよね……）

けして広くないその空間をゆっくり泳ぎ回る。息はまだ十分続く。

（ん？）

新八は、壁の一部に違和感を覚えて近づいていく。

（やっぱり、文字だ）

白いタイルの壁に、赤い文字が書かれている。

『葦《よし》の富んだる川祝う
山で待つのは鷹三びき
いといに挟まれた者の手に
一万の心を開く鍵あり』

（成井さんが遺したものだろうか。残念ながら、ボクのような詩心はないようだね）

あごに手を当てて自己満足をした後でひょっとしたらダイイングメッセージの類だろうかと考えた。メガ・ゴリアテの犯人の名前がここにある？

一分ほど考えていたら、柄にもなく苦しくなってきた。水中で脳に酸素を使うのは得策ではない。

（陸上で、頭のいいプリンセスに秘密を解いてもらったほうがよさそうだ）

新八は水中カメラを壁の詩に向けた。パシャッ、と、水の中が白く光った。

三

「――新八、新八！」

耳元でうるさい小魚が叫んでいる。

ダメだよ。ボクは仕事中さ。乙姫様にかき氷を作らなきゃ。

「――新八、新八！」

ボクとデートがしたいっていうのかい？　しょうがないな。君がもう少し大人になって、ボディにハート形の文様が浮かんだら、行ってあげるよ。

「新八！　しょうがないねこの子は、起きなさいってのに！」

どすんと体が床にたたきつけられた。自室の汚い畳の上だと気づく。ばらばらと落ちてくるのは、枕もとに積んであった漫画の雑誌だ。

「仲間が来てるよ！」

目の前には、白髪のまじった髪にパーマをかけた母親の顔があった。

「仲間だって？　ボクに何の仲間がいるっていうんだい」

目をこすりながら半身を起こす。

「忍びに決まってるでしょうに、もう。あんた昨日、任務こなしたんでしょう？」

水中に漂っていた成井猛の姿を思い出す。かっと見開かれた目を思い出して、思わず身震いした。

「いやなことを思い出させるなあ」

「あんたが関わった事件についてお知らせがあるんだって」

「おはよ」

母の後ろからひょっこり、丸襟《まるえり》のブラウスを着た小学生の女の子が顔を出した。左目の瞳孔がワインのように赤い。

雲川《くもかわ》セイラ――甲賀流懐中殺、いわゆるスリの使い手だ。幼くして父を亡くしたものの、その術を立派に継承し、令和時代の甲賀流になくてはならない存在となっている。

「ようこそ、ボクの城へ。小さな小さなお姫様」

新八はさっと立ち上がり、彼女にお辞儀をしてみせた。

「汚い部屋。こんなところがお城なら王子は生ゴミ王子じゃない」

「そうそう。言ってやってよ。ゴミ部屋の生ゴミ王子。もう三十になろうってのにこの体たらく」

まったく母親という存在はどんな醜悪な怪物よりもぶしつけに新八の世界をぶち壊す。

「出てってくれよ！」

新八は母親を廊下に押し出し、ドアを閉めた。

「学校に行く途中だから手短に話すね」

振り返るとセイラは右手にA4サイズに引き伸ばされた写真をひらつかせていた。昨日新八が水中で撮影したものだった。

「昨日、新八さんが日本銀行の地下金庫で見つけた謎かけ歌。水にぬれても落ちない口紅で書かれたものだった。筆跡鑑定は難しかったらしいけど、クレジットカードの記録から口紅は成井さんが日本橋三越で買ったものだってわかった。店員さんには『奥さんの誕生日プレゼントなんだ』って語っていたそうよ」

　迫ってくる水に死を覚悟した成井は、口紅で例の不思議な詩を書いた。

「うん。それはボクも聞いたよ」

　新八はうなずく。

「だけど結局、御大にもはつね姫にも、あの詩の意味はわからなかったんだ」

「誰よ、はつね姫って」

「昨日見つけた、ボクの運命の黄色い花だよ」

「へぇーおめでとう。白神御大は隠密ネットの掲示板にこの画像を張り付けたんだよ。誰かこの謎かけの意味がわかる者は――って」

　隠密ネットとは、甲賀流忍法の継承者だけが見ることのできる、特殊なビジネスチャットシステムである。少なくとも三日に一度は覗いて新たな情報を共有することが義務付けられているが、新八はもう二週間もそれを怠っていた。

　セイラのどこか自信に満ちた表情に、新八はまさか、と思った。

「セイラ、君はそれを解いたっていうんじゃないだろうね？」

「こんなの一分で解けたよ。ここ借りるね」

　ざざーっ。ローテーブルの上の漫画本とフィギュアをセイラは両手でなぎ倒すように床に落とす。

「お、おい、やめてくれよ」

「『葦の富んだる川祝う／山で待つのは鷹三びき』」

聞く耳を持たないと言わんばかりに、空いたスペースに写真を広げ、写されている詩を読むセイラ。

「この時点でもう、この詩が何を意味しているのかは明らか」

「え?」

フィギュアを拾い集めながら新八は訊き返した。セイラは写真の横にメモ帳を置き、さらさらとサインペンで何かを書いていった。

『葦↓吉　祝う↓岩　待つ↓松　鷹↓高』

「こうやって書き換えて、出てきた漢字を全部並べると……」

『吉、富、川、岩、山、松、高、三』

「ほーらね」

「全然、わからないね」

セイラはこの部屋に入ってきてから初めてニコリと笑い、ランドセルから『政治経済』という高校生向けの参考書を取り出した。付箋《ふせん》の貼ってあるページを開く。どこかで見たようなオジサンの絵と写真がずらりと並んでいる。新八はそれをしばらく眺め、

「あー」

ようやく理解した。

『吉原重俊、富田鐵之助、川田小一郎、岩崎彌之助、山本達雄《やまもとたつお》、松尾《まつお》臣善《しげよし》、高橋是清《たかはしこれきよ》、三《み》島《しま》彌《や》太《た》郎《ろう》』

「日本銀行の大臣たちの、名前の一文字目ってことか」

「大臣じゃなくて、総裁」

その違いが新八にはいまだ、よくわからない。

「ここまでの二行は、この詩に日銀総裁の名前が織り込まれているよ、という宣言ね。続きはこう。『いといに挟まれた者の手に／一万の心を開く鍵あり』」

新八は参考書をじっと見る。すぐに注目すべき点に目がとまる。

「井上準之助《いのうえじゅんのすけ》っていう人が、二回就任しているね。『いといに挟まれた者』っていうのは『井と井に挟まれた者』つまり、一回目の井上準之助と二回目の井上準之助のあいだの市来乙彦《いちきおとひこ》だ」

「うん、わかってきたね」

「『一万の心』っていうのは第十八代の『一萬田尚登《いちまだひさと》』かな」

「私もそう思って白神御大にメッセージを送ったの。白神御大は心当たりがあったらしくてすぐに調べたんだって。ええと、二階の廊下って書いてあるけど……」

スマートフォンの画面を眺め、セイラは言った。左右の壁にずらりと肖像画の並んだ廊下が思い出された。

「松の廊下の肖像画だね」

「そう、肖像画。市来乙彦の右手の爪にわずかな突起があって、引っ張ったら棒状の金属が飛び出してきて、先っちょがギザギザになった特殊な鍵だってことがわかった。一萬田尚登の肖像画の胸のところには不自然にくぼんだ所があって、爪を立てると絵の具がはがれて鍵穴が現れた。白神さんはその穴に市来乙彦の鍵を差し込んだ。肖像画は横にずれて、隠し金庫が見つかったんだって」

ひゅう、と新八は口笛を吹いた。

「まるで脱出ゲームだね」

「白神御大によれば、日本銀行って万が一の時に備えてそういう隠し金庫がいっぱいあるらしいの。でも一萬田尚登の隠し金庫に入っていたのはお金でも金塊でもなく、わずか三枚の書類だった」

「書類？」

「成井猛さんが、とある不正取引に関わっていたっていう書類らしいよ」

ぺらりぺらりと新八の前に三枚の紙が投げ出される。件《くだん》の書類のコピーのようだ。

「日本銀行って、古くなったお金を回収して破棄する仕事もあるんだって。だけど古くなったって言ってもまだ使えるものも混じってる。四年も前から、日銀職員の何人かがそういうお札を何千枚も破棄したことにして横流ししていたんだよ。新紙幣の導入に伴う混乱の中で、やりやすくなってたのかもね」

「へぇーっ、悪いことをするもんだね」

「これはその悪事の記録。横流しの相手はモンデラーホテルの専務、深江《ふかえ》盛之助《せいのすけ》」

「モンデラーホテル!?」

新八の大声に、セイラはびくりとした。

「どうしたの？」

「赤坂にある、二十四階でナイトプールが開かれるホテルだろ？　行ってみたいんだよナイトプール。泳ぎのうまいボクなら水着の美女に囲まれて水際の王子になれる」

「まじめな話をしてるんだからね！」セイラは目を吊り上げる。「モンデラーホテルは二年前まで経営が傾いていたんだけど、ここのところ持ち直している。そこに添付してあるのは、ホテルの法人口座だけど、一千万単位の不自然な現金入金がいくつもあるでしょ？」

「あ、ああ」

よくわからなかったが、セイラが言うならそうなのだろう。

「成井さんはこの不正に関わっていて、何百万円かの賄賂《わいろ》をもらっていた」

「何百万……あれ、でもどうしてその成井さんが、自分の不正を暴くような詩を残したんだろうね」

「成井さんは後悔して出頭しようとしたんじゃない？　現に去年、徳山《とくやま》っていう名前の若い日銀職員が謎の自殺をしているの。資料に名前があることから、彼が良心の呵責《かしやく》に耐えかねて自殺した直後に成井さんはこの資料を作成して金庫に封印したみたい」

そして成井自身は、警察に洗いざらいしゃべろうとした。それを感づいた仲間が地下金庫に閉じ込めて水を入れた、とセイラは語った。

「スマホの電波もつながらない地下空間に閉じ込められ、水がどんどん流れ込んできて死を覚悟した成井さんは、不正の証拠の隠し場所を残そうとしたけれど、第一発見者が犯人の場合、消されてしまう可能性が高い」

「だから回りくどい詩で、不正のすべてが書かれた資料のありかを示したっていうんだね。で、その犯人っていうのは？」

「資料に書いてあるよ、一連の不正の首謀者が。発券局の総務課長、勝栗忠一《かちぐりちゆういち》。成井さんの直属の上司で、自殺した徳山さんをコネで日銀に入れた人でもある」

ふむふむ……とうなずく新八の前で、セイラはスマートフォンをしまうと、一枚のメモを手渡してきた。三鷹市の住所が書いてある。

「なんだいこれ？」

「勝栗の住んでるタワーマンション。行ってこいって」

「ボクが？」

「成井さんに殺される事情があった以上、甲賀流への挑発っていう可能性は薄くなったけど、相手が《悪魔のラチェット》に通じているならその情報は摑んでいたほうがいいって。捜査本部が身柄を押さえるより先に勝栗にコンタクトを取って、組織の中枢につながる情報を得ろって、白神御大が」

「待てって。どうしてボクなんだい？」

「初めに関わった者が解決まで責任もって事件に当たるのが、最近の甲賀流の傾向なんだよ」

「ボクにはこの書類に書かれていることは、リスのつま先ほどもわからないっていうのに。セイラが行ってきなよ」

「私、今日、リコーダーのテストあるから」

「いや、でも……」

そのとき、セイラの赤い左目が光った。ぐわん、と頭が揺れる。

「王子さまはこういうとき、黙ってみんなのために活躍するものよ」

四

《グラシアスカイ三鷹》に着いたのは午前十時半を少し回ったころだった。エントランスの前にパトカーが数台停まっていて、警視庁の捜査員や鑑識官たちがせわしなく行きかっている。

「ピンチの場に一番にたどり着くには、ペガサスに乗らなきゃ無理だったかな」

茂みの陰で独り言を言いながら、妙なことに気づいた。

勝栗一人に事情を聴くのに、こんなに大人数で来るだろうか。

内部の様子を探りたいが、住民を装って侵入しようにも警察官に止められて身分証明書の提示を求められるに違いない。甲賀流だと気づかれたら……よくわからないけど面倒なことになりそうだ。

新八は要塞のようなタワーマンションを見上げた。勝栗の部屋は４４０５号室。つまり、四十四階だ。木陰良則《こかげよしのり》のようにこの壁をぺたぺた上っていけたらいいのにと恨めしく思いながらエントランスに視線を戻す。

「ん？」

目に、見覚えのある顔が飛び込んできた。グレーのスーツ、黄色いシュシュ。

彼女は手に持ったファイルを眺め、口元を歪めている。周囲には誰もいない。新八は茂みから出て、ささっと近づいていく。こんなこともあろうかと、ジャケットの内側には常に小さなひまわりの造花を忍ばせている。

「やあ、奇遇だね」

三剣初音はファイルから顔を上げ、「えっ」と声を上げた。

「知っているかい。ひまわりはいつも太陽のほうを向きたがる。こんな薄汚れた都会の片隅に、君という小さな太陽を見つけたのさ」

「なんでここにいるんですか」

「そういう運命だから」

「上司に甲賀流だとばれたらまずいですよ」

「白神御大に頼まれたんだ。《悪魔のラチェット》っていうきかん坊の一団を一網打尽にする気らしいよ」

「とにかく、こっちへ！」

三剣は新八の背中を押し、タワーマンションの向かいにあるアウトレットの裏へ連れていった。

「なかなか力が強いね。お転婆も嫌いじゃないよ」

「勝栗忠一のことは聞いていますね？」

新八の甘い言葉にはまったく応じず、三剣は訊いた。

「うん。成井猛と共にモンデラーホテルグループの不正事件に関わっていた人だね」

「そうです。二時間ほど前、彼が自宅で死んでいるのが発見されました」

「なんだって？」

第一発見者は別居中の勝栗の妻、さなえだと三剣は言った。

「今朝八時ごろ、勝栗の部屋に置いたままにしてある服を取りにいく約束をしていたそうです。時間どおりにオートロック前のインターホンを鳴らしたけれど夫は応答せず、ちょうど犬の散歩から帰ってきた三十二階に住む婦人とともにエントランスに入りました。４４０５号室のドアの鍵は開いていて中に入ると、リビングで夫が倒れていたということです」

「死因は？」

「後頭部をかなり強く殴られています。凶器は発見されていません。出血はそう多くありませんが頭蓋骨の陥没がひどく、即死と思われます。死亡推定時刻は昨日午前三時前後。死亡から丸一日以上経過してからの発見となります。検視官の表現では、『相当高いところから落ちた鉄アレイが当たったみたい』ということですが……」

「起こりえないね。たぶん、ものすごいパワースーツを着た怪力人間に殴られたんだろう」

「私もそう思います。生前の勝栗を最後に目撃したのは、隣の４４０４号室に住む島岡《しまおか》という司法書士でした」

一年ほど前から音漏れがうるさいと何度も勝栗に文句を言われるようになっていたが、昨日も夜中の二時五十分ごろにインターホンで起こされた。モニターには血相を変えた勝栗が映っており、『うるさいぞ、何時だと思っている？』と怒鳴り散らしていた。島岡は眠っていて何の物音も立てていなかったのでその旨を説明し、ドアを開けることなくベッドに戻った。

ふーん、と新八は顎に手を当てて考える。

「てっきり、成井さんを殺したのが勝栗だと思っていたんだけどなあ」

すると三剣が「あっ」と何かを思い出したような声を上げた。

「そういえば、昨夕、排水路が復旧したあとで成井猛の遺体を引き上げたのですが、こちらの報告は受けていますか？」

「いや……」

「死亡推定時刻は昨日の午前二時前後とのことでした」

「というと、渋沢栄一像が壊されたのとほぼ同時だね」

水路から流入した水に溺れて死んだので、ぴったりの時間だ。

「はい。注目すべきはそのあとの犯人の行動です。水門を開けたあと、すぐにメガ・ゴリアテを脱いで車に押し込み、日本銀行から三鷹へやってきて再びメガ・ゴリアテを着、勝栗忠一を殺害したのでしょう。所要時間は車でだいたい一時間なのでぴったりです」

「エントランスの監視カメラに、犯人の姿は映っていたのかな」

「それが、事件当夜、監視カメラは午後八時以降、機能が停止していました。付近の公園から妨害電波を発生する装置が発見されました」

「ふーん。用意がいいね。ところで、勝栗に同居人はいなかったのかな。奥さんは別居中だったんだよね。他に家族がいたら巻き込まれたり……」

「芹葉《せりは》さんという二十八歳の娘さんがいますが、独立して現在は江東区森下で一人暮らしをし、門前仲町《もんぜんなかちょう》にある映像制作会社で働いています。先ほど所轄の警察官が事情聴取をし、アリバイも確認済みです。一昨日は森下の自宅で一晩中動画編集の作業をしていたとのこと。勝栗が殺害されたのとほぼ同時刻、午前三時すぎに自宅そばのコンビニでコーヒーと夜食の牛丼を買っており、対応したアルバイト店員の証言もとれています」

「食欲旺盛だね」

「ちなみに別居中の妻も事件当夜は仕事で大阪にいました」

肩をすくめる。日銀の不正がらみの事件だとわかりきっているのに、家族のアリバイなんて確認してもしかたないだろうに。それにしても、このままじゃ白神になんと報告すればいいのか。犯人まではっきり特定しなきゃ報酬はナシとでも言い出しそうだ。

「一応訊くけど、はつね姫」

「はい？」

「現場の部屋にボクを招いてはくれないだろうね？」

「それは、できかねます。……いやその、小岩瀬さんだからというわけじゃなくて、正式な捜査関係者以外は」

すっかり忍者は嫌われているようだ。しかたない、自分で犯人を考えよう。

一番の犯人候補だった勝栗がメガ・ゴリアテに殺された。じゃあ誰が……。資料にもう一人名前がなかったか？　モンデラーホテルの重役、深江。単純な消去法ならそうなるけれど……モンデラーホテル……。水着ではしゃぐ美女たち。

「……ダメだ。ナイトプールしか思い浮かばない」

「はい？」

不思議そうな三剣の顔を見て、新八はいいアイディアを思いついた。

「はつね姫。今夜、ボクに君の時間をくれないか？」

「どういう意味です？」

「モンデラーホテルのナイトプールに行こうよ。本当のボクを見せてあげるよ」

三剣はしばらく言葉を探すように新八の顔を見ていたが、

「失礼します。捜査がありますので」

頭を下げ、マンションへと去っていった。

「まったくボクの前では女性はみんな、ひねくれやさんになってしまう」

五

新八は、犯人捜しをあきらめた。情報も少ないし、正規の警察官たちに嫌われているのでは動きようがない。どうせ犯人は伊賀流ではないのだからそんなに真剣に捜査することもないだろう。特に行くところもないので、秋葉原の店へ行った。正午になろうとしていた。

「おーい、ミノル。遅刻してすまない」

声をかけながら扉を開ける。

「えっ？」

濡れたコンクリートの床にミノルが仰向けになって寝ていた。

白目を剝いていて、気絶しているのはすぐにわかった。

店の奥にずんぐりした体型の人影があり、かき氷の機械をいじくっている。新八はとっさにその男に飛び掛かったが、

「いたっ！」

右手が巨大な金属に挟まれた。男が背負っているメタリックな亀の甲羅《こうら》のようなものから、巨大なトングが伸びているのだった。

「俺をなめるなよ」

その男は振り返った。

丸いレンズの眼鏡の向こうから新八を見る小さな二つの目。少し会わないあいだに体型はだいぶ丸くなっていた。

「鶴松……どうしてここに？」

判田鶴松。甲賀流忍法の忍具開発担当の一族の者だ。機械類にはめっぽう強いので壊れたかき氷機の修理を頼もうと昨日電話したが、無下に断られたばかりだ。

「今回の犯人、メガ・ゴリアテを着てるって言うじゃねえか。居ても立ってもいられず、仮病を使って学校を休んできた。そこにのびてる男は、俺がお前の友だちだっていくら説明しても『警察を呼ぶ』の一点張りだったから、ちょっと眠ってもらった」

ミノルのほうを眺めながら腰にぶら下げたスタンガンを見せる鶴松。

「ふぅーん。中学の教師っていうのは案外簡単に休めるもんなんだね」

「公立中学なめんな。今回だけは特別だ。ぶっ倒された渋沢栄一像の写真を見たか」

「見てないよ」

「ありゃお前、台座も合わせると七トンはある。それを両手でつかんでバギバギなぎ倒すなんて、どういう動力を使ったら可能なんだよ？　まるでギリシャか北欧の神話に出てくる怪物じゃねえか、ひひ、ひひひ」

「そうまくしたてるなよ。演説なら校長先生になってからやればいい」

「教室でも職員室でも無視されてる俺が校長になれるか、馬鹿。それより珍しいメカニック犯罪を追うほうが性に合ってる。セイラから聞いたぞ。三鷹の日銀職員の家に行ったそうだな。そいつか、メガ・ゴリアテの犯人は」

「おあいにく様。彼は殺されていたよ。捜査一課の連中が先に来ていてね、ほとんど門前払いさ」

新八は午前中のことを話した。鶴松ははぁっとため息をついた。（呆れ）というテロップが顎の下に出たように見えた。

「それですごすご帰ってきたのかよ。お前それでも甲賀流の忍びか」

「令和忍法、あきらめの術さ」

「メガ・ゴリアテを前にあきらめんのか馬鹿。とっ捕まえてそのモーターの秘密、動力伝達の機構を調べてみたいとは思わないのか」

「あいにくボクは、鶴松みたいなマニアな趣味はないもんでね」

「つくづく骨のない男だな。おい、お前の得た情報を俺に全部しゃべってみろ。俺がその怪物パワースーツ野郎の居場所を突き止めてやる」

「無茶なことを言うなよ」

「とにかく話せ。話したら、このおんぼろかき氷機を直してやるよ」

ぼんぼんとかき氷機を叩く鶴松。

「直せるのかい？」

「俺は戦国のレオナルド・ダ・ヴィンチ、判田鶴松の末裔だぞ」

レオナルド・ダ・ヴィンチってモテたかい？　という質問を新八は飲み込んだ。

＊

新八が話を終えるころ、床にどっかりと胡坐《あぐら》をかいた鶴松の前でかき氷機はばらばらになっていた。手持無沙汰になったのか、話の途中から鶴松が分解をはじめたのだった。

「これで全部話したけど、何かわかったかい？」

「パッキンの亀裂と、この丸い部品の錆《さ》びつきが原因だ。両方とも新しいのに取り換えなきゃならない」

「そうじゃなくて――いや、それも重要だけど、成井・勝栗殺人事件のほうさ」

「そっちは整理すりゃ、だいたいのことはわかるだろ。ま、ちょっと計算は必要だがな」

鶴松はしばらくスマートフォンをいじって何かを調べていたかと思うと、チョークを取り出して床のコンクリートにカツカツと計算式を書きはじめた。そして、その計算式を三十秒ほど眺めると、ひひ、と気味悪い笑い声を漏らし、ぱっと立ち上がる。

いまだ気絶しているミノルの体をまたいで、壁にかかっている黒板に向かった。業務日程を書いてあるカレンダー代わりの黒板である。鶴松は黒板消しでその予定を一気に消す。

「お、おい、勝手に消すなよ」

「予定スッカスカじゃねえか。それよりいいか、こういう事件に当たる時はな、『なぜ殺したか』を取っ払って考えたほうが手っ取り早いんだ。人間の心なんてご立派なもんは、中学の理科教師が相手するようなもんじゃねえからな」

ひひ、と笑うと鶴松は、カツカツと黒板に文字を書いた。

「事件の概要を聞いて真っ先に俺の心に思い浮かんだ疑問はこれだ」

『①渋沢栄一像が倒された時刻と、成井の死亡推定時刻に差がないのはなぜか』

「ほら小岩瀬、答えてみろ」

生徒を指すように、チョークを新八の顔に向ける鶴松。

「え？　水が地下金庫に満たされたことによって溺れちゃったんだから、当たり前じゃないかい？」

「さっき調べて知ったが、地下金庫の様子は日銀のホームページに写真入りでかなり詳しく紹介されてるんだな。金庫扉の高さとの比率で、床から天井までの高さは少ない誤差で計算できる。ということは地下全体の容積も概算できるというわけだ」

スマートフォンの画面を見せてくる鶴松。

「一方、地下水路の詳細は、隠密ネットに白神御大が張り付けた明治時代の極秘図面にはっきり残されてる。断面図から計算しようと思ったが、辰野金吾の野郎、地下金庫に毎秒どれだけの水が流れ込むかまではっきり書き残してるじゃねえか。さすがだぜ、ひひ」

新八はまだ、鶴松が何を言いたいのかがわからない。

「いいか？　地下全体の容積と、一秒あたりに流れ込む水の量がわかれば、水路が開けられてから地下階全体に水が満たされるまでの時間もおのずとわかる。俺の計算では、五十七分だ」

「五十七分？　ほぼ一時間だね」

「そうだ。工事のおっさんが渋沢栄一をぶっ壊す大男を見たのは午前二時過ぎ。となれば成井が溺れ死ぬのは午前三時前後のはず。だが、実際の死亡推定時刻は午前二時前後だったんだろ。一時間以上のずれがあるなんて不思議だぜ」

「ということは、どういうこと？」

「頭の悪いやつだな。水路が開けられたときにはすでに、成井は死んでいたってことだろ」

頭がぐらんぐらんしてきた。そんなバカな。

「どこで溺死させられたっていうんだ？　別のところで顔を水に押し付けられたのか？」

「それなら日銀総裁謎かけ歌を書いたのは誰だ？　っつう話になる。口紅を買ったことは他のやつは知らねえんだ。その口紅で書かれていたんだから書いたのは成井本人以外にはありえない」

「じゃ、どういうことなんだ？」

新八は頭がパンクしそうだった。

「第二の疑問が、それを解決してくれるさ」

鶴松は丸レンズの眼鏡をずり上げ、再び黒板にチョークを走らせる。

『②成井はなぜ、地下金庫の中央部で死んでいたのか』

「日銀の地下と地上階の行き来は現在、一基あるエレベーターでしかできない。水が満たされていく中で助かろうと思えば、エレベーターをこじ開けてでも上の階へ逃げようとするのが普通だ。だが死体は、エレベーターからもっとも遠い中央部に浮いていた」

知っている。初めにそれを発見したのは新八自身だ。だがなぜかと問われると……

「ん？」

新八はひらめいた。

「単純なことじゃないかな。成井は中央金庫に閉じ込められていたんだ」

「その通りだ」ぱちんと手を打つ鶴松。「水路から水が噴き出す口は金庫の中央部にある。俺の試算では、いちばん内側の日本製の金庫扉が閉められていれば、十五分で満水になる。十五分なら死亡推定時刻の言う『前後』の範疇だ」

さすがボクだね、と新八が自分をほめると同時に、鶴松はチョークを走らせる。

「さあ、次の疑問だ」

『③成井を金庫中央部に閉じ込めたのは誰か？』

「メガ・ゴリアテくんじゃないのかい？　成井を殴って気絶させ、運んでいった」

「殴ったら即死だ。そうしなかったってことは、犯人はメガ・ゴリアテを着ていなかった。成井をうまく言いくるめて中央金庫に入らせ、隙をついて扉を閉じちまった犯人は、メガ・ゴリアテとは別にいるんだ」

「誰が？」

「成井に命令できる立場のやつさ。そして、成井が告発しようとした相手でもある」

新八にもすぐわかった。

「勝栗か」

「そうだ。やつはきっとメガ・ゴリアテに、成井を閉じ込めれば命だけは助けてやると脅されたんだろう。成井は閉じ込められ、メガ・ゴリアテに水門を開けられて溺死した」

うなずきそうになったが、新八はあることに気づいた。

「ちょっと待って鶴松。君は一つ見落としている。まるで妖精が魔法の杖を落としちゃうような見落としさ」

「気持ちわりい表現だな」

「勝栗は午前三時少し前、《グラシアスカイ三鷹》４４０４号室の島岡さんに目撃されている。あのタワーマンションから日銀までは車で一時間はかかるんだ。成井が死んだ二時より前に彼を閉じ込めるのは無理だよ」

「これからまさに、その話をするんだよ」

カツカツ――鶴松が新たに書いた疑問はこうだった。

『④なぜ死体発見時、中央の金庫扉は開かれていたのか』

「中央の金庫扉の内側で溺死させたんだから、そのままにしておけばすむ話だ。殺したあと扉を開けたら水が出てきてびしょ濡れになっちまう。しかし死体発見時、金庫扉はすべて開かれ、地下一階はまるまる水で満たされていた」

「そうなんだけど、ボクの話、きいてたかい？　三時前に三鷹にいた勝栗がどうして……」

鶴松は無視するようにさらに黒板に疑問を連ねた。

『⑤勝栗はどこで殺されたか？』

「どこで……って、《グラシアスカイ三鷹》の４４０５号室でしょ。そこにメガ・ゴリアテが……」

「エントランスの監視カメラは妨害電波で映らないようになっていた。よそで殺した死体をスーツケースに入れて通れば、誰もわからない。捜査一課の女刑事さんは、頭蓋骨を割られたにしては出血が少なかったって言ってたんだよな？　そりゃそうさ。血は、本当に殺された場所に流れただろうからな」

「そ、それはどこなんだ？」

「地下金庫の、中央の扉の外側だ」

「なんだって？」

「現場の床や壁にとび散った血が残っていたらそこで殺されたことがわかっちまう。どんだけ丁寧に拭き取ったところで、タイルの目地には血痕が残っちまうからな。犯人はいっそのこと、地下全体を水の底に沈め、血痕なんて誰も気にしない状況を作っちまえと思ったのさ」

そんな理由だったのか——と呆然とする新八の頭に、さっきの疑問が浮かぶ。

「でも、三時前に島岡さんの部屋に勝栗は怒鳴りこんできているよ」

「写真が一枚ありゃ、本人がしゃべっているような３Ｄ映像を作るのはたやすい。タワマンの内廊下なんてどこも似たようなもんだから、背景に困ることもない。それをモニターの機械につないで、タイマーでインターホンを鳴らして映像が映るように細工しとく。勝栗の死体を部屋に放り込みに行ったときに、それも全部回収してくりゃいいんだ」

「そんな細工、誰でもできることじゃない」

鶴松は答えず、黒板に疑問を追加する。

『⑥３Ｄ映像を作成し、モニターに細工できるほどの技術を持つ者は誰か？』

「ちなみに、メガ・ゴリアテのやつがどうしてこんな回りくどいことをしたかはもうわかるな？」

「ん？」

「アリバイ作りだよ」

鶴松はまた書き足した。

『⑦この細工によってアリバイを手に入れたのは誰か？』

新八の頭の中に、一人の人間が浮かぶ。本人に会ったことはないが、やけに行動が不自然だと思っていた者だった。

「勝栗芹葉」

勝栗忠一の娘——彼女は午前三時すぎ、コンビニで牛丼を買っている。

「夜中の三時に牛丼なんて食うか？　わざわざ店員に顔を確認させに行ったのさ」

「たしかに。食欲旺盛だと思ったんだ」

「映像クリエイターなら自分の親父の３Ｄ映像を作るのなんて朝飯前、親父とお隣さんの関係だって熟知しているだろうさ」

「だけど」新八はまだ納得がいかない。「どうやって渋沢おじさんの台座の水門のことを知ったんだ？　あれの存在は、甲賀流の一部の人と、日本銀行の上層部しか知らないんだ」

「そりゃまあ、どこかから仕入れたんだろう。箝口令《かんこうれい》なんて濾紙《ろし》みたいなもんでな、情報はどこかから必ず沁み出してるんだ」

「理科の先生のごまかし方だね。それにさ、勝栗芹葉の動機はどうなるんだ」

「人の心なんて理科の興味の対象外だがな、自殺した日銀職員の徳山ってやつが関わってるんじゃないか？」

「徳山？」

「やつは勝栗が不正に手を染める前から家に出入りしていたほどの腹心の部下。そこで出会った娘と恋仲になった。その後勝栗は不正に手を染め、加担させられた徳山は自責の念にかられて自殺。それを知った娘は逆上し、恋人を死に追いやった人間を皆殺しにすることにした」

「自分の父親も含めて？」

「恋は盲目、だろ」

人の心なんて理科の興味の対象外と言っていたくせに……と茶化す余裕など新八にはなかった。

「勝栗芹葉はどこからかダークウェブを通じて《悪魔のラチェット》の情報を得た。そして、恨めしい相手を殺したいからメガ・ゴリアテを貸してくれと申し出たんだ」

額に手を当て、新八は頭を振った。

「信じられないよ。メガ・ゴリアテくんが女性だなんて」

「力の弱い女が使用したときのデータを《悪魔のラチェット》が欲しがるのは開発者なら当然だ。それより小岩瀬、わかってんだろうな。勝栗芹葉のターゲットはまだもう一人いるはずだぜ」

「えっ？」

「徳山を不正に巻き込んだ悪人だ」

「……モンデラーホテルの深江か」

「そうだ。きっと勝栗芹葉は今日中に動き出す。俺とお前とでやつを止める。俺はメガ・ゴリアテを手に入れ、その仕組みを存分に分析する」

鶴松は自分の推理に確信を抱いている。のみならず、メガ・ゴリアテに立ち向かう気だ。

「よくそんなことを軽々しく言えるね。どうやってメガ・ゴリアテを着た彼女を倒すのさ」

「理科の教師をなめんなって言ってんだろ」鶴松は自分のこめかみを指さした。「パワースーツを着た人間を降参させる方法なんて、とっくに思いついてる」

六

雑居ビルの入り口でその映像制作会社の看板を見たとき、新八は心臓が跳ね上がるかと思った。楽しそうに跳ねまわるトウモロコシのキャラクターロゴがついていたからである。

「《ポッピングコーン》……」

「どうしたんだ、お前?」

訊《たず》ねる鶴松に、日本銀行の紹介のビデオを作った会社だと告げると、彼はにんまりと微笑《ほほえ》んだ。

「ほら見ろ。もう接点が出てきたじゃねえか」

連れ立って、会社の入っている階に上っていく。

入り口を入るとすぐデスクが並ぶ小さなオフィスで、受付カウンターのようなものはなかった。

「勝栗ですか。ええ……午前中は出社していたんですが」

新八と鶴松の前に現れた、上司の女性は困惑したような表情で言うと、すぐ近くのデスクを振り返った。勝栗のデスクなのだろう。が、パソコンの脇にやけに古臭い本や地図が積んであるのが気にかかる。

「ご家族に不幸があったそうです。午前中はパソコン作業をしていましたが、神経が高ぶっているのか、何かにイライラした様子でした。お昼過ぎに仕事を別の者に引き継いで、忌引き申請をして帰宅しました」

壁掛け時計は午後一時三十分を指している。

「携帯で連絡を取れたりはしないのかな」

新八は訊ねるが、

「失礼ですが、勝栗とはどういう関係で？」

眉を顰《ひそ》める。警戒されているが、こっちの表情のほうが美人だと新八は思った。

「運命かもしれない相手なんだ。まあ、同じ地球に生まれた人はみんなそうなんだけれど」

「はあ？」

彼女にも、新八の詩心はわからないらしかった。

「日本銀行の者です」

横でしれっと、鶴松が嘘をついた。

「以前、勝栗さんに手がけていただいた当行の映像についてお話があるんです」

すると女性は急に声を潜めた。

「上山《かみやま》企画局理事の部下の方ですか？」

明らかに、他の社員に聞かれまいとしている態度だ。

「私は大丈夫です。勝栗さんと上山さんの関係は秘密です」

「ははあ、どうやら……いたっ！」

余計なことを口走るなとでもいいたげに、鶴松が新八の足を踏む。女性の態度が硬化した。

「違うのですか。よく見たら、日銀の方がこんな変な格好をするわけないわ」

「本当に日銀の者ですけど……おっとっとっとっとー」

突然勝栗のデスクのほうへよろける鶴松。女性が怯《ひる》んでいるすきに素早くカチカチとマウスを動かし、いくつかのウィンドウを表示する。

「ちょっと何をやってるんですか！　警察を呼びますよ！」

女性がヒステリックに叫び、奥のデスクから男性社員も立ち上がる。二人は慌ててオフィスを飛び出した。

「ひひ、危なかったな。しかしいろいろわかったじゃねえか」

「勝栗芹葉と上山という日銀理事のロマンスだね」

「そんな綺麗なもんじゃねえ。愛欲にまみれた不倫だろ。理事といえばかなりの上層、水門のことを知っててておかしくねえ。男ってのは偉くなればなるほどくだらない部分が出てくる。『俺だけ知ってる秘密』を女にひけらかしたがるのさ」

「理科の興味の対象外のことにずいぶん詳しいね」

「デスクの上にあった古臭い資料だがな」新八を無視して鶴松はまくし立てる。「明治三十年の常盤橋公園の地図だった。本のほうはよくわからなかったけど、辰野金吾による古い日銀の資料っぽかったな。水門の正確な位置と、水の噴出口について調べていたんだろう」

あれだけの短時間でそこまで確認したのかと新八は感心した。だが鶴松が得ていた情報はそれだけではなかった。

「パソコンをいじったのは、勝栗芹葉が直前まで見ていた履歴の確認のためだ。おそらくあれは深江のSNS。勝栗は深江の居場所を突き止めようとしている。SNSの最終更新は昨日の午後六時過ぎだ。深江はきっと成井が殺されたのを知ってSNSの更新すらしないようになった」

「なるほど、芹葉にしたら、イラつくよね。……でもさ、それならボクたちも深江の居場所を知ることはできないよね」

「とりあえず隠密ネットに情報を求める旨を書いて、モンデラーホテルの本社にでも行ってみるか」

＊

その後の進展はまったくなかった。

港区麻布にあるモンデラーホテル本社は門前仲町の映像制作会社とは打って変わって、セキュリティが厳しかった。スーツではなく薄汚い普段着の二人が、仕事関係者を装って侵入できるはずもなかった。

頼りの隠密ネットにも何の情報も寄せられず、それどころか目を覚ましたらしいミノルから二十を超える着信があって、スマートフォンの電源を切りたくなるくらいだった。甲賀流の任務は、極秘だ。

深江盛之助、勝栗芹葉のどちらの足取りもつかめずに無為に時間を過ごすこと実に六時間以上。失意の二人はリフレッシュのために銭湯に入った。

湯の中に全身を沈めているとたしかにリラックスできる。ぶくぶくと、鼻息を出す。

それにしても、勝栗芹葉はどこに行ったのか。深江盛之助はどこに？　そもそもメガ・ゴリアテは別にいる――？　様々な疑問が浮かんでは消えていく。頭がぼんやりしてくる。熱には強くなったつもりでも、やはり風呂は長く潜るものではない。

「ぷはっ」

水面に顔を出し、頭を振った。

「お前、なに五分も潜ってるんだ？　ゆで卵になるぞ」

隣で鶴松が訊いたそのとき、がらがらと引き戸が開き、湯気の向こうから影が二つ、こちらに近づいてくる。

「任務の途中に銭湯なんて、ずいぶん悠長だな」

さらりとした前髪がさわやかな男と、短髪で面長な男。二人とも引き締まった体つきだ。

「有馬」

新八が声をかけると、

「笹原」

二人は同時に正しい合言葉を返してくる。

さわやかなほうの男は、赤味《あかみ》敦彦《あつひこ》。甲賀流毒見術——どんな猛毒を飲んでも死なない体質を受け継ぎ、味だけで毒の内容がわかる変人だ。子どものころからハンサムで、ひそかに新八はライバル視している。

「俺たちも入らせてもらうぜ」

もう一人は、溝畑《みぞばた》アキオ。甲賀流馬使いの継承者で、バイクや自動車はもちろん、スノーモービルやクレーン車など、乗り物ならなんでも乗りこなす。

「赤味。例のブツは持ってきただろうな？」

鶴松が問うと、赤味はひょいと片手をあげ、蛇口の前に腰掛ける。

「ロッカーの小瓶の中に。無断で借りてきたものだからな、絶対に返せよ」

「そりゃ、水の王子様次第だ」

ぽんと新八の肩をたたくと、鶴松は湯船から上がった。新八もそれに続く。

鍵をさしてロッカーを開き、バスタオルで体を拭いているところで、ぶぶぶ、ぶぶぶと鈍い音が鳴った。スマートフォンが震えていた。

「またミノルかな」

今日はもうかき氷を作る気力はない。そもそもかき氷機は鶴松が分解したままだ――と思いながら手に取ると、表示されているのは知らない番号だった。不思議に思いながらタップして耳に当てる。

何かが破壊される音と、女性の悲鳴、そして、ギュウイイーンという耳障りな機械音が聞こえた。

〈もしもし！　小岩瀬さん？〉

「その声は、はつね姫だね。かけてきてくれてうれしいよ。ボクの心にひまわりが咲いた」

〈のんびり話している暇はありません。モンデラーホテル赤坂に来てください！　メガ・ゴリアテが、今、ここに！〉

「落ち着いて。モンデラーホテルだって？」

〈深江を呼んで来いと要求しています。けが人が何人も出て……ああっ！　逃げてください。こっちに、逃げて！〉

巨大な岩同士がぶつかり合うような音がして、通話は切れた。

「どうしたんだ？」

何かを察したように、風呂上がりでつやつやになった鶴松が新八を見ている。

「鶴松。敦彦とアキオの入浴タイムを終わりにしてきてくれるかい？」

「だからどうしたんだよ？」

「世界一危険なナイトプール・パーティーの始まりさ」

七

溝畑の暴走トゥクトゥクに乗り込み、銭湯からモンデラーホテル赤坂まで十分で到着した。パトランプの回る警察車両が十台以上あり、やじ馬たちが見守る向こうに、立派な日本庭園がある。庭園の池のほとりに集まっているのは十数人の捜査員たち。みな一様に腕を組んで、そびえる二十四階建てのホテルを見上げているだけだ。

「ごきげんうるわしゅう」

若くて背の低い捜査員の肩を叩き、新八は話しかけた。

「あ？　なんだお前は。勝手に入ってくるな」

「お転婆さんをお仕置きに来たのさ。ミス・メガ・ゴリアテ、勝栗芹葉はどこだい？」

「なんで知っているんだ！」

「あっ、こいつは」隣の同僚が、新八の背後に立っている溝畑を指さした。「甲賀流のやつらだ。前に俺の運転するパトカーを追い抜いて行きやがった。スピード違反だったぞ、お前」

つかみかかろうとする彼の襟元が、尖った金属片でぐいっと持ち上げられる。鶴松の袖から細長いトングが出て、襟元をつかんでいるのだった。

「貴様！」

「やめておけ」

気色ばむ若い捜査員たちを、落ち着いた声が止めた。白髪交じりの、年老いた白熊を思わせる大柄な男がのっそりとやってきていた。

「甲賀流か」

「いかにも。ごきげんうるわしゅう」

ふん、と鼻で笑う。馬鹿にしているかと思いきや白熊は意外にも、状況を教えてくれた。

「身長二メートル以上のロボットのようなものを着た女が暴れていると通報があったのは、今から三十分ほど前だ。奴はガードマンを突き飛ばして即死させ、従業員や客に怪我を負わせながら階上へ上っていき、最上階のプールにいた十七名を人質に取って立てこもっている」

「向こうの要求は、深江盛之助だな」

鶴松の問いに、白熊はああ、とうなずいた。

「深江は昨晩から姿をくらまし、我々も居場所をつきとめていない。勝栗芹葉は先ほど、人質のスマホで我々に言伝《ことづて》をしてきた。深江を差し出さなければ、二十一時ぴったりに人質を一人、生きたまま最上階から放り投げる。以降、三十分ごとに同じことをする――と」

新八は身震いしそうになった。女というのは時に、悪魔より怖い。

「先ほど、SATに出動を要請した。二十四階に近づくのは容易ではないが任務は必ず遂行してくれるだろう。悪いが、甲賀流忍法の出る幕はない。帰れ」

「SATは何時にやってくる？」

赤味が訊ねる。

「あと十分以内には来るだろう」

「もう二十時五十五分だぞ。一人目の人質が犠牲になる」

「それは……止むをえまい」

白熊は目を伏せた。

そのとき、はるか頭上で何かの割れる音がした。一斉に顔を上げる。二十四階のガラス窓が破られ、長方形の何かが空中に飛び出してきた。

「危ないっ！」

一斉に飛びのき、それが落下する場所を空ける。ものすごい音とともに、それは一同の中央に落下した。

人間ではない。ガラスの破片と共に一同の目の前に落下したのは、プラスチックのデッキチェアだった。

突き破られた二十四階の窓から、女性の悲鳴が聞こえてくる。

「暴れてやがるな……」

白熊が歯噛みするように言った。

新八はポケットから、先ほど赤味に渡された紐付きの小瓶を取り出し、首にかけた。そして、スマートフォンのリダイヤルで三剣の番号にかけた。

〈もしもし?〉

ささやき声の三剣の向こうで、激しい水音に交じって悲鳴が聞こえる。プールのそばにいるのは間違いない。

「小岩瀬さ。時間がないから君のやるべきことだけ言うよ、はつね姫。窓際にメガ・ゴリアテをおびき寄せ、もっと派手に窓を破壊させてくれないか。プールの水が大量に外にこぼれるようにね」

〈えっ〉

「ボクを信じて」

スマートフォンを切る。

「どうするつもりだ、お前」

鶴松が不可解そうに訊いてきた。新八は襟元に手をやり、シャツのボタンを外していく。

「知ってるかい。モンデラーホテル赤坂二十四階は、ワンフロアまるまるプールになっていて、年中ナイトプール・パーティーが開かれているんだ」

シャツを脱ぎ、上半身をあらわにする。続いてベルトに手をかける。

「壁は全面ガラス張りでね、その向こうにはルビーとオパールを砕いてばらまいたような東京の夜景が広がっている」

「おいおい、何を脱いでるんだ」

「そんな夜のプールで、水着の女の子たちと戯《たわむ》れる夢を何度見たことか。そんな夢はすべて、孤独な夜のシャボン玉さ」

水泳パンツ一丁の姿になった新八は両手首と足首を回す。冷たい土の上を、建物のほうへ歩きはじめた。捜査員たちはあっけにとられ、誰も止めに来ない。

頭上で、雄たけびのようなものが聞こえた。見上げれば、二十四階の窓ガラスがきしんでいるようだった。

「でも今夜は、もっと楽しいことが起きそうだね」

破裂音が響き渡り、窓ガラスが割れた。

「グレートだよ。はつね姫」

大量の水が宙に飛び出してくる。新八は頭上に両腕を伸ばし、準備をする。

「ナイアガラ・パーティーさ」

降り注いでくるその瞬間を捉え、新八は思い切り両手で水を掻いた。地から足が離れる。

若いころ、甲賀の里の滝で練習をした日々を思い出しながら、無我夢中で手足を動かす。

滝登りの最中はけして口を開けてはならない。精神に鱗をまとい、心魂に背びれと尾びれを生やす――小岩瀬家に代々伝わる甲賀流潜水術の秘伝書に書かれている文言である。幼いころにはまったく意味がわからなかったが、今、はるか戦国の時代から受け継がれてきた忍びの精神が、新八を重力とは逆の方向へ押し上げていく。龍にならんとする鯉のごとく、落水の動力を浮力と揚力に変え、新八の体は天空のナイトプールへと誘われていく。

右手が固い縁に触れる。それをがちりとつかみ、勢いのまま、建物内部に転がりこむ。

「へぇー、こんな感じか」

舞踏会の大広間のような豪華なシャンデリアのある、丸い縁のプールだった。プールサイドには水着の男女が十数名。みな、恐怖の鎖にがんじがらめにされているように震えている。

プールの水深はもう十センチメートルもないだろう。その中央に足首を浸すようにして、恐ろしいロボットと、びしょ濡れの灰色スーツ姿の三剣初音が対峙していた。

「遅くなったね、お姫様」

新八が声をかけると、メガ・ゴリアテはギギギと音を立ててこちらを向いた。その剛力のパワースーツの場合、「着ている」というより、腹部に「乗り込んでいる」という表現が正しいような感じだった。勝栗芹葉は、真っ赤な目を新八に向けている。

「やあ、初めまして、プリンセス・ゴリアテ。ボクとダンスを踊るかい？」

右足がずしん、と新八のほうへ近づき、その両手が新八のほうへ伸びてくる。新八はプールの底に腹ばいになり、両手を掻く。水深は十センチもあれば十分、しゅるりと新八はメガ・ゴリアテの背後に回り込み、水面から飛び上がってその背中にしがみついた。

「は・な・れ・ろ」

初めて聞く勝栗芹葉の声は、なんとも機械的だった。まるで心までこの妙なパワースーツに支配されてしまったようであり、わずかばかりの怨嗟《えんさ》だけが残された人間味のように感じられた。

「は・な・れ・ろ」

ぶんぶんと体を左右に振る。関節部分に右手をがっちり差し込ませ、左手で首から下げた瓶のふたを取り、中身をつまみ上げる。

「は・な・れ・ろ」

「よっ」

パワースーツの肩によじ登り、首に足をかけて前方に体を倒す。逆さ吊りの状態で、胴体部にいる勝栗芹葉と目が合った。

女性と目が合ったときにすることといえば、一つしかない。ウィンクだ。

「うっ！」

メガ・ゴリアテ全体がびくりと震えた。隙をついて新八は、左手のそれを、彼女の首筋にぽんと載せる。

「プレゼントだよ」

耳元でささやくとすばやくプールに飛び降りた。ばしゃばしゃと距離を取り、彼女を振り返る。

「可愛い君にプレゼント。デスストーカーだよ。サハラ砂漠の夜の底から連れてきた、恐ろしい毒を持つサソリさ。刺されてしまったら、三分ともたないそうだよ」

一瞬ののち、メガ・ゴリアテは勢いよく右手を自らの胸部に近づけた。そこは芹葉の肩部分。だが、その太い指では小さなサソリなどつまめるわけがない。

「やれやれ、君ってばとんだ不器用さんだね。さあ、そんな醜いドレスは脱ぎ捨てて、ボクのもとへ飛び込んでおいでよ」

両手を広げる新八の前で、メガ・ゴリアテはどしんと倒れ、悶絶するように両手両足を動かす。

「無理だって、そのままじゃ。デスストーカーは繊細だから刺激を与えると刺されちゃうよ」

アアァ――アアァ――！

機械音とも雄たけびともつかない声がシャンデリアの下に響き渡る。ややあって、かちゃりかちゃりと金属音が響き、黄土色のニットを着た小柄な女性が転がり出てきた。

「あああ……あああ……」

涙声をあげながら、首筋を払おうとしている。

それっ、とばかりに新八は彼女にとびかかり、左手を握る。右手でその首筋に留まっているデストーカーをつまみ、小瓶の中に素早く戻した。

「安心していいよ。この子はおとなしいそうだから」

耳元でささやく。彼女がもう抵抗する気持ちを失っていることは、力のない手首から伝わってくる。

パーティーは終わりだ。

「はつね姫。早くこっちにおいで。彼女に手錠を」

三剣を振り返り、新八は告げた。彼女は一歩、二歩、近づき、足を止める。

そのまま、動こうとしない。

「どうしたんだい」新八は手を差し伸べた。「早くおいでよ」

「いや、その……」

三剣は、言いにくそうな顔だった。

「彼女を置いて、離れてくれます？」

「ん？」

「近づきたくないんです、あなたに」

三剣は、海パン一丁の新八から目を背ける。

「……気持ち悪いから」

ひゅうう……と胸に風が吹いた気がした。

やれやれ、女性はボクの前ではみんな、ひねくれやさんになってしまうんだから。

憧れのナイトプールでも思うように振舞えない。その歯がゆさ、奥ゆかしさを自分で愛しく思うことで、空しさを塗りこめた。

三億円は悠遠のかなた

1．十二月十日　午前七時四十分　足立区・谷中《やなか》

行ってらっしゃーい、というお母さんの声を背中で聞きながら、雲川《くもかわ》セイラは玄関のドアを開けた。

曇《くも》り空が寒々しい朝だ。マフラーに顎《あご》をうずめながらアパートの外階段を降りていく。東京メトロ千代田線・北綾瀬《きたあやせ》駅まで徒歩十五分の道のり。寒くて手が凍えそうだ。あと二週間ほどで冬休み。冴子はセブ島に、愛華はバリ島に行くっていってたっけ。直美は沖縄。みんな豪勢なことだ。これだから私立の小学校は……と嘆く気力もわかない。

父親は商社に勤めていたからそれなりに裕福だった。だけど任務中に不慮の事故で父親が亡くなり、節約生活を強いられている。お母さんはパートを三つかけもち。私、別に公立でもいいんだよ？　セイラはそう言ったけれど、「いい大学に行かなきゃ」ってお母さんはかたくなにそれを拒否。

小、中、高はいい大学に入るためにすべての時間を使う期間。うまく攻略しなければ、明るい将来は約束されない……日本の子どもたちはみんな、世界一つまらないゲームを強制的にプレイさせられているみたいだ。

別にいい大学なんかに行かなくてもいいしね、と、昨日もクラスメイトで親友の夏希《なつき》と話したばっかりだ。お金持ちの家が多い中、たぶん夏希の家もそんなに余裕があるほうではなく、似たような境遇で、話が合うのだった。

夏希は勉強以外も話題が豊富だ。昨日はセイラが家の鍵につけている花のキーホルダーを見て「スイートピーだね」と言い当てた。

スイートピーの花言葉はいくつかあってね、「優しい思い出」「蝶のような飛躍」「門出」と……あと、なんだっけな。――花言葉なんていうものがあることを、セイラは知らなかった。夏希は声もかわいいし、知的だ。

「ちょっと」

不意に、右から声をかけられた。立ち止まってそちらのほうを見る。

ブロック塀に挟まれた路地。自転車すら通り抜けられない幅だけど、犬の散歩をしている人がよく通っているのをセイラは知っている。そのじめじめした路地に、お婆さんが一人、うずくまっていた。

周りをきょろきょろするけれど、誰もいない。

「あなた、ごめんなさい、こっちに来て」

セイラはその狭い道に入っていく。

「どうしたんですか？」

「小切手を落としてしまって、拾ってくれないかい？」

苦しそうな声が返ってきた。お婆さんの近くに、たしかに小切手が落ちている。額面はかなりの桁だけど、なんでこんなものを落としたの？　それよりこのお婆さん、具合が悪そう。

「拾ってくれないかい？」

頭の中が整理しきれずにいると、お婆さんはまた言った。セイラはしゃがむ。

「ねえ、お婆さん……」

病院に行ったほうがいいんじゃないの、というセイラの言葉は発されることがなかった。背後から何者かに口を塞《ふさ》がれたからだった。誰もいなかったはずなのに？　と目線をずらすと、灰色の布が目についた。壁に隠れていた？　ということはこいつらは……！

「こんなに小さな子とはねえ」

老婆はセイラのほうを見てしわだらけの顔をニヤリとさせると、

「悪いねえ」

右手から何か白いものをぴゃっと飛ばしてきた。

「わっ！」

直後、セイラの視界は閉ざされる。何かねばねばしたもので両目を塞がれてしまっている。これじゃあ、お父さんから受け継いだ術が使えない。

ぴゃっ、ぴゃっと気味の悪い音がして、両足首にねばねばしたものが絡みつく感覚に襲われる。地べたに倒れ込むと今度は両手を背中のほうに無理やり回され、ぎゅっと縛られてしまった。抵抗しようにも口は塞がれて声は出せず、すぐにひょいと持ち上げられる。

入ってきたのとは逆のほうの通りへ運ばれていき、どすんと固いところに投げ出された。

（いたっ！）

キコキコとのどかな音がして、セイラを乗せたそれは動き出す。

ペダルをこぐ音……宅配便を運ぶ、箱のような荷台をつけたあの自転車だ。この時間、宅配便の業者はもう働き始めている。小学校六年生の女の子が荷台に乗せられているとは誰も気づかないだろう。

私は拉致されたのだ、とセイラはすでに分析を始めていた。セイラの目を早々に封じたことや、妙にねばねばした物体から考えて、相手は推して知るべし。

（……ふーん）

こんな時こそ冷静さが大事だ。

（なかなか、手際がいいじゃん）

とりあえず心の中で褒めておいた。

2. 午前十時五分　江戸川区・葛西臨海公園

JR葛西《かさい》臨海公園駅を望む駐車場だった。平日の昼間でも、そこそこ車両は停まっている。バーベキュー施設があるからだろう、ワゴン型の車両が多い。

（どこだ……？）

溝畑《みぞばた》アキオは歩きながらゆっくり辺りを見回している。あまり不審な動きをしていては怪しまれるだろうが、もう約束の時間を五分も過ぎている。目印がわかりにくいのだろうかと、首元に手をやる。

赤いチェックのスカーフ。革ジャンにはまったく合っていないそのアイテムをひらつかせた。

他に人はいないのだから、これで十分だろう。

　黒いワゴン車の側で立ち止まり、今歩いてきた方向を振り返る。近くで監視していると白神蝶《しらかみちょう》三郎《ざぶろう》は言っていたが、あの男だろうか？　変装の名人で、仲間ですら誰も実年齢を知らない彼のことだから、どこで見ているのかわからない。

（まさか場所を間違えたわけではないよな？）

　スカーフの下に仕込んだインカムマイクで訊ねようとしたそのとき、ヴーンと虫の羽音のようなものが聞こえてきた。

　いつの間にか頭上に、小さなドローンが浮いている。

　白神のものか？　と目を凝らすと、何か丸いものを落としてきた。溝畑はそれをつかむ。丸いプラスチック容器――ガチャガチャのカプセルだ。中に、一本のキーと、何本かのマッチ棒の軸、それに折りたたまれたメモ用紙が見える。

（なんだこれは）

　ヴーンと公園方面に去っていくドローンを見送り、溝畑はカプセルを開けた。先端の焦げたマッチ棒が五本。うち二本は折れている。そして紙のほうには、新聞を切り抜いた文字が貼り付けられたメッセージがあった。

『コレを読んダラ　スグニ
17番ニある　バイクに乗り
葛西インターヨリ
湾岸センン羽田ホウメンニ入って　走レ

ヘルメットは　座席ノ下
誰にも連絡ヲ　取るナ
ワタシハスベテヲ　見テイル』

誰にも連絡を……もし逆らえばセイラの命はないだろうか？　相手もまた忍びの可能性が高いと白神は言っていたが……。

17番の停車スペースに向かいながら、溝畑は革ジャンの襟のスイッチに手をやる。そしてなるべく唇を動かさないようにしながら、

「17番のバイクで湾岸線羽田方面に入れとの指示です。時間がないので従います」

小声の早口で伝えた。マッチ棒のことは長くなるので告げなかったが、白神なら意味がわかるのではと考え、さりげなくカプセルごと足元に落とす。

17番にあったのは三百五十ccの青いバイクだった。クッションの下に入っていたヘルメットを装着してまたがり、イグニッションにキーを差し込み、エンジンをかける。メンテナンスはしっかりされているようだ。

このまま走り去れば、白神がついてくることはないだろう。

しかし犯人は一体何を目論んでいるのか……

（やってやるよ）

戦国時代から続く荒馬乗りの血が、体を撫でていく冬の風の爽快感を喜んでいる。あっという間に葛西インターを通り抜け、湾岸線に入った。

渋滞というほどではないが、交通量は多い。ぐいん、とスロットルを回し、ダンプカーを追い

抜く。

海が近いので冬にしては乾燥しておらず、天気も快晴。気まぐれのツーリングだったらどんなに気持ちがいいだろうと思う。

制限速度の八十キロをキープしたまま、辰巳《たつみ》ジャンクション、東雲《しののめ》ジャンクション、有明《ありあけ》ジャンクションと通過していく。

（このまま羽田まで行かせるつもりか？　しかし、その先はどうする？　そもそも、次の指示をどうやって俺に出すつもりだ？）

ジジ、ジジとノイズが聞こえてきたのはそのときだった。

〈ヘイヘイ、ヘヘイ！　雲川セイラの仲間かい？〉

ヘルメット内に、加工されてアニメの女性キャラクターのようになった音声が響く。

「何者だ、お前！」

と溝畑は叫ぶが、

〈そちらからこちらに音声は届かない。一方的に私からメッセージを告げることができるだけだ〉

ヘイヘイ、ヘヘイ！　と煽るようにその声は笑った。

〈もう少しスピードを出せないかい？　百八十キロ〉

一般的には危険と言われている速度だから、普段は出さない。でも正直に言うと、どこか嬉しく感じている自分がいた。犯人の指示なのだから、出さないわけにはいかないだろう。スロットルを景気よく回し、追い越し車線をぐんぐんと進んでいく。すぐに速度計は時速百五十キロを超えた。

〈ヘイヘイ、いい感じさ！〉

さらに速度を上げる。ぼん、と背後で軽い衝撃があったのは百六十キロを超えたときだった。

〈なんだ……？〉

後輪の左側から黒い煙が出ている。

〈やったぜ！　速度感知によって作動するように仕掛けた爆弾だ〉

――溝畑の全身から血の気が引いた。

〈いいかい甲賀ボーイ、今のはデモンストレーションさ。ここから百六十キロより速度が下回ると、さらに大きい花火があがるぜ！　周りの車も巻き込んでこっぱみじんさ！〉

ヘイヘイ、ヘヘーイ！　耳元で煽ってくる声。

襟元のマイクに向かい、溝畑は報告する。

「バイクに爆弾が仕掛けられていた模様。時速百六十キロを下回ると爆発する由。被害拡大を避けるべく、善処する」

とはいえ、どうしたらいいのか。溝畑は方策を見失ったまま、どんどん車両を追い抜いていく。

革ジャンをはためかせる風が、今やナイフの刃のようだった――。

3．午前十一時三十二分　港区・白金

白壁の豪華な三階建てをぽかんと見上げていたら、木陰良則《こかげよしのり》の口の中に硬いものが入り込んできた。思わず口を閉じたが、甘い。金平糖のようだ。

「なに、口を半開きにしてんだよ！」

向こうから、オリーブ色のコートに身を包んだ若い女性が歩いてくる。一《いち》ノ坂《さか》はるみだ。彼女がはじいて口の中に放り込んだのだろう。十メートル足らずの距離なら、彼女にとってはたやすいことだ。

「見ろよこの家。なんというかすごく……すごい」

一ノ坂は良則のそばまでやってきて、共に家を見上げた。ローマ時代の建造物を思わせるような威圧感がある。

「おっさん、ビビってんのかよ」

「ビビっているわけじゃないさ。ただ、一生こんなところには住めないだろうなと思って」

「こんなでかいところに住んだら持て余すよ。マダムのとこ、子どももいないんでしょ？」

「でもマダムには、鳥がいるから」

「たしかに」

つまらなそうに答え、一ノ坂はインターホンを押す。目の前の鉄板のような門が開いた。玄関の戸を開くと、光を吸収するような黒いエントランススペースが広がっている。

「いらっしゃい」

マダムの声がするが姿が見えない。きょろきょろしていると、

「あれだよ」

一ノ坂がすぐそばの天井を指さす。天井から止まり木がぶら下がっていて、真っ赤な鸚鵡《おうむ》が二人を見下ろしている。

「靴のままでいいわ。地下のシアタールームにおいでなさい」

開かれた鸚鵡のくちばしから、マダムそっくりの声が出た。案内役まで鳥に任せるとは。

「大したもんだな」

一ノ坂とともに歩きはじめたが、

「うおっ！」

またすぐにのけぞることになった。背の高い観葉植物の陰から、ばささっと羽音を立てて白い鳥が出てきたのだった。大きな黄色いくちばしと長い首。幅の広い水掻きをもった足。

「ペリカン……」

その首には「シアタールーム←」と書かれたプレートがぶら下げられていた。

＊

戦国時代に活躍した甲賀流の忍者たちは、家ごとに様々な特技を持っていた。中でも、鳥を手なずけるのに長けていたのが斎羽《さいば》一族である。

雀、烏、山鳩、雉《きじ》、鶯……あらゆる鳥の嗜好《しこう》をつかみ、囀《さえず》りの真似や、よく似た鳥笛などを独自に開発し、戦国時代を通じて多様な武将に力を貸した。江戸時代に入ると徳川に仕えて同様の任務にあたる一方で、平戸（のち長崎・出島）から国内に入ってくる珍鳥の把握・管理を任され、有事の時には鳥を駆使して徳川のために尽くした。

江戸時代を通して、斎羽家が幕府に貢献してきた事例は多いが、特筆すべきは黒船来航時の活躍だろう。嘉永六年六月に浦賀に来航したペリー提督率いる四隻の黒船は、アメリカの力を見せつけるべく浦賀沖を航行し、浦賀奉行に圧力をかけて大統領の親書を強引につきつけた。退去する約束を反故《ほご》にし、江戸湾の北上を始めたペリーに困惑した老中・阿部正弘《あべまさひろ》は斎羽家に対処を命じる。江戸に迫る勢いの四隻の船を、無数の鳥が襲ったのは、その翌日のことであった。カモメ、ウミネコ、さらには白鳥、烏《からす》、雁《がん》など大量の鳥に視界を遮られ、帆船のサラトガ号とプリマス号は操舵不能に陥った。慌てたペリーは旗艦サスケハナ号の大砲で空砲を撃ったが、斎羽一族の訓練を受けている鳥たちは驚くことなく、大量の糞と羽に塗《まみ》れた乗組員たちは逃げ惑った。

阿部は翌年に再来すると宣言したペリーをも斎羽一族の鳥をもって迎え撃つつもりだったが、折悪しく病床にあった将軍徳川家慶《いえよし》が没し、子の家定《いえさだ》があとを継いだことが運命を暗転させた。家定は大の鳥嫌いであり、斎羽一族は退けられてしまったのだ。そのため幕府は、鳥たちに備えて強大な軍事力を用意してきたペリーに抵抗する術《すべ》を持たず、不本意な開国を承諾してしまう結果となった。

ともあれ、この類まれなる鳥使いの末裔が、現在この白金の豪邸に住む荻谷《おぎや》つばめである。彼女も当然鳥を多く飼育しているが、飼育代が警察から出るわけではない。まだ斎羽つばめという名前だった二十歳のころから飼育代の必要性を感じていた彼女は、あらゆる手を尽くして資力のある結婚相手を探した。ようやく納得できる相手を見つけたのは、二十九歳のときであった。

荻谷差郎《さしろう》、三十五歳（当時）。職業は外科医である。

ナノテクノロジーを駆使した新鋭の外科手術の実用化に執心していた彼は、研究の進んでいるドイツに拠点を移したいと考えていた。しかし両親は一人息子である彼が白金の広大な屋敷を継ぐことを希望していた。差郎は妻をめとって屋敷を任せるということで両親に話をつけ、つばめと結婚することにした。

その後、荻谷家の両親は余生を過ごすために西太平洋のパラオへ移住。差郎は年に二度ほど帰国する以外はドイツで暮らしている。事実上、白金の豪邸の主となったつばめは、愛する鳥たちと日々を過ごしており、たまの出動要請では鳥を駆使して活躍する。生活に苦労して暮らす忍びが多い中、悠々自適の生活を手に入れた彼女のことを、仲間たちは羨望《せんぼう》を込めて「マダム・スワロウ」と呼んでいるのだった。

「……まったく、本当に映画館じゃないか」

座り心地のいい肘掛椅子に背中を預けながら、良則は言った。総席数は四十くらいだろうか。スクリーンも左右の幕も本物の映画館の仕様である。

「音響設備もプロ仕様だぜ」

先に来ていた判田《はんだ》鶴松《つるまつ》がひひ、と笑う。

召集されていたのは、良則や一ノ坂、鶴松だけではなかった。毒術使いの赤味《あかみ》敦彦《あつひこ》と潜水術の小岩瀬《こいわせ》新八《しんぱち》もいて、何が始まるのかと待ちかねている。

ブー、とブザーが鳴った。

幕の陰からゆっくりと、抹茶色の着物に身を包んだ白髪の老人が現れた。こけしにおかっぱのカツラをかぶせてスーツを着せたような、小柄な男がついてくる。鯉丸恭平《こいまるきょうへい》といい、甲賀流囁き術と残幻術《ざんげんじゅつ》の使い手だ。アメリカの催眠術師に弟子入りするため、二年前に留学に行ったはずだった。

「鯉丸のやつ、帰ってきたのか」

「そうさ。催眠術に磨きをかけてきたようで、もうすっかり、御大の秘書気取りだ」

ひひ、と鶴松が笑った。

「集まってもらってご苦労だった」

和服姿の男――白神蝶三郎のしわがれた声が、シアタールーム全体に響く。着物の襟もとに小型マイクが装着されている。

「本来ならマダム・スワロウも同席するところだが、長年我らの任務で活躍した白鳥の末次郎《すえじろう》が二日前に亡くなったため、喪《も》に服《ふく》す意味で今日は欠席する。この部屋だけ、使わせてもらうことになった」

「だとしても、たいそうなことだね」小岩瀬が甘ったるい声で言う。「ボクたちオールスターを揃えて、どうするつもりだい？」

白神はそれを無視し、一同を見回した。隣の鯉丸が口を開いた。

「雲川セイラさんが誘拐されました」

えっ――シアタールーム全体に、緊張の糸が張り詰めた。鯉丸はタブレットに目を落とし、淡々と先を続ける。

「今朝七時三十分、セイラさんは足立区・谷中《やなか》の自宅を出ました。彼女はいつも北綾瀬駅より千代田線に乗り、西日暮里《にしにっぽり》駅にて山手線に乗り換え、品川駅から私立品川愛現《あいげん》学園まで歩きます。今朝、登校時刻の九時になっても現れない彼女を心配したクラスの担任が雲川家に電話を入れ、失踪が発覚しました。直後、セイラさんのお母さまの雲川尚子《なおこ》さんが、郵便受けの中に不審な封筒が届けられていることに気づきました。中にはこんな便箋《びんせん》がありました」

スクリーンに映像が映る。新聞の活字を切り抜いたもので、こう書かれている。

『ホン日午前十ジ　江戸川ク
葛西リンカイコウエン　駅ニシ駐車場ニ
バイクノ男　ヒトリデ来イ
ワタシハスベテ　シッテイル』

「尚子さんは『バイクノ男』の意味がわからなかったものの、甲賀流に関係のあることだと察知し、一一〇番ではなく、白神御大に直接連絡を入れました。御大はすぐさま調査部隊を派遣して周囲を捜索させました。すると自宅から二百メートルと離れていない狭い路地で、セイラさんのリコーダーが見つかったのです」

コンクリートの側溝の蓋が映し出される。黄色く細長い布製の袋が落ちていて、リコーダーの先端がはみ出していた。その下に何か領収書のような紙が落ちている。

「その紙は?」

良則が問うと、映像は拡大された。小切手だった。銀行名は『白桃銀行』、額面は『5692500』、但し書きに『差額として』とある。

「五百六十九万二千五百円……差額……」

良則がどういうことだろうと思っていると、

「わけわかんなーい」

一ノ坂はるみが両手を頭の後ろにやった。

「誘拐なんでしょ? だったら身代金を要求してくるのが筋だってのに、なんで犯人のほうが五百万もの小切手を置いてくのよ」

「私も初めはわからなかった。しかもこの小切手は偽物だ。こんな銀行は存在しない」

「ますますわけがわからなーい」

「しかし、相手が甲賀流と知ってセイラを拉致したのなら、『バイクノ男』が誰のことを示しているのかは明らかだ」

良則を含め、この場にいる誰もが、一人の男の姿を頭の中に思い浮かべる。

溝畑アキオ。甲賀流荒馬乗りの継承者であり、自動車やバイクはもちろん、クルーザーや飛行機、工事用重機に至るまで、ありとあらゆる乗り物を乗りこなす達人である。

「御大はすぐに溝畑さんに連絡を入れて事情を説明し、葛西臨海公園に向かわせました。僭越《せんえつ》ながら溝畑さんとは別に私も様子を見るように拝命し、先回りして鶴松さんのギリースーツを身にまとい、茂みのふりをして様子をうかがっていました」

こほり、と鯉丸はわざとらしい咳払いをして、タブレットを操作する。閑散《かんさん》とした駐車場を歩く革ジャン姿の溝畑の姿が現れた。

「十時を五分ほどすぎた頃、溝畑さんの頭上にドローンが現れ、ガチャガチャのカプセルを落としていったのです。直後、溝畑さんは駐車場の一角をめがけて歩き出し、止めてあったバイクにまたがってどこかへ走り去りました」

追いかけるすべを持たない鯉丸は焦ったが、溝畑の持っているマイクから音声を聞くことはでき、またGPSによって位置情報も追うことができた。

「溝畑さんは羽田方面へ向かうよう指示された様子でした。有明ジャンクションをすぎたあたりで突然、犯人からメッセージを受信するようになったようです。私にはそのメッセージは聞こえなかったのですが、どうやら溝畑さんは犯人にスピードを上げるように指示されたのですね。その後、速度感知爆弾が作動し、時速百六十キロを下回ると爆発するらしいと報告がありました。『善処する』というのが最後のメッセージになりました」

百六十キロとは相当なスピードだ。その速度で永遠に走り続けることなどできない。

「溝畑さんは周囲を巻き込むのを避けようと考えたのでしょう。大井南インターから湾岸道路へ出て、速度をさらに上げて宙に飛び上がり、脇の新幹線車両基地のほうへ方向転換をしました。GPSで追跡していただけなのではっきりとはわかりませんが、並んでいる新幹線の上をぽんぽんと八艘《はっそう》飛びしながら上手く方向を変え、倉庫街のほうへ向かっていった様子です。そして最終的にバイクごと海に突っ込みました」

鯉丸は後半、涙ぐんでいた。壮絶な運転を頭に思い描き、一同は言葉もない。

「十時四十分すぎ、城南島《じょうなんじま》海浜公園沖の海で大きな爆発があったことが確認されている」

あとを引き継ぐように、白神が言った。

「鯉丸の連絡を受けて出動した別動隊は気を失って海に浮かんでいた溝畑を引き上げ、病院へと搬送した。意識は回復していないが、幸い大した怪我はない」

「不幸中の幸いだったな」

赤味がほっとしたようにつぶやいた。

「しかしなんなんです、その相手は？」

「こちらが、溝畑さんが葛西臨海公園の駐車場に残したカプセルと、その中身になります」

ガチャガチャのカプセルと、五本のマッチ棒がスクリーンに現れる。

「この五本のマッチ棒を見たとき、私は、雲川セイラが連れ去られた現場に残された小切手の意味が判然とした」

白神は言った。

「同時に、相手の素性もな」

「だから、わかるように言えって！」

イライラしている様子の一ノ坂とは裏腹に、良則は何かがわかりかけた気がした。どこか懐かしい感じがする。

「五百六十九万二千五百円。さしあたって、これと一千万円との差額を出してみろ」

「ん、引き算？　えーと、えーと」

「四百三十万七千五百円だな」

すぐに鶴松が答えた。中学教師の面目躍如とでも言いたげなその口調に、一ノ坂が舌打ちする。だが良則にとってはそんなことはどうでもよかった。鶴松が口にした金額に、心当たりがあったからだった。

「わかりました」

一斉に視線を浴びながら、良則は舞台上の白神に向かって問うた。

「三億円事件ですね？」

＊

昭和四十三年、十二月十日。その日東京は、朝から大雨だった。

午前九時、東京都国分寺市の銀行より、一台の黒塗りの高級車が出発した。乗っていたのは雇われの運転手と、銀行員三名。トランクには、その日、府中市内に位置する電化製品工場の従業員に渡されるボーナス、総額二億九千四百三十万七千五百円分の現金がおさめられたジュラルミンケースが積まれていた。

冬には珍しい土砂降りの中、車は工場を目指し、学園通りと呼ばれる道に入る。左手には府中刑務所の高い壁が続いている。

不意に後方から、一台の白バイが近づいてきた。左手を上げ、停まれという指示を出してくる。運転手は車を左に寄せて停車する。白バイは車の前方左側に停車し、二十代前半と思しき若い警察官が下りてきた。運転手は窓を開けた。

「●●銀行さんの車ですね？」

「はい、そうですが」

「巣鴨にある支店長のお宅が爆破されました」

運転手を含め、乗車していた四人の心臓は跳ね上がった。数日前、同支店に爆破予告の手紙が送られていたことを知っていたからである。若い警察官はさらに続けた。

「この車にも爆発物が仕掛けられた可能性があります。調べますので降りてもらえますか？」

四人はわれ先にと雨の中へ飛び出し、警察官の指示に従って車から十メートル以上離れた。警察官は地べたに這いつくばり、車の下を覗き込んでいる。しばらくそうしていたかと思うと、車の底から白い煙が上がった。

「爆発するぞ！　離れて、離れて！」

警察官の大声に、四人は慌てて車から距離を取る。警察官は運転席に乗り込み、白バイを置いて雨の中を走り去っていった。

「なんて勇敢な警察官なんだ……」

四人のうちの一人がつぶやいた。彼が、自分たちを爆風から守るため、車を遠ざけてくれたのだと思ったのだ。だがすぐに違和感に気づく。車が走り去った後も、路面から煙がもくもくと立ちのぼり続けている。やがて煙が収まったとき、その正体が明らかになった。

「発煙筒……」

一人が慌てて公衆電話を探し、支店に電話をした。支店長の自宅が爆破されたというのは、嘘だった。

日本犯罪史上に名高い劇場型犯罪、「三億円事件」の始まりであった——。

＊

「いや、昭和四十三年って！」

スクリーンに大きく映し出された「終」の文字を見ながら、一ノ坂はるみが笑い出す。

「半世紀以上前じゃん。しかも府中ってセイラが誘拐された足立区とめちゃ離れてるし。だいたい、二億九千四百三十万七千五百円、だっけ？　三億円じゃないじゃん」

「三億円と言うのはおよその額で、実際に盗まれたのはこの金額です」

鯉丸はタブレットを操作した。

『２９４，３０７，５００円』

「なるほどね」スクリーンに映し出された額面を見て、小岩瀬が髪の毛をかきあげる。「現場に残された小切手の額面は『おつり』ってわけさ。実際に盗まれた額と帳尻を合わせることで、三億円事件を示唆しているんだ」

「はあ？　お前、黙ってろよ」

ぴっ、と白い物を小岩瀬に投げる一ノ坂。小岩瀬の右の鼻の穴にすぽりと収まったのは、シャープペンシルだった。

「しかし本当に三億円事件を意識したものなんですか。額面が偶然ということは？」

赤味が口をはさむと、

「本件が三億円事件を意識しているという証拠はもう一つある」

ぱちりと白神が指を鳴らすと、今度は五本のマッチ棒が映し出された。すべて使用済みだが、五本のうち二本は折れている。

「ドローンが溝畑に運んできたカプセルの中にあったものだ」

「これが何なんですか？」

「三億円事件の際、犯人は爆弾に見せかけた発煙筒に火をつけるのにマッチを使っている。しかし、大雨に邪魔され、なかなか火がつかなかった。五本目にしてようやく、煙を出すことに成功したらしく、現場に残されたマッチ棒のうち、二本は折れていた。……これまで三億円事件については多くの情報が世の中に出回っているが、このマッチ棒の本数だけは、非公開だ」

事件後、あまりに世間を騒がせたために自分が犯人だと名乗り出る人間があとを絶たなかったという。本当の犯人を見極めるため、現場に残されたマッチ棒の情報は伏せてあったのだと、白神は説明した。

「五本っていうのは偶然で当たるとしても、そのうち二本が折れてるってところまで一致させるのは、知らなきゃ無理だわな」鶴松が顎に手を当てながら言った。「誘拐犯は、事情を知っている人間ってことになる」

「待てって、鶴松」

一ノ坂はまだ納得がいっていない様子だった。

「その白バイ野郎は当時、二十歳そこそこだったんだよね？　今、生きてたとして何歳だよ？　そしてそいつがどうしてセイラを狙うんだよ？」

「甲賀流への復讐だろう。……その事情について詳しい者が、この中にいるはずだ」

白神の視線の先を、皆が追う。注目が集まったのは、良則の顔だった。

「木陰のおっさん。なんか知ってるの？」

「ああ」

良則は答えた。

「当時、俺の親父はその事件を目撃していたんだ」

4．同時刻

セイラの視界は相変わらず、ねばねばしたものに遮られている。

座らされているのは、畳の上っぽい。あまり座り心地のいい硬さではないうえに座布団もあてがわれていないし、そもそも手足が縛られていて、ランドセルも背負ったままだから、休めない。

「ねえ」

同じ部屋の中にいる〝気配〟に向かって話しかけた。

「いるんでしょ?」

〝気配〟は三メートルくらい離れたところに座っている。

「年齢は二十歳から三十歳の男の人。身長は百七十センチくらいかな。やせてて、汗っかき」

「む……」

〝気配〟の位置から声がした。当てたとおりの男の声だ。

「制汗剤の匂いがするよ。夏によく、電車の中で嗅ぐ男モノのやつ。十二月なのに制汗剤をつけるのは自分の汗を気にしているから」

「……身長は、なぜわかった?」

「そんなの適当だよ。当たってた?」

「百七十一だ」

「冴えてるな、私。朝のニュースの星座別運勢ランキング、てんびん座が1位だったんだ」

本当は8位だったけれど、わざと余裕を見せつける。

「ねえ、ここ座り心地悪いから、ランドセル外してくれない?」

「手を縛っているロープを解くわけにはいかない」

「そんなのわかってるよ。ランドセルの肩掛けベルトの金具、外れるようになってるでしょ」

ああ、と男は近づいてきて、金属の調整部品を動かしはじめる。

「こんなところ、外そうと思わないからな」

ぶつぶつ独り言を言う男の手が、ふとセイラの頬に当たった。革製の手袋をしている。

「外れたぞ」

「ありがと。ああ、だいぶ楽になった。……ところで、私はいつまでここにいればいいのかな」

男は何と答えようか考え込んでいる様子だったが、

「私たちの指示を、お前の仲間がやり遂げたときに解放する」

やっぱり皆さんも忍びだよね、という野暮な質問はしない。目隠しにはセイラの能力を封じる意味があることはもうわかっている。

「皆さんが誰なのかも、教えてくれないんだよね」

「教えない。お前は何も知らないまま、人質でいるだけだ」

さっきの位置から声が返ってくる。

「じゃあせめて、お兄さんの名前、教えてよ」

「名前……」

男は数秒黙ったあと、「アリカワ」と答えた。セイラの脳がぐるぐると回転する。

「高島平《たかしまだいら》かな、ここ」

「えっ？」

声に、戸惑いの色が混じる。

「私をさらってすぐに、宅配便を運ぶ自転車カートみたいなのに乗せたよね。しばらく走ってワゴン車に移らされて、移動は三十〜三十五分間。それくらいなんだよ、高島平団地」

沈黙。セイラは続ける。

「小学校受験の時に通ってた塾の先生が高島平に住んでてね、合格したときお礼に行ったの。エレベーターの感じも、この部屋に入ったときのキーッていうドアの重量感も、あの時の場所のにそっくりだった。廊下から部屋に入ってくるときに長い暖簾《のれん》の感触があったけど、あれも団地の部屋っぽい。そして何より、団地の前に『アリカワクリーニング』っていうお店があった。今、私に訊かれてニセモノの名前を答えようとしたお兄さんは、窓の外に見えるその看板を見た」

どう？ という意味を込めて、口を結ぶ。

アリカワは黙っている。あまりにセイラが言い当てたためにびっくりしているのだろう。ひょっとしたら超能力者と思われたかも……。

ふ、ふっふっ、とアリカワは低く笑い出した。

「どうしたの？」

「まったくの見当外れだ。ここは高島平ではない。そもそも住居でもない」

「……そうなの？」

アリカワが立ち上がる気配がした。

「雲川セイラ。意外とおしゃべりなようだな。少し黙ってもらおう」

後ろに回り込んだ彼の手によって、セイラの口が手拭いかタオルのようなもので覆われる。

「キュ」

セイラの頭の後ろでそれを結ぶとき、アリカワは言った。思わず口から洩《も》れたふうな感じだった。ところどころ、とぼけたところがある。

「飯のときには取ってやるから安心しろ」

だとしても口を塞がれるのはやはり苦しい。うー、うーと唸っていたら、キーッとドアが開く音がして、どたどたと二人分の足音が入ってきた。

「おい、どうだそいつの様子は？」

二十代前半くらいの男の人の声。

「こっちは順調だぞ」

もう一人は三十代だろうか。ずいぶんと残忍な感じだ。

「雲川セイラだったな。お前の仲間のバイク男が、俺たちの毒牙にかかった。バイクごとこっぱみじんさ」

（えっ……溝畑さん？）

「みんなお前を助けようと必死のようだ。これから一人ずつ、殺してやる」

「そのためにはお前の画像が必要なんだよ！」

首にロープが巻きつけられる感覚。ぐぅっ、と喉が締められていく。

（うそうそ、やめて……苦しい……）

これで運勢8位だって。12位、どれだけ不幸なのよ？

5. 同時刻　港区・白金

木陰秀則《ひでのり》は昭和四十三年当時、府中に住む二十一歳の青年であった。当時の若者の風潮に漏れず、髪の毛を伸ばし、フォークを聴き、将来のことを何も考えずにふらふらとしていたが、甲賀流の末裔としての自覚だけは忘れず、日々身体を鍛えていた。

その日は雨だったので朝から人出が少ないだろうと、近所の電気機器工場に出向いた。ここにはエレベーター試験塔という高い建造物があり、壁の昇降の練習にもってこいなのだった。降りしきる雨の中、ジーンズにTシャツという服装でやもりのようにぺたぺた上っていった。頂上まで上ると眼下には府中刑務所が見えたが、ふと、その塀の向こうで白バイが黒塗りの高級車を停めているのが見えた。やがて白煙が上がった高級車を白バイ警官が移動させていった。

その日のうちにそれが大事件だったことを知るや、木陰は事件を目撃したと、当時の甲賀流の長であった白神義蝶《ぎちょう》に申し出た。

――子どものころ、父親の秀則から聞いていた事情をここまで話すと、

「義蝶は、私の父だ」

スクリーンの前の白神蝶三郎は厳かに言った。

「父は当然、警察幹部にもこのことを話したが、甲賀流に出動要請は出なかった。父は秘密裏に配下の者を動かして独自の調査をした。そして、犯人の候補者として一人の人物を突き止めた」

鯉丸に目くばせをする白神。スクリーンに古い写真が映し出される。腫れぼったい目が特徴的な、ニット姿の女性だった。

「蘇我木《そがき》貞子《さだこ》。当時二十二歳。バイクの運転に長けており、神奈川県の城ケ島に住んでいたが、事件前後二日間のアリバイがまったくなかった」

「待ってください」

赤味が手を挙げた。

「白バイの偽警官は若い男だったんでしょう？　女性じゃないですか」

「蘇我木一族は伊賀流身体妖術の継承者だ」

身体妖術……全身の細胞を操り、見た目の年齢・顔かたちを自在に変えてしまう術であり、甲賀流では白神一族がまさにその術の体得者である。

「彼らの術は、我ら白神一族よりさらに上段であり、容貌はもちろん、声帯まで操って声を変化させることもできる」

「それじゃあ、この蘇我木貞子が偽白バイ警官だったと？」

「事件当日、偽白バイ警官は現場よりも手前のポイントで、現金輸送車が通過するのを確認してから警察官の服に着替え、バイクを出している。脱ぎ捨てられたレインコートに、伊賀流早替えに特有の切れ込みがあった。蘇我木一族はその早替え術の継承者でもある」

蘇我木の犯行はもはや明白だった、と白神は言った。

「白神義蝶は蘇我木貞子の身柄を押さえるため、溝畑龍児《りゆうじ》を派遣した。バイクで逃亡する蘇我木に溝畑は迫り、振り切ろうとした蘇我木は運転を誤ってトラックと正面衝突した」

「じゃあ……真相は闇の中ってこと？」

一ノ坂の問いに、「いや」と白神は答える。

「蘇我木は別の者に三億円を託していた。義蝶はそれも突き止めて当時の甲賀流の配下の者を動かし、ついに三億円を奪うことに成功した」

シアタールーム全体がざわめく。

「どこにあるのよ、三億円？」

「本件とは関係ないことだ」

白神は冷たく言った。

「なぜ今さら半世紀も前のことを蒸し返すのかは不明だが、彼らが甲賀流への怨恨から今回のことを起こした可能性は高い」

ヴー、ヴーと何かが震える音がした。白神がスマートフォンを取り出し、耳に当てる。しばらく相手と話していたが、突然、かっと目を見開いた。通話を終え、一同を見回す。

「雲川尚子からだった。犯人から画像ファイルが届いたそうだ。今、画面を共有する」

しばらくしてスクリーンに現れた画像に、一同は息をのんだ。

黄色い砂壁と障子をバックに、雲川セイラの胸から上が映し出されている。両目には何か白いものが貼りついており、首には太いロープが巻かれ、吊り下げられているようだった。

さらにゴシック体のキャプションで、次の指示があった。

『午後一時、墨田区本所【マツマタ印刷工場】、毒のみ男を求む。一人で来なければ、この子の命、奪い取る』

6．十二時四十分

たぶん、拉致されてから四時間半ぐらいが経過した。

さっきは殺されるかと思ったけれど、写真を撮影したらすぐにロープは首から解かれた。仲間に送り付ける用の写真に違いなかった。

見張り役のアリカワもまた、根気よくじっとしているようだった。口は相変わらずタオルでふさがれたままだけど、殺されるようなプレッシャーは感じない。

タオルを結ぶときに「キュ」なんて言うし、アリカワは気弱で根はやさしい男性なのだと思う。伊賀流の一族だけど戦闘には向かないから、セイラの監視役を任されているのだろう。でも、忍びの一人ということは、何らかの術を継承しているはず。いったい彼の術とはなんだろう？

それにしても、おなかがすいた。普段ならもう給食を食べている時間だろう。

「あっ」

アリカワが、どれくらいぶりかに声を出した。ヴー、ヴーと何かが震える音がする。

「電話だ。ここを動くなよ。おかしなマネをしたら、命はないからな」

アリカワは立ち上がり、どこかへ出ていく。電話の内容をセイラに聞かせないためのようだ。

畳の上を、靴下が擦るような音、と、その後、ごそごそやっていたかと思うと、スタスタという足音に変わった。さっきから気になっているけれど、変な足音の変化だ。

（フローリングかな？　でも、外靴みたいな気がする）

アリカワの気配が消えていく。壁一枚隔てた向こうで重い扉が一度開き、ガチャンと閉じる音が聞こえた。

静寂。

この数時間、耳を澄ませ続けたけれど、アリカワの息遣いとエアコンの作動音のほかは、ほとんど何の音も聞こえなかった。移動時間から考えて都内か埼玉県内。人が話す声も、車や電車の音も、鳥の声も聞こえないというのは変だ。

（団地じゃないのか。エレベーターに乗ったからビルの中だよね。人のいないビル？）

ずりずりとお尻と足でアリカワの消えたほうへ這い寄っていく。すると、畳が尽きたところで足がガクンと下がった。

（なんだこれ？　小上がりになってる）

畳の位置との高さの差は四十センチといったところだろうか。靴下ごしに足の裏でその素材を確認する。すべすべした感触……タイルだ。

（飲食店？）

再び膝を畳に上げ、畳の上に寝転がり、ごろごろと横回転をしていくと、何かに当たった。座卓のようだった。上半身をもたげ、顎で座卓の上を探る。何か小さい物がある。醬油さしにしては軽い。そして、癖のある匂いだった。

（なんだっけこの匂い。七味唐辛子でもないし。ちょっとミカンっぽいな）

なぜか、マダム・スワロウの顔が浮かんできた。彼女に連れていってもらったお店で嗅いだことがある？

（……そうか）

「あ、おい！」

アリカワがタイルの上をカツカツと走ってくる音がした。あっ！　と叫んで転んだようだ。

「いたた、お前、何をして……」

うー、うー、とここぞとばかりに訴える。アリカワも痛そうな呻《うめ》き声をあげながらセイラの側に寄ってきて、口のタオルをほどいてくれた。

「ごめんなさい。顎《あご》がどうしても痒くって」

「そうだったのか。あ、いたたた……」

「大丈夫ですか？」

「わた……俺のことは気にするな。それより、今、弁当を持ってきてやる」

「え、誰かが運んでくれるんじゃないの？」

「みんな持ち場があるんだ。取ってくるから、ここを絶対に動くんじゃないぞ。まあ、鍵をかけておくから逃げられはしないがな。あー、いたたた……」

アリカワはタイルの上を去っていった。ガチャリと施錠される音が壁一枚向こうでするのに、隣の部屋に出入りするドアの開閉音が聞こえないのは、ホールから厨房に入ったからだろう。

うまい具合に、口のタオルだけはなくなった。チャンスだ、とタイルの床に降りる。

揃った両足でずりずりと進んでいくとすぐに、テーブルにぶつかる。それに沿うようにさらに進んでいくと、がしゃん、とガラスに当たった。

（しまった！）

音に反応してアリカワが戻ってくるかと思ったけれど、そんな気配はない。きっと階を移動してしまったのだ。このガラス戸が、出入り口？

背中をガラス戸のほうに向け、縛られている両手で確認。ガラス戸には間違いないけれど、開かない。出入り口が近いなら、とカンで動いていくと、予測していた物にぶつかった。レジ台だ。だいたいこういうところに……とやみくもに探る。がちゃんと何かが床に落ちた。つー、と聞き覚えのある音。

（やった、電話だ。ちゃんとつながってる）

8位の運勢も捨てたもんじゃない。膝を曲げ、縛られた手で床に落ちた親機を見つける。平たいプッシュホン。学校で内線をかけるときに触ったことがあるから、数字の配置も憶えている。

（さっそくかけよう！）

と思って手が止まった。

白神御大からは一方的に連絡や指令が来るだけなので、こちらからかける電話番号は知らない。警視庁の中には甲賀流を毛嫌いしている人がいるから一一〇番もダメだ。お母さんの携帯……

（いや、ダメ）

お母さんはセイラが甲賀流の任務に携わることを嫌がっているし、今回のことにだって巻き込むと面倒だ。そもそも、お母さんの携帯の番号もあいまいだし。

どうしよう……と焦るセイラの頭の中に、ある番号が浮かんできた。こないだもらった名刺に書いてあったものだ。

（ああいうお店って、昼間も誰かいるものなのかな……）

迷っている暇はない。セイラは脳から引っ張り出したその電話番号を押した。

7．午後一時五十五分　墨田区・両国

一ノ坂はるみは築地総合病院のエントランスを駆け抜ける。エレベーターホールの前に人だかり。もどかしく、階段を目指す。

「院内では走らないでください！」

すれ違う看護師の注意など聞いていられない。四階まで一気に駆け上がり、第七手術室の前まで走った。重そうな鉄の扉はすべてを拒否するように固く閉ざされ、「手術中」という赤いランプが絶望を告げるように点灯している。

「敦彦……」

たまらずその名を口にすると、

「残念なことになってしまいました」

背後から控えめな声がした。振り返る。鯉丸恭平が、こけしのような細い目ではるみを見つめていた。

「しかし、命に別状はないようです」

「どういうことなんだよ！　大丈夫って言ったじゃないか」

その小さな体につかみかかろうとすると、すっ、とすり抜けてしまう。

「大丈夫と言ったのは、赤味さん本人です」

また背後から声がして振り返る。手術室の鉄扉の前に、まったく同じ姿の鯉丸がいる。残幻術《ざんげんじゅつ》……うっとうしい忍法だ。

二時間足らず前のこと。犯人が指定してきた印刷工場を白神が調べると、五年前に閉鎖された廃工場だということがわかった。

「犯人は俺一人と指定してきています。大丈夫です」

敦彦はそう言ったが、白神は鯉丸を見張り役としてつけることにした。それ以外の忍びは一時解散、待機となったのだった。

「赤味さんは指定通り午後一時ぴったりに、一人で廃工場に入っていきました。すると五分もしないうちに、断末魔のような叫び声が上がったのです。私はすぐに駆け込みました。すると何本もの鉄骨が折り重なっており、赤味さんが下敷きになっていたのです。まだ、意識はありました。朦朧《もうろう》としながら、かいつまんで語ってくれたところによりますと——」

がらんとした工場の中には鎖でがんじがらめにされた箱が一つ置いてあり、四桁の数字錠が掛けられていた。すぐ近くの机の上に0から9までの数字が書かれたビーカーがあり、すべてに透明の液体が入っていた。

何だろうと思っていると、どこかにあるスピーカーからアニメの少女のような声が聞こえてきた。

『セイラの居場所の情報がほしければ箱を開けることだね。バトラコトキシン、ムスカリン、シクトキシン、オレアンドリン。この順番に数字を合わせたら、施錠は解けるよ』

いずれも猛毒の名前だった。敦彦は片っ端から味見して四つの毒物を見極め、ビーカーの数字を記憶すると、箱の前に戻って数字錠のダイヤルを回した。ところが開かず、強引に引っ張ったところ、頭上から無数の鉄骨が落ちてきた。

「罠だったのでしょう」

目を赤くし、震える声で鯉丸は言った。

「私はすぐに助けを呼び、鉄骨を除けて赤味さんをこの病院へ運びました。すぐに手術となりましたが、足にかなりのダメージを受けており、元のように歩けるようになるかどうかわからないと」

目を伏せる鯉丸を前に、はるみは目の前が真っ暗になる。敦彦が、元のように歩けなくなる……？

「しかし彼の場合、味覚さえ失っていなければまだ忍びとしての仕事はできます。不幸中の幸いと申しますか」

「何が幸いだ！」

はるみは思わず、ポケットの中に忍ばせてある名刺を飛ばした。照準どおり憎たらしい左目を直撃したと思ったが、名刺は鯉丸の顔をすりぬけ、壁に当たって空しく落ちる。

「敦彦は、自分のリストランテを開くのが夢なんだ。歩けなくなったら今の仕事すらできなくなっちゃうよ……」

車いすに乗るようになったら、狭い厨房では不自由する。敦彦の無念を思うと、絶望と悲しみで立っていられない。無理を言ってでもついていけばよかった。もし一緒にいたら、怪しい仕掛けに気づいてあげられたかもしれないのに。

「おっしゃるとおりです」

残像とはまったく別の方向の観葉植物の陰から、鯉丸が姿を現す。その向こうから、ベージュ色のコートに身を包んだ若い女性が一人、走ってきた。

「第七手術室……ここだ」

はるみたちの前で彼女は立ち止まった。目鼻立ちのはっきりしたモデルのようなその顔を、はるみは見たことがあった。以前、渋谷駅で敦彦の前に現れた女性だ。

「甲賀流の方ですか？」

鯉丸の顔を見て、彼女は言った。

「ええ、そうですが……あまり大きな声でその単語を言わないように」

「ごめんなさい。科捜研・毒物分析センターの八田冴絵《はったさえ》といいます。白神さんから連絡を受けました。敦彦は」

「敦彦？」

はるみは思わず彼女を睨みつけた。

「あんた、彼とどういう関係？」

はるみの顔をまじまじと見つめ、彼女は答えた。

「今、お付き合いしています」

ざくり、と、脳天に手裏剣が刺さったような衝撃。まさかこんなに短い間に、二度も目の前が真っ暗になるなんて。

「彼女さんでいらっしゃいましたか。それはもう、なんというか……」

鯉丸は馬鹿正直に同情して目を潤ませ、はるみのほうにさっ、と右手を上げた。

「一ノ坂さん。あなたは余計なことを言わないように。八田さんには私から説明申し上げます」

「……勝手にしろ」

二人に背を向け、はるみは走り出す。トイレに駆け込み、個室に入って壁に頭を打ち付ける。

ちくしょう、ちくしょう！

こんな感情を口に出すわけにはいかない。忍びならそう言うべきだろう。だけど……だけどあまりにやりきれない。

「ちくしょうっ！」

コートのポケットにさっと手を入れ、名刺を三枚取り出す。電光石火、指の股にはさんだ名刺を一気に飛ばす。すたすたすたっ、と、三枚同時に個室のドアの隙間に収まった。血のにじむ努力で得たこんな力が、今は恨めしくて仕方がない。

スマートフォンが震えたのはそのときだった。画面を見ると《千花繚乱》とある。時刻はまだ二時すぎ。こんなときに店から……。無視してやろうかと思ったが、いつもの癖で出てしまう。

「もしもし」

〈ああ、アイリちゃん？　菊川《きくかわ》だけど〉

菊川マネージャーだった。へらへらした笑顔が目に浮かんで、イラついた。

〈さっき電話があって。雲川武夫《たけお》さんっていうお客さん、知ってる？　小学生ぐらいの娘に代理で電話させてきたんだけどさ〉

はるみは顔を上げる。

「娘って、セイラですか？」

〈あー、そうそう。そのセイラちゃんが言うには、『うちのお父さん、今日の同伴、遅れるかもしれません』って〉

今日は同伴出勤の予定などなかった。菊川マネージャーはさらにつづけた。

〈なんでも、『つぶれたはずのデパートかショッピングモールのうなぎ屋さんに捕まっちゃったみたいです』だって〉

「うなぎ屋さんに、捕まった？」

〈都内か埼玉県内だって。なんだろうね その二択〉

もしこれが本当にセイラなら、監禁されている場所から何らかの方法ではるみの勤める店に電話をしたことになる。店の電話番号の入った名刺を渡したこともあるし、警察に電話をせず、一般人の店を通じてバレないようにはるみに伝えるというやり方も、あの子ならやりかねない。だけど……と、疑念が目の前にチラついた。敦彦が犠牲になったばかりだ。これも犯人の罠の可能性がある。

〈キャバクラの同伴の予定変更を娘に電話させるなんて、まったくおかしなお客さんもいるもんだよねえ〉

ははは と笑う菊川に、はるみは訊ねた。

「菊川さん。その子、何か、合言葉っぽいことを言っていませんでしたか？」

〈ん？　ああ、そういえば『霧といえば柿』みたいなことを言ってたかな。何の言葉遊びなの？〉

疑念は一瞬にして、吹き飛んだ。

8．午後二時三十分　埼玉県戸田市

まるで抹茶羊羹《ようかん》のようだな、と、渋い緑色のシートに覆われたその巨大な建物を見上げ、良則は思った。

〈ギンザケモール戸田店〉――埼玉県戸田市に三十年ほど前に開業した巨大ショッピングモールである。生活雑貨からスポーツ用品、ペット用品の他、各種ブランド洋品店、レストラン施設や娯楽施設も充実し、地域住民で賑わってきた。しかし、三年前にわずか七百メートル先にできた最新の類似施設に取られてしまって客が一気に減った。親会社が外資系企業に吸収合併されたのをきっかけに、規模を縮小して再出発することになり、老朽化した建物を一部取り壊し、改修する手はずが整えられた。改修のためにシートで全体が覆われたのは、つい先週のことだそうだ。かつて多くの車を収容したであろう千台規模の駐車場はがらんとして静まり返り、まだ工事車両すら入っていない。

「通用口はこちらのようですね」

タブレットを片手に、鯉丸が二人を先導していく。隣で一ノ坂はるみがしきりに腕時計を気にしていた。

「何時までに戻れれば出勤できるんだ？」

訊ねると彼女は首を振った。

「三時をすぎたらもう無理だよ」

「なんでだよ。キャバクラは夕方からだろ？」

「毎回何時間も前から美容院に行かなきゃいけないんだ。あたしたちの仕事は、出勤の何時間も前から始まってるんだ」

目を吊り上げるその顔に、眉毛はない。

「今日はキャバクラは休みだ。伊賀流の奴ら、絶対に痛い目を見せてやる」

化粧にも時間がかかるだろうな、と良則は思う。

「ここですね」

鯉丸が立ち止まったそこは、抹茶色のシートが張られていない搬入スペースだった。大型のトラックが八台は停まれそうである。さび付いたシャッターが固く閉ざされている。

鯉丸はそのシャッターのそばに近づき、地面を見下ろした。

「このブロック、わずかに白く削れています。タイヤによってごく最近えぐられたものでしょう。大型トラックはこんなに建物に近づくことはありません。もっと小回りの利く車です」

そして鯉丸は、シャッターに挟まれた、金属製のドアを指さす。

「そこから、セイラさんは中に運び込まれたように思えますね」

良則はドアに近づき、ノブを握った。施錠はされておらず、簡単に開いた。五段ほどの上り階段があり、暗くだだっ広い空間がある。

「外壁を上って侵入する必要はなさそうだな」

つぶやいて、中に一歩踏み出す。鯉丸と一ノ坂もついてきた。人の気配はないが、相手も忍び。気配を消すのはお手の物だろう。警戒しながら、埃《ほこり》のにおいのする空間を進んでいく。

ほどなくして搬入用エレベーターの前に出た。まだ残存していた〈ギンザケモール〉の公式サイトで、レストラン街は四階だと調べがついている。上のボタンを押すと、階数表示にデジタルで「4」の文字が点灯し、下がってくるモーター音が聞こえた。間もなく扉が開く。照明はついていた。象でも乗ることができそうな、広い空間に、三人は入っていく。

上っていくあいだ、三人は無言だった。小刻みな揺れが、建物の老朽化を物語っていた。

エレベーターが到着した階は、暗かった。バックヤードだ。段ボールや梱包材、ビニールテープなどが散乱する中を進むと、開け放たれた鉄扉の向こうに、暗いレストラン街が広がっていた。

「まっすぐ行くと、三階を見下ろせる吹き抜けに突き当たります。その吹き抜けを左回りに進んでいって、ステーキ屋さんの隣になりますね」

タブレット画面の光に照らされながら、鯉丸が案内する。冷蔵庫のような冷気の中を進み、

〈うなぎ　有川〉に到着する。閉ざされたシャッターの脇に、従業員用の扉があった。ノブを握る。キーッという音とともに、手前に開いた。人気のない、暗い厨房だ。

「セイラ？」

小声で名を呼ぶが、返事はない。醬油とみりんの入り混じったような香りが残っている。厨房の中を、良則は進んでいく。暖簾をくぐると客席スペースだった。テーブルと椅子は壁際に寄せられている。奥の小上がりの座敷席も、座卓が端に寄せられていて、一目瞭然、誰もいない。一ノ坂が鯉丸を睨みつけた。

「ここじゃなかったんじゃないの？」

「都内・埼玉県内の閉鎖中のデパート、あるいはショッピングモールでうなぎ屋があるのは、ここだけです。しかも、三年前にこの店で働いていたアルバイト従業員名簿の中に、『蘇我木剛《つよし》』という名前があるんですよ」

どこから仕入れた情報なのか。しかしそれは、ここにセイラが監禁されていたことを意味しているように思える。ふと良則は、座敷の上の座布団が気になった。十枚ほど座敷の隅に重ねられているのに、一枚、そこから外れて畳の上にあるのだ。まるで何かの目印のように。

良則は靴のまま座敷に上がり、座布団を拾い上げる。ぱちりと照明がついた。

「電気、通ってるじゃん」

一ノ坂が壁のスイッチを入れたのだった。相手に気づかれたらどうするんだと思いつつ、座敷の上に視線を戻す。折れたつまようじがあり、畳の上に引っかいたような文字があった。

『キリ　カキ』

霧と柿……今年の合言葉だ。

「間違いない。さっきまでセイラはここにいたんだ」

二人に告げるべく振り返ったそのとき、良則の足首に何かがぴゃっと貼りついた。

「えっ?」

ぐいん、と足が引っ張られ、びたんと畳に顔面を打ち付けた。

「痛っ!」

鼻を押さえながら足の方向を見る。座敷の隅に寄せられた座卓の下、畳に手をつくようにして伏せた老婆が、ニヤリと笑っていた。彼女の手から伸びた粘着性のある糸に、良則の足は絡めとられているのだ。

「蜘蛛《くも》絡《がら》みの術……」

つぶやいた良則の顔面に向け、また白い塊が飛んでくる。すんでのところで顔を左に傾けたが、べちゃりと右目に張り付いたそれに、右の視界は奪われた。拭い去ろうと触れるとねばねばしたものが手にまとわりつく。

「憎き甲賀流よ、毒蜘蛛の餌食になりよ!」

ぐぐぐいと、老婆とは思えないものすごい力で足が引っ張られる。座卓の下にぎらりとした刃の光が見えたその瞬間——

「ぐぎっ!」

苦痛の声が響き、足を引く力が緩んだ。良則はとっさに畳の上に両手をつき、壁のほうへ逃げる。靴を脱ぎながらぺたぺたと手の力だけで壁をよじ登り、天井に張りついた。足に絡みついたままの糸がだらりと下がる。

「出て来いよ婆さん！　出てこないと、かば焼きにするぞ」

暖簾のそばで、一ノ坂が構えている。両手には、かば焼き用の鉄串が握られていた。良則は急いで足の親指を使ってソックスを脱ぎ、裸足になる。

ずずずと畳を擦《す》る音がして、座卓の下から全身を糸に覆われた老婆が出てきた。右の太ももに鉄串が刺さり、血がにじみ出ている。

「老体に向かってこんなものを放るなんて、手荒なことをするじゃないかね」

しかしながらその顔は悲痛というよりもむしろ楽しそうに見えた。ひらりと立ち上がって鉄串を抜くと、糸の先に貼り付けてぶんぶん振り回した。

「久々に、やる気が出てきたよ」

老人とは思えない素早さで、ぴょっぴょっと袖から出した白い塊を一ノ坂はるみに投げつける。うわうわと言いながら逃げ惑う彼女のコートにべちゃべちゃと白いものが張り付いていく。

「おい、ちゃんと応戦しろよ」

歯がゆい思いで良則は言った。

「投げたり弾いたりするのは得意だけど、逃げるのは苦手なんだよ、この、この」

老婆に向かって投げる鉄串もまた、ぴゃっぴゃっと繰り出される白い塊に絡めとられてしまう。

それにしても、鯉丸は何をしているのか――と思ったそのとき、

「お先に失礼します」

急に、部屋が暗くなった。

「あとは各自、逃げてください」

「鯉丸、お前！」

憤る一ノ坂をおいて、良則は天井を伝って厨房へ出た。うなぎのたれの染みついた天井はぬらぬらとしていたが、右目に張り付いている粘着物質のほうが気持ち悪い。開かれた状態の扉から外へ出ると、タブレットの光に顔を照らされた鯉丸が待ち構えていた。

「勝手に逃げるなよ」

「お二人なら、自力でピンチを脱することができると思いましたので」

床の上に降りる。足の裏が冷たい。蜘蛛老婆のいる中に靴を取りに帰る勇気はなかった。

「くそっ、今年、靴を失くすの何回目だよ」

「初めから、靴底のない靴を履くのはどうですか」

いちいち神経を逆なでする物言いをする男だ。

ぼっ、と闇の中に炎が上がった。

二人から十メートルと離れていない位置に燃える火の玉の中に、身長二メートル五十センチはあろうかという鎧武者《よろいむしゃ》が立っている。火の玉は本当の火ではなく、グラフィックのようだったが、鎧武者は実際にそこにいて、頭上で一抱えもありそうな鉄球のついた鎖をぶん回していた。危険を感じたその刹那、鉄球がこちらに向けて飛んでくる。

「うわっ！」

鯉丸を突き飛ばし、良則は身をかがめた。鉄球は二人の頭上を通り抜け、ぐわしゃと、うなぎ屋のシャッターがひしゃげた。

鎧武者はすぐさま、ずるりずるりと太い腕で鉄球に括りつけられた鎖を手繰《たぐ》り寄せる。

「婆さん、中に張り付けにしてきたよ」

振り返れば一ノ坂はるみが立っている。白糸に絡みつかれたからか、コートを脱ぎ捨て、カットソーにミニスカートという姿になっていた。

「セイラの居場所は知らないってさ。っていうか……」

と、鎧武者のほうに顔を向けた。

「甲賀流にはいない、パワータイプだね」

相手はすでに鉄球を手繰り寄せ終わっており、頭上でぶるんぶるんと回している。当たれば相当のダメージだが、あんなものにぶつかるはずがない。——と思っていたら、鎧の胸部でストロボのような閃光が走り、トタンに大粒の雨が打ち付けるような音がした。マシンガンだ。

「きゃあ!」

頭を抱える一ノ坂。瞬間、鎧武者は鉄球を放つ。

良則は一ノ坂の華奢な腰をぐいっと左手で抱え、ステーキ屋のシャッターに飛びついた。ぺたぺたっと天井へ逃げ、そのままステーキ屋の角まで逃げた。

「こないだ小岩瀬さんが退治した、強力パワースーツ〈メガ・ゴリアテ〉みたいなものですかね」

残像を残して危なげなく移動してきた鯉丸が、タブレットを操りながら言った。

「全身を覆っている分、防御力は高そうだけど」

「逆にそれがあだとなることもあります」タブレットから視線を上げ、鯉丸は言った。「木陰さん、やつを吹き抜けから階下に導いてもらえますか?　計算通りならこれで勝てます」

整然と、鯉丸の口から語られる作戦。癪《しやく》に障る男だが分析力は高い。

ずしん、ずしんと近づいてくる足音を聞きながら、床に伏せて準備をする。角に鎧武者の姿が現れた刹那、股をすり抜けて吹き抜けのガラスに飛びつき、裏側に回った。向こうからは、すりガラスにへばりついたやもりのように見えるだろう。

頭上で鉄球を回し始める鎧武者。胸部から閃光。銃弾の雨――良則はぺたぺたと横方向に逃げ回る。

良則を追いかけるように銃弾はガラスを吹き飛ばし、破片がオレンジ色に光りながら雨と散っていく。必死の思いでフロア中央の太い柱にたどり着いた良則は、それを伝って階下へ向かう。暴力的な風を浴びせながら足のそばを鉄球が通り過ぎたが、鎖の長さに限界があるようだった。

三階の床に足を下ろし、四階を見上げる。鉄球を引き揚げつつこちらに顔を向ける鎧武者はどことなく悔しそうに見えた。良則より二十メートルほど離れた位置から、白いものが四階に向かって飛んでいき、鎧武者の鍬形《くわがた》にこつんと当たる。階段で降りてきたのだろう、一ノ坂はるみがゴルフクラブをバトンのようにくるくる回していた。

「そこのスポーツ用品店からパクってきたんだ」

先ほどまでとは打って変わって、頼もしい笑顔になっていた。

「ゴルフクラブって本当によくできてて、あたしみたいな非力でもちゃんと球が飛ぶように設計されてるんだよ」

言うが早いか、足元に置いてあったプラスチックの入れ物を蹴倒し、転がり出てくるゴルフボールをスコン、スコンと片っ端から打ち上げていく。

「来いよ腰抜け！」

ミュールにミニスカートという姿にもかかわらず、次々と飛んでいくボールの軌道は正確で、兜の同じ箇所に命中していく。やがて鍬形がぽろりと折れ、鎧武者はヴォォ！　と怒りの声を上げた。

「そうだよ、来いよ！」

挑発に呼応するように、巨大な武者は飛び上がり、吹き抜けのガラスを越えて地鳴りとともに三階に着地する。

と――、鎧武者を追うように小さな物体が落ちてきた。

「失礼します」

ぴたっ、と兜にしがみついたのは鯉丸だった。不敵な笑みを浮かべ、彼は耳元に囁き始めた。

「あじょーれ、みじょーれ。この鎧は、だんだん重くなります。あじょーれ、みじょーれ。百キロ、百三十キロ、二百キロ、三百キロ……」

振り落とそうともがく鎧武者。だが鯉丸の怪しい呪文を聞いているうち、見るからにその動きは鈍くなっていき、やがてずっしりと膝をついた。

「あじょじょーれ、みじょじょーれ。一トン、三トン、七トン……」

呪詛にも似た鯉丸の催眠術はとどまるところを知らない。鎧武者はやがてうつぶせになり、苦しそうに呻き始めた。ひょいとその体から降りる鯉丸。いっちょう上がりとでもいいたげなその顔が憎たらしいが、良則は鎧武者のそばに近づき、「セイラはどこだ?」と訊ねた。

「お前たちがさらった女の子はどこだと、訊いているんだ！」

鎧武者は、ずず、ずっずっずと奇妙な笑い声をあげた。

「移動させたよ……お前たちが来る、ほんの数分前にな……」

「なんだと？」

「俺たちは時間稼ぎさ。もう、遠くへ行ってしまっただろう。ずっ、ずっ……お前たち甲賀流に真の災いが訪れるまで、彼女は帰らないだろう」

ずっ、ずっずっ……その声が小さくなるにつれ、炎のような光は消えていき、やがてショッピングモールは再び、闇に包まれた。

9．同時刻　埼玉県川口市

「おい、また工事してるぞ」

「何の工事なんだよ、いったい」

運転席の男と助手席の男が罵《ののし》り合うようにしゃべっている。ハンドルが乱暴に切られたのが、相変わらず目を封じられて後部座席に座らされているセイラにもわかるくらいイライラしている様子だった。

はるみの勤めているキャバクラの店員に『閉鎖したショッピングモールのうなぎ屋』というヒントを与えたあと、セイラは何食わぬ顔をして座敷に戻った。数分してアリカワは帰ってきて、セイラに口を開くように命じた。押し込まれたのは甘いクリームのついたパン。セイラの好きなチョココロネだとわかった。

ありがとう、とお礼を言うと、アリカワは「うん」と答えた。

そこまではよかったけれど、セイラがチョココロネを食べ終えたところでアリカワはレジ台に近づき、電話機の位置が変わっていることに気づいたようだった。セイラのごまかしは効かず、アリカワはすぐに出ていった。十分ほどして、例の男二人が入ってきたかと思うと、セイラはまた抱えられて運び出されてしまったのだった。

「ねえ、アリカワさん」

隣にいるはずのアリカワに向けて、セイラは語り掛ける。

「今度はどこまで行くの？　私、朝から手足を縛られて、目は変な粘着物に覆われて、だいぶ可哀そうなんですけど」

「おい、そいつを黙らせろ」

助手席の男が言った。二十代ぐらいの、声の高いほうだ。

「ごめんお兄ちゃん」

「お兄ちゃんって呼ぶんじゃない」

「ごめん……、雲川さん、黙っててね」

雲川さん、だって。笑える。

「私の声とか、お母さんに聞かせなくていいのかなあ。誘拐犯ってそういうことやるじゃん。でも、今どき電話でやったら間抜けだよね。SNSの捨てアカウントをお勧めするよ」

性懲《しょうこ》りもなく話しかけると、また助手席の男――お兄ちゃんが怒った。

「お前、いい加減にしないと本当に殺すぞ」

「ということは、本当は殺すつもりはないってことね」

〝お兄ちゃん〟は一瞬戸惑ったようだけれど、やがて笑い出した。

「余裕をかましているつもりか。また甲賀流の忍びが一人犠牲になったんだぞ」

「えっ？」

「どんな毒を飲んでも平気なやつがいるだろう。墨田区の廃工場で鉄骨の下敷きになって大けがさ。それだけじゃない。お前を助けにやってくるやつは、待ち伏せしているヤスヨさんとベンゾウにコテンパンにやられてるはずさ」

ひゃっははと彼は笑う。

赤味さんが……。

ヤスヨさんとベンゾウがどれだけ強いかわからないけれど、これ以上、被害を拡大させるわけにはいかない……それならこっちも、切り札を出そう。

「こーわ。怖くてトイレに行きたくなってきた」

「てめえ、勝手にしゃべるなって」

「車を停めてって言ってくれない？　夏希」

ひやっ、とアリカワが息をのむ。

「あっ？」

アリカワ以上に大きな声をあげたのは、助手席の男だった。セイラは塞がれている目をアリカワに向けた。

「品川愛現学園、六年二組、出席番号十一番。蘇我木夏希でしょ」

人差し指を立ててその顔の位置に向ける。返ってきたのは、混乱と戦慄の沈黙。

「お前……こいつに正体をばらしたのか？」

正解判定を出してしまったのはお兄ちゃんだった。

「ば、ばらしてないよ」

もうアリカワの声ではなく、いつもの可愛らしい夏希の声に戻っていた。

「初めにおかしいと思ったのは、男性用制汗剤の匂いだよ」セイラは説明を始める。「こんな寒い日に制汗剤なんて使うかな、って。厚着をしすぎて汗をかいちゃうことへの配慮とも考えたんだけど、ひょっとしたら別の理由があるかも、と思った。たとえば、『自分を男の人と勘違いさせる』とかね」

夏希もお兄ちゃんも黙ったまま聞いているようだった。

「あと引っ掛かってたのは、私の口をふさいだときのこと。タオルを私の頭の後ろで結ぶのと同時に『キュ』って言ったでしょ。何かを結びながら『キュ』って口に出す癖がある人なのかな、なんて思ってたけど、違った。直後に『飯のときには取ってやるから安心しろ』なんて言ったよね？」

セイラは思い出して思わず笑ってしまった。

「あれ、『給食』って言いそうになったんでしょ？　私たちいつもお昼は給食だもんね。アリカワさんってひょっとして夏希なんじゃないの――って思いはじめたらいろんなことが腑に落ちた。手袋をしてるのは女の子の手だと気づかれないようにするため、身長も高く思わせるために厚底、履いてるでしょ。一度、焦って転んでひざを打ったよね。ちゃんと手当て、した？」

「……ばんそうこだけ」

「お昼ごはん、私の好きなチョココロネを用意してくれたんだね、ありがとう」

「だって悪いと思ったから。お兄ちゃんに買ってきてもらったの」

セイラは嬉しくて口元がほころぶ。同時に、ある事実を認めなければならない局面にあることを実感した。

「夏希、伊賀流だったの？」

「うん……」

見えない友だちが言葉を選んでいるそのとき、キキッと急ブレーキが踏まれた。

「おい、また工事……しかも今から始めるみたいだぞ。どうなってんだ？　車が橋を通過中、出入り口で工事なんて」

運転席の男が泣きそうな声を上げる。

「おい、誰か近づいてきたぞ。お前、何もしゃべるなよ」

助手席からセイラは釘を刺された。ほどなくして運転席側の窓が開き、「申し訳ありません、ただいま工事をしております」とおじさんの声がした。今、この車は橋の上にいるらしい。ということは、真下は川。……なんだか嫌な予感がした。

「バックしろって？　正気かよあいつ」

窓が閉まる音のあとで、運転席の男が文句を言う。

「待て待て」と夏希のお兄ちゃんが止める。「後ろからダンプが迫ってきているぞ。でかい。道を塞いでるぞ」

「本当だ。あれじゃあバックしようにもできな……はあ？　前からも何か来た！　なんだよあのフォークリフトの化け物みたいなのは！」

埼玉の道場で一度見たことがある。鶴松さんが開発したやつだ。

「ダンプが迫ってくる、逃げろって、おい！」

「無理だ、挟まれた！」

嘘でしょ……私ごと？

「セイラちゃん……」

夏希がぎゅっとセイラの縛られたままの手を握ってくる。がくん、と車全体が揺れる。まぶたの裏に、フォークリフトの化け物に持ち上げられ、川に放り込まれるワゴン車の姿が映し出された。

（ショート動画にしたら、再生回数一億超えだね）

余裕ぶってみたけれど、やっぱり「きゃあ！」と叫んでしまった。

10. 同時刻　荒川水中

先端の鋭いつるはしを抱え、小岩瀬新八は荒川の水流の中にもう、三十分ばかり沈んでいる。冬の水の冷たさは得意だが、流水ともなると体の芯まで冷える。息は五時間は持つからずっと潜っていても心配はない。

（だけど、本当にこの橋の上を通るんだろうか）

目下の心配はその一点だった。

一ノ坂はるみがキャッチしたメッセージによってセイラの居場所が〈ギンザケモール戸田店〉

の可能性が高いと甲賀流の隠密ネットを通じて知ったのは午後二時十五分頃のことだった。

——私鯉丸と、木陰さん、一ノ坂さんの三名で向かいます。

投稿者は鯉丸恭平であり、その後にすぐ、こう書かれていた。

——ただ、こちらがセイラさんのメッセージを受け取ったことを知られている可能性があります。その場合、セイラさんの移送先を知るにはどうしたらいいでしょう？　アイディアを求めます。

リプライがついたのは、わずか三分後。投稿者はなんと、午前中にバイクと共に大井の海に突っ込んで入院中の溝畑アキオだった。

——大至急、添付地図の×印の地点を通行止めにすべし。〈ギンザケモール戸田店〉から出る車を新荒川大橋に封じる術なり。橋には、埼玉道場にある巨大フォークリフトをあらかじめ配置しておくべし。

書き方は古風だが、添付された地図を見る限り、たしかにそういう動線が出来上がっている。かつ、他の車両が新荒川大橋に入ってくるのを防ぐようにもなっていた。交通網に詳しい溝畑らしい作戦だった。だが新八が驚いたのはここから先だ。

——新荒川大橋に入ってきた車両を、橋の両端から塞いで閉じ込めるべし。工事関係者を装って、中にセイラが確認でき次第、フォークリフトにて当該車両を川へ落とすべし。

セイラごと落とせというのだ。さらに溝畑の作戦は続く。

——小岩瀬、橋の下の水中にてこれを待ち伏せし、落ちてきた車両の窓を割り、セイラを救出すべし。

なんて荒っぽい作戦だ。だが、セイラの身に危険が……というツッコミは入らなかった。

――敵もまた忍び。敵の想定を超える必要あるべし。

みな、溝畑と同じ意見のようだった。

急に指名された新八は、別動隊の仲間とともに新荒川大橋までやってきて海パン姿で水中に飛び込んだ。

(……だけどこれ、無駄にならないだろうね。車両が工事を無視して突っ走ったら。そもそも、ショッピングモールにいるというのが外れだったら……)

寒さの中、新八はネガティブになっていった。濁った冷水に聴覚を遮られているぶん、余計に孤独感と心配が増す。息のほうは大丈夫だが、少し様子をうかがってみようか。

「ぷはっ」

水中に顔を出し、橋の上を見上げる。

「えっ?」

黒い塊が落ちてくるところだった。

「ひい!」

両足で水を掻き、びゅんとイカのように逃げる。一秒もしないうちに、今の今まで待機していたまさにその場所に、水柱が上がった。

「あっ、あぶな」

ワゴン車だった。後部座席のガラスにスモークが張ってある。助手席の男がぎゃあぎゃあとサルのように叫んでいる。

「セイラ、いるのかい?」

じわじわと沈んでいく車の窓越しに声をかけると、ちっ、と舌打ちが返ってきた。

「なんで新八さんなの」

この素直じゃない感じ、間違いない。

「ヒーローの顔が見たいだろ。荒っぽいことをするけど我慢するんだぜ」

つるはしを振りかぶり、窓ガラスに叩きつける。二度、三度やっているうち、穴が開いた。つるはしの先を突っ込み、一気にガラスを割る。両目が白いもので覆われ、糸でぐるぐる巻きにされたセイラがこちらを向いていた。新八はつるはしを捨て、両手でセイラの体を引っ張り出す。

「迎えに来たよ、お姫様」

「うるさい。二度と変なこと言わないで。てか、もうしゃべらないで」

助けられながら毒づくセイラ。その体を抱え、びゅびゅんと猛スピードで岸まで泳ぎ切る。

「新八さん、中に私の友だちがいる。彼女も助けてきてあげて」

腕を縛っている糸をほどこうとしたら、セイラは言った。

「不思議なことを言うね。伊賀流と友だちになったのかい?」

「もとから友だちなの。説明してる暇はないんだって、ほら、行った、行った」

ワゴン車はすでに、水が浸入して沈んでいた。助けるなら早くしないと……と、思っていたら、内側から割られた窓から、男二人が出てきた。一人は黒いパーカーの金髪の男。もう一人は、緑のジャケットを着た細身の男。金髪のほうが新八の姿を認めると、口をぱかっと開き、ぶしゅうと黒い靄《もや》を吐き出した。

「えっ?」

その靄に包まれた瞬間、息ができなくなる。とっさに水に潜ったが、息継ぎを十分していなかったので苦しい。十メートルほど下流に移動して顔を出す。幸い、風にあおられて黒い靄は薄れている。

下流から「ひゃーっほう」と雄たけびを上げながら、水しぶきを上げて水上スキーが走ってきた。乗っているのは、鶴松だ。赤いウェットスーツを着ているので、だるまが水上を走っているように見える。

「覚悟しろよ、伊賀流!」

だるまの両肩からロケット弾が発射された。二人とは全然違う場所に落水し、ぱん、ぱんと巨大な火花を上げる。鶴松はそのまま上流へと進んでいく。

「ボクも本当は遊んであげたいんだけど、セイラから頼まれてるからね」

水中に潜り、水を掻いていく。沈んでしまったワゴンの割れた窓からのぞくと、後部座席で小学生くらいの女の子がもがいていた。その腕をつかんで引っ張り上げる。

「ぱあっ!」

水上では戦闘が始まっていた。金髪男が鶴松に向かって黒い靄を吹き付け、ジャケット男はどこかから取り出した太鼓をドンドコドンドコと叩いている。その音を聞いていると、頭がぼんやりしてきた。

「あの音を聞かないで。聞き続けていると、鬼が見えてくるから」

腕の中のセイラの友人が耳を塞ぎながら言った。

「耳を塞ごうにも、君を抱えているからね」

じゃぽんと頭だけ潜り、彼女を水上に掲げたまま泳ぐ。すぐに岸にたどり着いた。

「ありがとう」

「なんてことはないよ」

響き渡る、太鼓の音。耳を塞いで振り返ると、鶴松は水上スキーから落ちてもがいている。

「うわっ、鬼だ、鬼だ！」

暴れながら彼には、妙な幻覚が見えているらしかった。

「助けなきゃね」

とそのとき、空全体がざわめいた。巨大な白い影が橋の向こうからやってくるのだった。

「ＵＦＯ？」

そんなわけはなかった。それは、無数の白い、鳥——。

白鳥だ、とわかった瞬間、中の一羽が伊賀流の二人めがけて急降下した。それを皮切りに、アー、アーと叫びながら、何百羽という白鳥たちは雪崩《なだれ》となって伊賀流の二人と鶴松に向かっていく。黒い靄は雲散し、三人が頭を押さえて逃げ惑う中、

「末次郎の弔《とむら》いよ！」

女性の声が響いた。橋の欄干の上で、黒いドレスを着たマダム・スワロウが拡声器を握っているのだった。川はすでに無数の白鳥で覆われ、あたりに飛沫《しぶき》と羽が散っている。

しばらくそうしていたかと思うと、マダムはぴぃーっと笛を吹いた。白鳥たちは静まり返り、川の下流へと退却していく。

沈んだワゴンの近くで羽まみれになって呆然としている三人に向かい、マダムは言った。

「両者、いったん矛をおさめなさい。本日、午後六時ちょうどより港区にて、甲賀流・白神蝶三郎、伊賀流・桃島吾順《ももしまごじゅん》、二人の会談が行われるわ。あなたたちも立ち会うようにとのお達しよ――それまで、解散！」

11. 午後六時　港区・麻布台ヒルズ

ギリシャ風の女性の裸像が三体で一つの大きな水瓶《みずがめ》を抱えている。その水瓶から流れ出る清らかな水は小川となって、一同のついている曲線的なガラステーブルを囲むように、ぐるりと一周する。その向こうには高級な洋酒の並ぶバーカウンターがあり、寿司ネタを並べるためのショーケースがあり、ステーキを焼く鉄板がある。

天井から下がるのは、直径十メートルはあろうかという豪奢なシャンデリア。

良則はその雰囲気に圧倒されていた。

麻布台ヒルズ、最上階のペントハウス。来てすぐこの『第一ダイニングルーム』に通された。何部屋あるのかわからないが、おそらく他の部屋も似たような空間なのだろう。

窓外の眺めはまるで、星空を地上に召喚したかのようだった。煌《きら》めくばかりの東京の光。東京タワーさえも玩具のように見える。

夜景を背中に、高級革張りの椅子が二つ並び、それぞれに老人が座っている。

一人は、いつもの着物に身を包んだ白神蝶三郎。もう一人は紋付袴をまとった七十すぎの男性で、シャンデリアの光よりも明るい禿頭《とくとう》と一メートルはあろうかという白い髭が特徴的だった。

伊賀流忍者の末裔、桃島吾順である。

良則も名前だけは知っているが、姿を見るのは初めてだった。どういうルートで連絡を取ったのか知らないが、白神は彼を会合の場に引っ張り出すことに成功したのだった。

白神の側にずらりと、甲賀流の面々が座している。秘書的な位置づけの鯉丸以下、良則、一ノ坂、鶴松、小岩瀬、そして先ほど甲賀流の手に戻ったセイラ。みな、この部屋の雰囲気に合わせ、タキシードとドレスに身を包んでいる。

テーブルを挟んで対峙するのは夕方まで戦っていた伊賀流の面々。同じく正装を着込んでおり、末席ではセイラと同じくらいの年頃の女の子が不安そうな顔をしている。

「ずいぶんな部屋を用意したな、白神」

桃島翁が口を開いた。しわがれているが、自信に満ち、尊大ささえ感じさせる声だ。

「この部屋の所有者をかつて、個人的に救済したことがあるのだ」

厳かな口調で、白神は答える。

「何者だ、そいつは」

「非公開だ。しかし日本人ではない。本国にいるあいだ、使っていいと言われている。次に来日するのはおそらく、一年以上先だ。東京の夜景を見下ろす最高の展望台は、姿なき外国人の永遠の予約席というわけだ」

二人の意図を知らない他の面々は、その会話の行く末を見守っている。

「つまらない話はそこまでにしましょう」

闇の中から、マダム・スワロウが現れた。デコルテから上だけが浮いているように見えるのは、少し前に自慢していた、光を吸収するほど黒い鳥の羽を使ったドレスを着ているからだろう。

「桃島さん。今日、セイラを誘拐した事件について、説明してくださる？」

桃島はマダムのほうに敵意のある目を向ける。

「私は腐っても、伊賀流宗家の末裔だ。甲賀流の鳥使い風情にそのような居丈高《いたけだか》な態度を取られるのは不本意である」

「三億円事件に関する、我々甲賀流への復讐だな？」

白神が言った。同時にマダム・スワロウのドレスの下から、かちりと何かのスイッチ音が聞こえる。

甲賀、伊賀を問わず、配下の者たちの間からおぉと声が出た。すべての窓ガラスが一瞬にして白くなり、スクリーンと化したのだ。天井に埋め込まれたプロジェクターが、午前中に白金のシアタールームで見た、三億円事件のあらましの映像を流す。

「昭和四十三年十二月に起きた三億円事件。犯人の偽白バイ警官は伊賀流の忍び、蘇我木貞子であった。これは、我々の捜査でほぼ事実と判明している」

桃島は沈黙する。白神はおかまいなしに続けた。

「指導したのは当時伊賀流の総指揮官であった桃島郷玄《ごうげん》、お前の親父だ」

「ああ」

桃島はうめくように答えた。

「親父は伊賀流の再起を望んでいた。わしにははっきりとは告げなかったが、三億円事件は甲賀流の顔に泥を塗り、警視庁に伊賀流を売り込むために起こしたものだったのだ。蘇我木貞子……

彼女は優秀な忍びだった。甲賀流のバイク乗りに追い回されて事故に遭わなければ、今だって……」

セイラ誘拐犯の中に、セイラの同級生だという蘇我木夏希と、その兄がいた。この二人は蘇我木貞子の直系ではなく、貞子の兄の孫であるらしい。

「今回のことは蘇我木貞子の件での復讐だと言うのか」

白神の問いに桃島は、低く笑い始めた。

「忍びなら常に死を覚悟している。たった一人の忍びのために復讐などせん。雲川の末裔を拉致したのは、我ら伊賀流忍者の屈辱を晴らすためだ」

桃島はぎろりと目を光らせた。その口の中に何か銀色のものが見えた気がした。

「三億円をお前たちが横取りしたのはわかっているのだ！　事件から二年後、昭和四十五年八月。場所は大阪だ！」

横取りの言葉に、良則はつばを飲み込む。父親から聞かされず、白神すらも教えてくれなかったその事情を、ついに桃島が話そうとしている。

「事件直後、蘇我木は私に三億円を預けた。私は三億円をとある劇団の大道具に紛れ込ませ、大阪に運んだ。当時そこでは貞子の兄が不動産業を営んでいて、三億円の隠し場所などいくらでもあった」

桃島は息をつき、先を話す。

「大阪府警に知り合いがいた私は、世間をあっと言わせる発表をしたいと刑事部長に話を通してもらう工作をした。一年半の交渉の末、ついに我々が三億円を発見したことを発表する機会を得た。私は隠していた三億円の入ったジュラルミンケースを携え、隠し場所から大阪府警まで車で移動し、刑事部長の部屋までケースを運んだ。ところが」

くわっ、と桃島が目を見開いた。

「ケースを開けると、そこには三億円はなかった。代わりに、よくわからん石がいくつか詰められておったのだ！　刑事部長以下、並みいる警察幹部には失笑された。以来、知り合いだった警察幹部とも連絡が取れんようになった」

だん、と拳《こぶし》をテーブルに打ち付ける。

「アジトを出る前に確認したときには確実に三億円が入っていた。いつすり替えられたのか……半世紀以上私は狐につままれたような気分だったが、最近になってある男の写真を手に入れ、すべてのカラクリがわかったのだ」

ぎりぎりと歯ぎしりでもしそうな表情で、桃島は白神のほうを向いた。

「あの日、大阪府警正面玄関に到達する直前の赤信号で、私を乗せた車は停まった。横断歩道をわたる一人の男がいた。夏の真っ盛りなのに黒いコートを着て、古めかしい山高帽を被った妙な男だった。その男は車の前でこちらを向いて、フロントガラス越しに運転手と私の目を見た」

「この男だな」

白神の言葉を合図とするように、スクリーンに一人の男性の写真が映し出された。四十代くらいで、肉体労働者風の体つきをしている。その目を見たとき、良則は思わず「あっ」と声が出た。

左目の瞳孔が、赤い。

「そうだ、この男——雲川利右エ門《りえもん》だ」

良則はちらりとセイラのほうを見た。口を結んだまま、自分の祖父の顔をじっと眺めている。

「この赤い目を利用して、人の気を失わせスリを働く……卑怯極まりない甲賀流の懐中殺の使い手だ。雲川はあのとき、フロントガラス越しに運転手と私の気を失わせ、コートの中に隠し持っていたケースと、後部座席にあった三億円のケースをすり替えたに違いない」

ぐぐぅぅー、とその歯の間から妙な音が鳴った。

「私は復讐をせねばならぬと思った。われらを出し抜いた甲賀流の者ども、とりわけ、雲川の血を引く者に！」

「それでセイラを狙ったってわけ？」

一ノ坂はるみが口をはさむ。

「当然だ。雲川の者を苦しめるには、視界を奪い、仲間がつぎつぎとやられていくのを聞かせるのがいいだろう」

「あんたが間抜けなだけだったんじゃん」

「何をっ！」

いきり立つ桃島を前に、白神は、

「それですべてか」

と落ち着き払った口調で訊ねた。

「それ以外に何があるというのだ。わしはお前たちを許さん！」

「お前は何も真実が見えていないようだな」

白神はマダム・スワロウのほうを向いて合図を出す。かちりと音がして、スクリーンに四角い顔の男のモノクロ写真画像が現れる。眉と目の細いその男の顔を、良則も知っていた。

「知っているな。お前たち伊賀流の仲間、樋地慄山《ひつぎじりつざん》だ」

「何を今さらこの男のことなど」

桃島は馬鹿にしたように笑った。

「この男は死んだ。昭和四十二年の暮れ、病魔に蝕《むしば》まれてな。跡継ぎはおらず、伊賀流の忍具は別の者が引き継いでいる」

「重要なのはこの男が死んだ昭和四十二年という年だ。三億円事件の前年にあたる」

「だからなんだというのだ。樋地は事件には全く関係ない。むしろこの男は、親父とは折り合いが悪く、それゆえ伊賀流でも鼻つまみものだったのだ。葬式にも誰も参列しなかった」

「そうだろうな」

白神の合図とともに、スクリーンには別の画像が現れる。ずいぶん古い紙だ。

「太平洋戦争中の軍部の指令所だ。樋地は当時、毒ガス兵器の開発に協力していた」

「われらは維新以来、軍に協力してきたのだ！　今さら戦争中のことを責めようというのか」

「私が問題にしているのは樋地の研究分野だ。彼は持ち運びやすい兵器として紙に注目した。成分をしみこませておき、火をつければたちどころに毒ガスを蔓延させることのできる紙。本人は『阿鼻紙《あびがみ》』と呼んでいたようだがな」

「原料が手に入らずに開発は滞り、終戦により、開発半ばにして頓挫したんだ」

「表向きはそうなっている」

「……なんだと？」

白神の言葉に、桃島は眉を歪める。

「枢地は戦後の施策で伊賀流がお払い箱となってからも独自に『阿鼻紙』の開発を進め、そしてついに完成させた。だが同時に彼は伊賀流の本流からつまはじきになり、病魔に蝕まれて未来がなかった。自暴自棄になったのかもしらん。彼は最後に、『阿鼻紙』をある場所に仕込んだんだ」

「ある場所？」

「造幣局《ぞうへいきょく》の印刷所だ」

「まさか——！」

桃島は目を見開いた。

「そうだ。『阿鼻紙』を紙幣として流通させる。何かの拍子に火がついてしまった場合、あたりには毒ガスが充満する。彼が死ぬ前に仕込んだ『殺人紙幣』だ」

こほり、と白神は一つ、咳をした。

「お前の親父がそれに気づいたときには枢地はすでに鬼籍に入っており、『阿鼻紙』は紙幣になってしまったあとだった。秘密裏に調査を進め、『阿鼻紙』が使われた紙幣がどこにあるのか、やつはつきとめた。府中の銀行だ」

「そんな……」

「ある電化製品会社のボーナスに当てられるという情報までつかんだ桃島郷玄は、会社がボーナスに保険をかけているのを確認したうえで、蘇我木に三億円を奪うよう命じた。三億円事件は甲賀流への復讐などではない。伊賀流の不名誉を防ぐための措置だったんだ」

「わしは聞いていなかった、そんなことを！」

「お前は信用されていなかったんだ」冷たく、白神は告げた。「昔から甲賀流を貶《おとし》めることしか考えていないようなお前が『阿鼻紙』のことを知ったらよからぬことに使うだろうとお前の親父は思っていたんだ。だから、お前には計画を告げなかった」

「嘘だ！」

「先ほどお前は蘇我木から三億円を預かったと言っていたが、実際には蘇我木を言いくるめて騙《だま》し取ったのだろう。それを再び伊賀流が奪うことになれば『阿鼻紙』の秘密を知らないお前は不審に思うだろう。だから、桃島郷玄は、秘密裏に私の父に連絡をとった。わが息子から恐ろしい三億円を奪い返してくれないかとな」

「デタラメを言うんじゃない！」

きゃはは、と、甲高い笑い声が響く。一ノ坂はるみだった。

「あんた、実の親父に信頼されなかったんじゃん。よくそれで、指揮官できるね、はずかしーっ」

「何をっ！」

ぴゃっ！　蜘蛛老婆が粘着質の塊を飛ばしてくる。一ノ坂はひょいと顔を動かしてかわす。白い塊は、背後の天使像の顔にべっちゃりと貼りついた。

「軽率だよ婆さん。ハウスクリーニング代、すごいことになるよ」

今度はボディビルダーのような男が立ち上がった。鎧武者の中に入っていた男と見え、両手の拳が岩のようである。

「お前が手を出すまでもないぞ弁蔵」

桃島はすっくと立ち上がって頭上のシャンデリアを見上げるような体勢になり、くかっ、と口を開いた。顎の骨を外したのだろう、その口は信じられないほど大きく開く。

じゅぽぱっ――気味の悪い音と共に、口の中からひと振りの刀が飛び出した。胃液で濡れた柄《つか》をキャッチし、桃島は老体とは思えない身のこなしで構えを取る。

「桃島、武器は持ち込まない約束だったはずぞ」

「黙れ！」

あくまで落ち着き払っている白神に向かい桃島は唾を飛ばす。

「枢地が『阿鼻紙』を完成させていただと？　それがどうしたというのだ。われらがお前たちを恨む気持ちに変わりはない。無礼な女よ、そこに直れ。斬り捨てる」

「はっは、やるならやるよ。かかってきなよ」

怯《ひる》まず、好戦的に笑う一ノ坂はるみ。

ひらりととんぼ返りをしながら一ノ坂に飛び掛かる桃島。一ノ坂は首のネックレスを引きちぎり、一粒のパールを桃島めがけて弾き飛ばす。

「ぐわっ！」

桃島の右目をパールが直撃し、太刀筋がずれた。数十万円はするであろう椅子の背もたれに大きな傷がつく。

伊賀流の忍びたちが立ち上がり、テーブルを乗り越えようとする。彼らに向かってまた、パールが銃弾のごとく飛んでいく。

「もうやめて！」

叫んだのは、セイラの正面に座っていた蘇我木夏希だった。

「どうして私たちが争わなきゃいけないの？」

老若男女の声を自在にあやつる身体妖術を会得しているらしいが、良則の耳に届いたのは、純粋な小学校六年生の少女の声だった。その姿が自分の娘と重なり、良則は胸が詰まる。

「彼女の言うとおりだ」白神は厳粛に言った。「桃島郷玄はもういがみ合うのはやめようと言っていたのだ。お前から三億円を回収するよう甲賀流に頼んできたのが何よりの証左だ」

「黙れ！　今さら貴様らと友になどなれるものか」

桃島は言ったが、ちらりと蘇我木夏希のほうを見た。

「だが、夏希に免じ、今宵は一つ提案をしよう。白神よ、私たちから盗んだ三億円をすぐに警察幹部のもとへ届け、自分たち甲賀流が盗んだのだと言え。昭和四十三年の三億円事件は甲賀流の仕業だったと告白し、以後一切、警察の手助けはせず、後任として伊賀流を推薦すると申し出るのだ。三億円の現物があれば、当局も信用するだろう」

現実的ではない……良則は思う。

禿頭白髭のこの男はもはや、甲賀流を貶めることにのみとりつかれているように見えた。白神に突き付けられた、胃液まみれの刀。言っていることは非現実的でも、その殺気は本物である。

白神が沈黙を通していると、桃島は刀の切っ先をセイラのほうに向けた。

「お前が持っているのだろう、雲川の孫。祖父が盗んだ三億円は、お前の家にあるのではないか？」

「知らないけど」

「夏希の親友だからと言って嘘をついたらその命はないぞ」

「考えてもみなよ。毒ガスが出るかもしれないお金なんて危なくて持ってられないよ。あったとして、それが本物と警察幹部が信じてくれるって本当に思ってる？」

何十歳も年下のクールなセイラのほうが、良則には大人に見えた。

しかしそれなら、三億円はどこにいったのか……。

ふぅー、とわざとらしいため息が聞こえた。マダム・スワロウだった。

「三億円はないのよ。本当のことを言うしかないわね」

かちり。スクリーンにどこかの地図が映し出される。

「昭和四十五年当時の、大阪府警周辺の地図よ。桃島さん、あなたが雲川利右エ門に三億円のジュラルミンケースをすり替えられたのは、この馬場町《ばんばちょう》の交差点ね」

レーザーポインターが地図の一部でくるくるまわった。

「ん？　ああ、そうだっただろう」

曖昧な様子で、桃島は答える。

「利右エ門の役目はジュラルミンケースをすり替えるだけだったの。彼は横断歩道を渡り切り、大阪城公園に入って、ケースを外濠に落としたのよ」

大阪府警本部と道を隔てた先に、「大阪城公園」という文字があった。水色の部分が外濠だろう。

「外濠の中で待ち構えていた仲間は、ケースを受け取り、そのまま東のほうへと泳いだのね」

マダムがある方向に視線を向けると、

「ボクのじいちゃんの昭八《しょうはち》だね」

ずっと黙っていた小岩瀬新八が口を開いた。

「大阪城公園の濠で、重いジュラルミンケースを運んだって、まだ生きてるときに聞いたことがあるよ」

「そう。小岩瀬昭八は、それを豊國《ほうこく》神社の下のあたりまで運び、ぶら下がっていたフックに引っ掛けた。上でそれを引き上げたのは、当時まだ二十五歳だった私の父——斎羽賢《まさる》よ」

「お前の父親だと?」

「三億円を東京の甲賀流本部に届ける使命を負っていたのは雲川利右エ門ではなく、斎羽賢だったの。斎羽一族が任されたんだから、その方法はもうわかるわね?」

「……鳥か?」

絞り出すように、桃島は問うた。静かにうなずくマダム。

「父は、豊國神社の屋根の下に待機させていた無数の鳩の足一本一本にお札を何枚かずつ結びつけ、東京に向けて飛ばしたのよ」

「なんという……」

粘着蜘蛛老婆が額にぺちんと手を当てる。

「しかし、それならやはり三億円はお前たちが持っていることに……」

桃島の問いに、マダムは悲しそうな顔で首を振った。かちり。スクリーンには天気図が映し出された。四国南部に、大きな渦巻きが出ている。

「鳩たちは、東京にたどり着けなかった。昭和四十五年八月二十一日。その日は台風十号アニータが日本列島を襲っていた日よ」

かっ、と桃島は何かを思い出したような顔になった。

「……たしかに、あの日は強い風が吹き、雨が降っていた」

「白神義蝶は、その日のうちに三億円を都内に運べと命じていた。父は命令通りに鳩を飛ばしたけれど……結果は、無残なものだったわ」

ううぐぐぐ。桃島が唸る。

「三億円は……我が伊賀流の再興をかけ、蘇我木貞子が必死の思いでもぎ取った三億円は……」

「台風に巻き込まれ、鳩たちとともに海に消えてしまったのね」

がくりと桃島の首が折れた。六十年の固執が、泡となって消えた瞬間だった。だがすぐにその顔はもたげられる。沸騰せんばかりの怨嗟とともに。

「貴様の親父か、私たちを苦しめ続けたのはっ！」

日本刀の切っ先をマダムに向けると、桃島は刀を振り上げた。

「娘のお前を斬る。斬らねば、蘇我木貞子に、そして、伊賀流の祖先に申し訳が立たぬ」

マダムは涼しい目をしていたが、その背後でぱっとスクリーンは消え、窓になった。東京のまばゆい夜景が再び広がった。桃島の殺気が、マダムから一瞬逸れた。

「このペントハウスの値段がいくらかご存じ？」

「何だと？」

「三百億円よ」

「さ……」

「昭和の偽白バイ警官が百回事件を起こしてようやく稼げる金額を一人でポーンと出したうえ、

住まずにランニングコストばかり払い続けられる人間が存在する。これが令和という時代だわ」

絶句する桃島を前に、セレブリティな生活を手に入れたその忍びは、さらに続けた。

「不況不況と叫ばれながらも利益をあげる個人投資家は増えていて、今や小学生だって一億円を稼ぐのは夢じゃない。三億円ぽっちに日本中が狂騒した時代なんて悠遠のかなたなのよ。私たち忍びだってこんな時代に対応していかなきゃ。聖徳太子の一万円札にいまだに固執している人間が、今から警察に戻って、期待通りの働きができるかしら」

マダムは口を一度結ぶと、右手の細い人差し指で桃島の顔を指さした。

「帰りなさい、昭和へ」

「ぐ、ぐぎぎ……こいつめえっ！」

マダムの胸めがけて振り下ろされる刀。刹那、マダムの前にさっと飛び込んだ影があった。

じゅぎごごぎ――

肉と骨が同時に切断される音。一瞬の間をおいて、鮮血が迸《ほとばし》った。

「あっ」

斬られたのは、白神だった。袈裟《けさ》懸《が》けに切り裂かれた和服の間から、血が噴き出している。

「御大……！」

良則は呼びかけた。

白神はぐわっと目を見開き、両手を伸ばして桃島の肩をつかんだ。

「こ……これで、お……わりに……」

その体にすがるように、白神の体は床に突っ伏した。

「御大！」

甲賀流の面々は立ち上がり、白神のもとへ飛んでいく。床にはすでに、血の海が広がっている。

「てめえ、よくもうちの御大を！」

鶴松が桃島を振り返る。返り血を浴びて青ざめたその顔は、忍びではなく、絵巻物から飛び出してきた物の怪《もののけ》のようであった。

「殺してやる！」

といきり立つ鶴松の顔が、ぶわりと黒い靄で包まれる。金髪の男が口から吐き出したのだった。

「吾順殿、ここは引きましょう！」

豪奢な部屋を、もくもくとした黒い靄が覆っていく。

「ま……まて……」

桃島の気配を良則は追おうとしたが、肺が苦しくなってうずくまってしまった。伊賀流の面々が去る足音が遠ざかっていく――。

エピローグ　六年二組

「笠井さん」

「はい」

「木村さん」

「はい」

「雲川さん」

「はい」

前の生徒と同じように、ごく機械的に返事をする。壁紙も掲示物もカラフルなのに、空気は灰色の教室。みんな黙りこくって、頭の中は受験のことばかり。

昨日、誘拐されたというのに、朝礼は拍子抜けするくらいいつもと同じだ。ある一点を除いては。

「須田さん」

「はい」

先生はタブレットの出席アプリに目を落としたまま、少しだけ困ったような表情をして、
と言った。一人飛ばしてますけど、という戸惑った空気が少し流れたあとで、高井さんは「はい」と返事をした。

「高井さん」

セイラの机のすぐ左、蘇我木夏希の席には誰もいなかった。

＊

伊賀流の金髪の男が吐き出した黒い靄は、麻布台ヒルズのてっぺんの、悪趣味なほど豪華な部屋をものの数秒で真っ黒に覆った。

「換気をするわ」

そんな状況でもマダムは落ち着いていた。しばらくしてファンが回るような大きな音がした。晴れていく靄の中、セイラは思わず「えっ？」と言ってしまった。

桃島に斬り殺されたはずの白神さんが、テーブル脇のソファーに腰かけて、優雅にウィスキーグラスを傾けていたからだった。

「御大！」

鶴松さんが駆け寄った。

「無事だったんですか、いや、血まみれだけども」

セイラや他のみんなもまた、ソファーの周りに集まっていく。白神さんはウィスキーのグラスを瓶の脇に置くと、切り裂かれてしまった着物の間に手を差し入れて、何かゴロッとしたものを三つ、放り出した。

「ハム……」

木陰さんが言ったとおり、それは全部、大きなハムの塊だった。

「これを、着物の中に忍ばせていたって？　そんなことをしたらモコモコしてしょうがないでしょ？」

はるみさんが眉を顰めた。すると、ソファーに腰かけながらマダムが言った。

「御大は身体妖術の使い手。自分の体の形を自在に操れるのよ。袈裟懸けに斬られたときに刀が当たるであろう部分をあらかじめへこませて、ハムを仕込んでおいたのでしょう？」

「桃島の血の気が多いのは周知だったからな。骨の切れ味を再現するため、豚のあばらも入れてある」

補足しつつ白神さんはまた、ウィスキーを手に取った。

「でも、血はどうしたのかな？」新八さんが訊く。「あれだけの血をハムに仕込ませておくのは難しいと思うけど」

「無論、自分の血だ」

鎖骨のあたりをぽんぽんと叩きながら白神さんは、なんでもないという感じで言った。

「血管を開き、毛穴から噴き出させた。私の祖先もまた、戦場で同じようにして逃げおおせたと伝わっている」

すごい、と素直にセイラは思う。この人が全身の細胞を操って顔や年齢を自在に変えているのは知っているけれど、まさか血まで噴き出させることができるなんて思わなかった。忍びの道は奥が深い。

「それにしても軽率な親玉だったわね」

マダムが笑った。次いで鶴松さんもひひひ、と笑い出す。

「すっかり御大に騙されたってわけだ」

「御大だけじゃないわ」

どこで操作しているのか、窓全体が再び白いスクリーンに変わる。映し出されているのは、古い衛星写真だった。日本列島、四国の南に大きな渦巻きができている。見ているうちにその渦巻きは移動していくけれど、思っていた道筋とは違った。

「半世紀以上前のことだったから桃島は覚えていなかったんでしょうね。昭和四十五年の台風十号アニータは、たしかに八月二十一日に日本列島を襲った。だけどその経路は四国から中国地方。関東地方にはほとんど影響はなかったわ。この日もし本当に鳩を飛ばしていたとしたら、一羽残らず東京にたどり着いたでしょうね」

「じゃああれは嘘だったっての？」

はるみさんに向かって、マダムは笑う。

「毒ガスが発生するかもしれない紙幣を鳩の足に結び付けるなんて、斎羽一族ならそんなこと、絶対にしないわ。あの日、三億円のジュラルミンケースを桃島から奪うように命じられたのはセイラのお祖父さんだけだったはずよ。私の父も、新八の祖父も、かかわっていない」

一同の目が新八さんに注がれる。新八さんは肩をすくめた。

「マダムが目くばせしたから話を合わせたんだよ。レディの心を読むのはお手の物だからね」

本当にキモいけど、とりあえず放っておく。

「雲川利右エ門は当時の甲賀流の長、白神義蝶より、『紙幣は山や川、海に捨ててはいけない』と命じられた」

「そりゃそうだろうな」木陰のおじさんが言った。「自然界のどこに破棄しても、毒ガスが発生する恐れがある」

「でもだったらどうすりゃいいっての？」

　はるみさんが言った。

「ガスが漏れる心配のない、密閉された容器の中に収め、地中深く埋めよ――そう、雲川は命じられた」

「ガスが漏れる心配のない、なんて無理無理」

「それがあったのよ」

　マダムが言った。

「セイラも聞いていないようね。あなたのお祖父さんは最適の場所を見つけたの。ガスが漏れず、しかも、五千年は見つからない場所をね」

　五千年？　なんだろうその、とんでもなく非現実的な年月は――そう思っていたら、スクリーンの画像が切り替わった。「ＥＸＰＯ'70」の文字と、桜の花びらのようなロゴ。その横に、深海探査船のような金属製の球体の写真がある。

「……タイムカプセルですか」

　鯉丸さんがつぶやいた。

「何よそれ？」

「昭和四十五年に大阪で開かれた万国博覧会。人類の進歩と調和をテーマに開かれたこの万博では、当時の社会風俗や科学技術などを象徴する物品を収めたタイムカプセルが埋められたのです。再び掘り起こされるのは五千年後と定められていました」

「本気かよ、五千年なんて」

はるみさんは笑ったけれど、鯉丸さんは大まじめだった。

「当時の技術の粋を集め、五千年耐えうる外殻が造られたのです。一号機と二号機があり、二号機のほうは百年に一度掘り起こされて中の状態を確認して埋め戻すという作業が行われることになっていますが、一号機のほうは本当に五千年間、開封されることなく埋められる手はずになっているのです。もちろん、ガスなど漏れる隙間なく完全に密閉されたまま」

「へぇー……えっ？」

はるみさんはマダムのほうを見た。

「まさかセイラのお祖父ちゃんは、そのタイムカプセルの中に、三億円を入れたってこと？」

「そうよ。実際に埋められたのは翌昭和四十六年の一月のことだけれど、八月の時点ですでに中に物品を収納する作業は進められていた。利右エ門はその場に忍び込み、すでにカプセルに収められていた物品のケースとジュラルミンケースをすり替えてきたの」

どうやって、とは誰も聞かなかった。

セイラはまだ〝能力〟を一人の相手に対してしか発揮できない。しかも、動きを止められるのはほんの数秒。懐から物をかすめ取ったり、ポケットに忍ばせたりするには十分だけれど、まだまだだと思っている。フロントガラス越しに二人の動きを止めて三億円を奪い取ってしまうほどの力の持ち主なら、見張りのガードマンや万博協会の職員の目を盗んでタイムカプセルの中身を入れ替えるなんて、簡単だったろう。

「なんてこったい……」

鶴松さんが疲れたようなため息をついた。

「日本犯罪史上最大級の謎の真相が、そんなところに埋まってるなんて」

「昭和四十年代の社会風俗を象徴するものとして、こんなにふさわしい物品はあるまい」

固まりつつある血をハンカチでふき取りながら、白神さんが言った。

「全員、このことは口外するな。少なくとも、西暦六九七〇年まではな」

＊

溝畑さんは快方に向かっているし、赤味さんも意識を取り戻してリハビリに向けて意欲的だと、今朝がた隠密ネットで知ることができた。命を落とす者がいなくてよかったと、白神さんは珍しく優しいメッセージをつけていたけれど、忍びである以上、その危険がつきまとうことは、亡き父から何度も聞かされている。

お母さんはやっぱりそういう生き方には反対する。でも、セイラはお父さんのことを尊敬しているし、昨日の壮絶な出来事を目の当たりにして、やっぱり大学まで進学しても忍びの道を捨てずにいようと思った。死ぬのは怖くない……かどうかわからないけど、少なくともそういう生き方を美徳とする覚悟はできている。

そして、そういう生き方には、別れはつきものだ。

蘇我木夏希さんは家庭の事情で転校することになりました。——出席確認のあとで担任の口から発せられた言葉に、クラスは数秒だけざわめいた。でももともと目立つ子ではなかったこともあって、そのざわめきもすぐに落ち着いて、たった十五分後にはいつものつまらない小テストが始まっている。

寂しくないといえば、嘘になる。

十二歳にして、進学と就職ばかりを気にしているクラスメイトたち。その中で唯一、心を許せる友だちだった。昨日、アリカワの正体を見破ったとき、ショックだったけれど同時にどこか納得していたのだ。

生きる道が、似ていると。

麻布台ヒルズ最上階の冗談みたいに豪華な部屋。金髪の男の人が吐いた、黒い靄の中の光景をセイラは思い出す。

肺に煙が入ってむせながら、テーブルの向こうの夏希と目が合った。その一瞬を、セイラは見逃さなかった。ばっちり固まった夏希に近づき、そのポケットに、ランドセルから外して持ってきたスイートピーのキーホルダーを忍ばせた。

――スイートピーの花言葉はいくつかあってね、「優しい思い出」「蝶のような飛躍」「門出」と……あと、なんだっけな。

夏希にその話を聞いた日の夜、セイラはスマホで調べていた。

スイートピーのもう一つの花言葉、それは、「また会おう」。

古今東西の和歌を参考に毎年更新される甲賀流の合言葉が、セイラは好きだ。だけど夏希が教えてくれた花言葉はそれよりも素敵だと思う。

「雲川さん、なにをボーッとしているの？」

怒気を含んだ声で担任が注意してくる。

「中学に入ったら、英語も国語も今とは比べ物にならないくらい難しくなるの。そんな態度じゃすぐに置いていかれますからね」

　ああ面倒くさい面倒くさい、学校の勉強ばかりを教えこもうとする大人は。

　セイラは、人生の苦さともう一つ、昨日の夜に学んでいた。

　――不況不況と叫ばれながら利益を上げる個人投資家は増えていて、今や小学生だって一億円を稼ぐのは夢じゃない。

　マダムはそんなことを言っていた。だから寝る前にスマホで調べたら、小学生でも証券会社の口座を開設するのは可能だということがわかった。のみならず、小学生でも数千万の利益を出している子がいるという記事も何件か見つけた。

　――私たち忍びだってこんな時代に対応していかなきゃ。

　投資についてわかりやすく解説しているらしい動画を何件かブックマークしてある。今日の放課後から、覗いてみるつもりだ。ひょっとしたらもう、忍びとの兼業に最適な仕事を見つけたのかもしれないとワクワクしている。

「雲川さん、何を笑っているんですか！」

　つまらないゲームを攻略してきた平成育ちの大人はすぐに、子どもを同じゲームに巻き込もうとする。先生、令和ってそんな時代じゃないですからね――昼は世界を相手に株の取り引き、夜は通常じゃどうしようもない犯罪を忍法とチームワークで解決する。そんな、命がけで刺激的な世界があるんだから。まあ、先生なんかには、教えてあげないですけどね。

「すみませんでした」

　心の中で舌を出しつつ、セイラは小テストを解きはじめた。

（終）

初出　「オール讀物」
天高くアルパカ肥ゆる　二〇二一年七月号
毒を食らわばドルチェまで　二〇二一年十二月号
アイリよ銃をとれ　二〇二二年八月号
水もしたたるパーティーナイト　二〇二三年七月号
三億円は悠遠のかなた　二〇二四年二月号

青柳碧人（あおやぎ・あいと）
一九八〇年、千葉県生まれ。早稲田大学教育学部卒業。二〇〇九年、「浜村渚の計算ノート」で「講談社Ｂｉｒｔｈ」小説部門を受賞し、デビュー。同作の他、「西川麻子は地理が好き。」「ほしがり探偵ユリオ」などシリーズ多数。一九年刊行の『むかしむかしあるところに、死体がありました。』で本屋大賞ノミネート。二三年、『赤ずきん、旅の途中で死体と出会う。』がNetflixにて映画化される。近著に『踏切と少女　怪談青柳屋敷・別館』『ナゾトキ・ジパングＨＡＮＡＢＩ』『赤ずきん、アラビアンナイトで死体と出会う。』など。

令和《れいわ》忍法帖《にんぽうちょう》

二〇二五年二月十日　第一刷発行

著　者　青柳碧人《あおやぎあいと》
発行者　花田朋子
発行所　株式会社　文藝春秋
〒一〇二-八〇〇八
東京都千代田区紀尾井町三-二三
電話〇三-三二六五-一二一一
印刷所　ＴＯＰＰＡＮクロレ
製本所　加藤製本
ＤＴＰ　言語社

ISBN 978-4-16-391940-9
Printed in Japan